人·生·漫·品

爱情标本

兰小界 著

中国社会出版社
国家一级出版社★全国百佳图书出版单位

图书在版编目（CIP）数据

爱情标本 / 兰小界著. —北京：中国社会出版社，2013.3
（人生漫品系列 / 陈晓辉，一路开花主编）

ISBN 987-7-5087-4339-4

I.①爱… II.①兰… III.①散文集－中国－当代 ②随笔－作品集－中国－当代 IV. ①I217.2

中国版本图书馆CIP数据核字（2013）第030888号

书　　名： 爱情标本
主　　编： 陈晓辉　一路开花
著　　者： 兰小界
策划编辑： 侯　钰
责任编辑： 向　飞

出版发行： 中国社会出版社　　**邮政编码：** 100032
通联方法： 北京市西城区二龙路甲33号
编辑部电话：010-66080360
邮购部：010-66061078
销售部：010-66080300 / 66085300　传真：010-66051713
010-66083600 / 66080880　010-66080880
网　　址： www.shcbs.com.cn
经　　销： 各地新华书店

印刷装订： 北京市优美印刷有限责任公司
开　　本： 145mm × 210mm　1/32
印　　张： 10
字　　数： 200千字
版　　次： 2013年7月第1版
印　　次： 2013年7月第1次印刷
定　　价： 25.00元

序言

有许多事情，“80后”和“90后”都是不再做的，他们或许并不是觉得“70后”热衷过的那些事太老土，只是在这个不断涌现新事物的时代，他们要做的事实在是太多，且光怪陆离，比任何老桥段都充满吸引力。

但是“70后”在他们曾经的青葱岁月里，一定是做过这么一件事的。

它从挑选一本笔记本开始，那时的文具店远没有现在这么琳琅满目，但这丝毫不影响他们挑它时那种较真的磨蹭劲儿。在对这本笔记本所有的向往里，最重要的一点是，它，一定要比课堂笔记本漂亮。

我们的青春没有博客，所有的欢乐忧伤都要拜托给笔记本，我们的青春也没有MP3，更不知道LRC文件，所有的歌词也得拜托给笔记本……

而我，也有重要的东西，要在选好的笔记本上好好记一记。

我很清楚地记得，那四年的政治课上，为了不被政治老师发现，我总是坐得特别端正，我的眼睛从不左顾右盼，我的手牢牢地握着钢笔，而且它还会随着政治老师那凝重的讲课声，在下面沙沙沙地写着。

如果政治老师仅仅只看我写的字，说不定还会表扬我一下，它们干净、清晰、整齐，每道笔画都散发着我的认真。然而，我要很惭愧地说，我写的那一个个的漂亮字，它们与政治课本的内容是无关的，真是对不起！它们真的完完全全地与政治内容无关！

但是，也请别我为痛心，更别为我深感遗憾。

我想说，我从来没有去否定政治课的意义，作为一个品德并不坏的学生，她在课堂上没有影响别人的我行我素，只是在做一件令她自己很开心的事，她沉醉其中，她痴迷留恋，并且因为做着这件事，她觉得窗口的风都是清澈的，甚至她的整个青春都是如同落了明矾一般地认真清澈着。

我是悄悄地在我最满意的笔记本上，写诗歌。

那些整整齐齐的钢笔字，它们是戴望舒、席慕容，它们是唐诗、宋词，它们是诗经中那些无名氏之歌，它们到最后，还是我参照那些经典自己写的诗歌，一本又一本。

请原谅一个表面冷静内心热闹的女孩笔下诗歌的稚气，但是因为政治老师没发现，因为语文老师一直在鼓励，她真的很快乐，而且也请一定相信：不管你是谁，你做一件事时，只要能感受到一种积极而又明亮清澈的快乐，那么这件事就一定没有错。

后来证明，那些另辟蹊径被悄悄诗意了的政治课，带给我的东西真的比政治课本多。以至于当青春年华老去，生活枯燥得都胜过一本政治课本时，我也总是能在坚持下来的习惯里独自找到乐趣，我用一种掺杂诗意的方式去解读自己的心，然后又用这颗心平静地看着生活。

早晨是诗、夜晚是诗、分享是诗、想念是诗、开心是诗、忧伤是诗、成长是诗、走路是诗、看风景是诗，甚至那样一个突然有点儿不一样的下午，也是诗。

那是前不久的一个下午，整条街停电，一阵小小的嘈杂后，周围渐渐安静下来，本来这样的时光，有许多事可以做，看书是最好的选择吧，整理东西也不错，但是我没有去做这些，不知是什么原因引得我铺开纸，来到十七岁的感觉里，我在纸上很认真地一遍又一遍地写字，我把子衿、黍离、风雨等写了满满五页，其实好久都没有一下子写这么多字，我的字真的是变得越来越难看了。但是，因为又路过经典又体会经典，这个下午，我的心情漂亮。

正所谓，知我者谓我心忧，不知我者谓我何求，当我们在不读诗的岁月里与诗歌不经意地相遇，我们的感觉是在约会老朋友，那么既见君子，云胡不喜？

正所谓，诗情画意，诗在情里，情自然成诗，诗来画意，意自然也成诗，而诗在生活里，来到故事里，自然地也就为你读心、造就懂得。

CONTENTS | 目录

爱情标本

第一阕　元夕

诗

东风夜放花千树，
更吹落、星如雨。
宝马雕车香满路，
凤箫声动，
玉壶光转，一夜鱼龙舞。

蛾儿雪柳黄金缕，
笑语盈盈暗香去。
众里寻他千百度，
蓦然回首，
那人却在，灯火阑珊处。

——辛弃疾

意

在爱情中，有两个字，又苦又美。

一个是“等”。等你，来与我相见；等你，来明白我；等你，来爱我。因为等，总觉得你肯定是前世注定般地；因为等，我所有的梦都清朗、所有的时光都为你静好。因为等你，光阴荏苒日月变迁，我年华老去却又那么心甘情愿。

一个是“寻”。在人海茫茫中，寻他，与我的那一份相同；在千万张陌生的面孔中，寻他，与我默契的眼神。因为寻，季季花千树；因为寻，路路灯火香满路；因为寻，夜夜温暖星如雨；因为寻你，我百转千回却又始终满腔热情。

等和寻，达到这番境界，都是刻骨的。

不同的是，“寻”相比“等”，在那痴痴然欣欣然茫茫然间，多那么一点希望——或许，或许下一个蓦然回首中，我就会看见我一直要寻的那个人，他站在灯火阑珊处！

就为这希望之光，你不来，我不老！

辛弃疾（1140—1207），南宋爱国词人。很多人知道，强烈的爱国主义思想和战斗精神是辛弃疾作品的基本思想内容，他似乎总是在用自己的作品表达他对那个时代的期望和热情、愤慨和失望。或许正是因为这样，就不断有人说他的《元夕》根本就不是在描写爱情，它是表达他对山河破碎、壮志成空的悲哀，他是在寄托一种希望，让自己找到自己。然而我不信，不是说刚柔互济是生活里最大的恩赐吗？我不信偏偏他是没有得到恩赐的人，我不信一个如此热血的人，他所有的情感，他所有的孤独和悲哀，他所有的痛苦和眼泪，都只为表达他那英雄而不甘沉没的内心，他为什么不能写关于爱情的经典？如果说爱国是一个人最伟大的情感，那么他为什么不能也在儿女情长的柔情里，感受或透明出一种希望——千百度，又如何？千百度之后，会在一个回首间，看到我想要看到的！

情

什么样的爱情值得寻找？什么样的爱情值得收藏？或许都是没有条条框框的依据的。

但是有一点是必需的，那就是真情。或许，每个陷进爱情的人都是糊涂的，不管在别人看来这份感情是不是那么重要，但当他们千万里云和月地寻到，当他们刻骨铭心后，在他们这里，那就是珍宝。

既然是珍宝，就得收藏。那么……

你愿意收藏我吗

一

郑未想不到，眨一下眼睛，都能失去幸福。

那天李诺要见一个客户，本来是他约好的，却因为时间上的一点小误差，客户到武汉时，李诺还在深圳候机。

无奈李诺打电话给郑未，让她先去替他见，并再三强调，这位叫董凌晨的客户很特别，上届业务主管啃了两年都没能啃动他，这次能与他达成谈判意向，完全是因为有一次无意间这人知道了他女友郑未的职业。

李诺无比激动地说："亲爱的，这回就靠你了，你跟他扯一个小时后我就出现了，再然后，我会拿到近十万的业务提成，咱去马尔代夫给你过生日！"

这话让郑未开心得赶去咖啡厅时，满脑子都是蓝天空蓝海水，在二十八岁即将来临时，她终于感觉到了快要实现的海水般的幸福。

这一美啊她竟然忘记了李诺之前对那人的相貌描述，李诺的电话此时也关了，想起他说过那人做派很中国风，李诺请他去打高尔夫，他的运动装是改良的唐装风格，请他去泡温泉，他的泳裤竟然也是中国风图案。

在门口一环顾，却有三位先生很中国风。正为难时，前台有人发生争执，收银员说一顾客刚才给的五百元全是假币。

郑未一笑，展示自己本事的机会来了。

一个能识得辨别上下五千年各种宝贝的鉴宝师，鉴鉴人民币那还不是小菜一碟。郑未走上前一番专业的讲解后，收银员不得不相信验钞机真是坏了。

郑未正要说如果还不相信对面就有银行时，一双大手伸到她面前。

“久仰，一定是郑未小姐，一定是，我是董凌晨。李先生说让我们先聊聊。”

一个懂宝的，一个喜宝的，就这样戏剧性地面对面了。原来这董凌晨除了事业有成外，还是个热情颇高的收藏家，唐代的碗、宋代的盅、明代的字画等，他家里都有那么几样。

当郑未聊到这附近有家书画室的镇店之宝是清代某画家的真迹时，董凌晨竟然激动得碰翻了咖啡，拉着郑未就要去看。

李诺从机场出来往咖啡厅赶时，正好经过书画室。因为郑未经常在这里等他，他习惯性地一瞥，看到了正用放大镜看一个古旧砚台的郑未。

李诺以为她记错了时间，还没替他去见董凌晨，火气蛮大地跑进店里就嚷：“看看看，自己都快成老古董了，我说的事呢？”

郑未的眼泪刷地滚下来，这一幕刚好被从二楼看完真迹下来的董凌晨看到。

不管李诺怎么解释，董凌晨都认为李诺侮辱了他的爱好，且对自己的女友也不礼貌，他生气地说：“李先生，我们真的不用再谈。”

董凌晨毫不留情地地走后，郑未也被李诺远远地甩在身后，她跑啊跑，好不容易追上他，拉住他喘着气说：“李诺，我们也可以不去马尔代夫的，对不对？”

李诺呲了一下：“听着，从现在起，我讨厌马尔代夫。”

二

郑未在那家老咖啡馆一直坐到下午。

和李诺在一起两年，每年生日，他都会带她来这里，因为这里有海水一样的壁纸，蓝天一样的天花板，那感觉很马尔代夫。

每一分钟都在失望，李诺可能不会来了，可是下一分钟又在希望，他一定会来的吧？

这种内心的周折，让她一杯又一杯地喝酒，直到喝得对着一只有着青花瓷的杯子向服务员讲青花瓷的历史。服务员是个小姑娘，一手揪着围裙一手捂着嘴笑，说：“姐姐，青花瓷的历史，周杰伦也知道吗？”

郑未愣了好久，然后对小姑娘一笑。也是，青花瓷，只是周杰伦的一首歌名，马尔代夫，不过是她的一个幸福梦想，他那天都那样说了，她哪用惦记这么多？

有同事发短信来，说有人找你，还带了花。

郑未眼一热，李诺他到底还是记得今天是她生日的。那么只要他来，即使他是要来说分手，她都原谅，她都能坦然面对这样一个完整的结局了。

一路跑到公司，看到的却是董凌晨。

他在和一个小伙子说着话。一旁的同事告诉她，那小伙子花五千买的奥地利水晶项链，想来做份鉴别书，一起送给女朋友，以示忠贞不渝。

而董凌晨正告诉他，他那水晶项链是假的，理由是，他虽然不是鉴宝师，但他的父亲是从事地质工作的，他从小就知道，真正天然的水晶，其实是很珍贵的。

还真的就是人工合成的水晶，小伙子看起来都要哭了似的，那份真诚，让郑未竟然也有些难过。为了成全一份美好的心愿，她剪下小伙子衬衣领子角上的小纽扣，将它完美地系在项链的接口处，告诉他说：“现在，它是无价的，相信你的真心，它不需要鉴定书。”

董凌晨为她的话鼓起了掌，这才递过花，说明来意。

原来上次那个书画店的老板，见董凌晨是个收藏控，打电话说他店里还有把折扇，是哪个皇帝用过的。董凌晨拿不准，想请她去看看。

对这个人，郑未真是又气又喜，气的是，如果不是因为他，她和李诺不会闹翻；喜的是，难得遇到一个能一起分享鉴宝的朋友。

她接过花说：“如果是真品，如何？如果是赝品，又如何？”

董凌晨说：“真品，我请你吃一次饭，赝品，请你吃十次饭。”不等她问为什么，他马上又说：“如果是赝品，我就不会破财啊，所以要多请。”

三

每次吃饭，董凌晨都会带一样他的宝贝来让郑未看。每当郑未鉴别出他真的从民间淘到了一样小宝贝，比如一把明代的小汤匙之类时，董凌晨都会高兴得像个孩子，直搓着双手，说要请她吃十次饭。

郑未笑着问他不是说鉴出赝品才请十次的吗？董凌晨高兴地摆手，说真品更要请，因为验出一样真品，就等于验出了他的眼光。

也不知鉴别了多少小汤匙、小酒盅什么的，董凌晨往后许下的请吃饭次数都得以百来计了。他乐此不疲，郑未也渐渐觉得，她并不在意吃饭不吃饭，她在意的是在专注的目光和触觉中她在每件小物件中所得到惊喜。

事实上董凌晨的那些东西中，赝品占绝大多数。但是，她依然喜欢这个过程，对一个喜欢珠宝的女人来说，琳琅满目就是快乐，但对一个喜欢历史气息的她来说，琳琅满目就是可以天天鉴宝，哪怕只是一只又一只的小汤匙。

董凌晨的心态也非常好，每当郑未放下放大镜，望着他耸肩时，他都会可爱地皱着眉头不紧不慢地说："啊！又错了啊？"那表情就像一个小学生，刚刚学到某种数学题的简便方法，到处用但又到处错后脸上的那种无奈。

他从没有恼怒过，他的说法是，即使是赝品，但他发现它们并带回来时，他是喜悦的。

那天董凌晨又打电话约她吃饭，郑未不想去，说："我们已经是朋友了吧，不用这么客气的。"但是董凌晨说："让我再请一次吧。"

她有点不耐烦地说："真不用，往后再淘宝贝时，叫上我吧，我帮着看看就是。"

郑未的心情最近有点坏，下午她关了手机，一个人在街上散步，走累了，就随便吃点饭，然后回家睡觉。这些日子，她都没有跟李诺联络，但是不联络，不代表她就忘记了他。她依然像个安静的想要盼到幸福的女子一样，等着她的爱情的真品到来。

或许李诺只是在冷静，或许……她知道自己从心里在原谅着李诺，就好比董凌晨总是原谅着自己找到的那些赝品宝贝一样。

经过一家婚纱影楼时，看到那里正在楼体上拉巨幅广告，蓝色的背景、洁白的婚纱，并有广告语：如果你们有时间，我们甚至想带你们去天涯海角拍婚照!

郑未觉得自己好没出息,竟然会对着这么一个广告,就湿润了双眼。她知道自己特别特别想李诺。不知不觉,脚有些不听使唤,走着走着,就来到了李诺的公司。保安换了,问她找谁,需不需要打电话告知?她说不用,在大厅的沙发上等着就好。

四

李诺下楼来看到郑未时,先有些愣住,然后还是坐下来和她说话,说那里新开了一家餐厅,他一直记得要带她去的。

他解释着一切,仿佛他从来没有错过,他只是没有机会跟她说清而已。但是如果在半小时前,这一切可能会让她流着眼泪相信,但现在不会了。

郑未觉得自己真是失败,她的幸福,直到二十八岁,她才鉴定出了真伪。

李诺所在的公司老总是年轻的"富二代",把公司经营得人文又活泼,大厅里,有一面玻璃墙上贴满了公司集体旅游时的照片,年轻的保安走过来跟她一一介绍着。

原来那次和她吵架后,李诺很快有了女朋友,据说大有来头的,她现在才明白,李诺以前总说,找个宝贝女友,可以少奋斗。他识的宝,是一种可以让他得到好处的宝。

而她再懂宝,也不是他眼里的宝。

但是今天,他根本就不说要跟她分手的事。他或许还是可悲地想把她当作一块看看能不能再利用一下的宝石。

她笑笑说:"你错了,李诺,我是来跟你讲,我那里还有你的许多东西，如果你不要，我就扔垃圾筒了。”

转身的一瞬间，她泪如雨下。

她不知走了多远，看到董凌晨，背着个大的黑色的包，蹲在邮局旁边的树下看摆地摊人的邮册。

郑未虽然伤心，但不知为何，她还是紧张他又会买下那本根本就不会有任何收藏价值的邮册。

不想让他看到眼睛红红的自己，便拿出电话，这才知道电话一直未开。

打开手机，上面竟然整整有三十条未读短信，全是董凌晨发来的。

“郑未，今天想请你吃饭，因为今天是我生日。”

“很想请你最后再鉴一次宝，它对我很重要，虽然知道它绝对是真品，但还是想请你看一看。”

“这块紫水晶簇，是我爸在野外开采时找到的，我想把它送给你。”

“我喜欢你。”

“郑未，我喜欢你专心鉴宝时的样子，这让我的心很沉静，也让我越来越明白，你原来就是我这么多年来要寻找的宝。”

“其实我除了古董，没有钱。你会介意吗？”

……

郑未哭了。或许她也喜欢他吧，因为如若不喜欢，怎么会在李诺公司的大厅看照片时，听到保安几句有关李诺女朋友的话，她就轻易地相信并彻底放弃他。这种风格不是一个真正鉴宝师寻找证据判断对错的态度，可是她还是那么做了。爱情的真品与赝品，没有证据所依，完全就是心来鉴的。

于是，在看完了所有的短信后，她回复：“放下邮票册，转过身来，收藏我吧！”

第二阕　春情

诗

平生不会相思，
才会相思，便害相思。
身似浮云，心如飞絮，气若游丝。
空一缕余香在此，盼千金游子何之？
证候来时，正是何时？
灯半昏时，月半明时。

——徐再思

意

似乎没有这样的说法，叫做：看看看，我很会相思哦！你看你看，我真是很会很会哦！

正是因为这世上，从来没有一个人会这么想，从来没有一个人会这么说，所以不论你是谁，骄傲也好，卑微也好，当你一旦真为一个人陷入相思时，你便不可逃脱地、不可预料地、不可遏制地会为那个人魂牵梦萦，你不再是你自己，你从此就只是想着他的那一个人，那种彻骨的想念，会让你的世界都改变，风也是想他，雨也是想他，而你自己，会“身似浮云、心如飞絮、气若游丝”。

相思是由情而生、却又比情更浓的一种意念、一种状态，它好像更完全地仅仅只属于你自己，别人无法分享无法分担，其间的滋味，别人也无法体会。

相思正浓时，便是感情最美时，最让人欲罢不能欲说还休时，窗前灯半昏，窗外月半明，如存未存、若尽非尽……

徐再思　元代散曲作家，浙江嘉兴人，今存所作散曲小令约100首。有关徐再思，史上有段趣闻：徐再思号甜斋，他的散曲因为总以悠情春思、自然景物等题材为主，故有散曲集《甜斋乐府》，而当时的另一位元曲大腕贯云石，号酸斋，恰恰有散曲集《酸斋乐府》，这酸酸甜甜，相映成趣，于是他二人的散曲集便被世人称为《酸甜乐府》。

情

不要问我为什么会这么做？因为我自己也说不清楚，为什么面对你时，我没有拒绝？也不要问我为什么就这样了？因为我自己更说不清楚，为什么当遇到了你，我就开始有了这相思的症候？

偷完小孔雀后我们就在一起

一

江小澈第一次甩别人耳光，是甩给一个男人的，他身高一米八五，宽厚魁梧，面带英气，如若在古代，人家会说，这后生，眼中带风，一看就是个习武的。

按说，像江小澈这样一个瘦小弱女子，胆敢打他，还真是有点儿不自量力。但是，被气愤冲坏的大脑，总是会指挥你去做点不一般的事件，而这类事件，往往都还具有戏剧性。

诊所门口的袁尊，在得到江小澈那一耳光后，拧紧眉头，江小澈以为他也会给她一下。

但他笑了，笑得深不可测，然后说："江小澈，这事儿到现在，已经由不得你了呢。"

江小澈愣在那里，比对面商铺橱窗里模特的表情还呆。

见她没跟在后面走，他走了一截侧身回头，手指不由得又触上鼻翼，挑着眼角说："所以，江小澈，走着瞧！"

他远去的背影，有巨大的骄傲的气场，江小澈知道身处该气场中的他一定在笑，在得意，说不定他在心里早已拨拉开如意小算盘，那算盘珠儿哗哗啦啦在响，跟银子掉进口袋的声音一模一样。

江小澈低着头往回走，心里恨恨的，她宁愿她认识值勤中最匪气的城管，也不愿认识打着律师事务所的招牌行骗的袁尊。

一个月前的那个下午，她怎么就鬼使神差地捏着那一把收据，晃到了那条巷子，晃到袁尊的门口，还坐在他面前哭诉一小时？

二

江小澈来这个城市才八天，脸上就长了一堆小红泡，去皮肤专科门诊瞧，那男大夫严肃地告诉她，这种皮肤病，他从医三十年，只见过两次。

一次是遥远的1988年，患者因为不听他的话，不配合治疗，其后果严重到当年那患者脸长了多少粒小红疱，如今脸上就有多少个小坑，就像科普教材上月球的表面一样。另外那个患者，则敬他如神，配合他，走疗程，很自然地，因为虔诚，这姑娘容颜得救了，脸上一个坑也没有。

听起来有点玄乎，但江小澈病在异乡，连医生的话都不信她该信谁的？况且这医生看上去很能干，他办公室里的锦旗覆盖了整面墙。于是，江小澈打算学那个正面教材中的患者，也敬他如神。

男大夫听了，马上划出一张单，说要验血。

验血没事。他又说要凉血——用他那里的喷雾美容机做冷敷，还说当年那敬他如神的姑娘还没有福气用这个集治病美容于一体的高科技。

在那里吹了五天冷气后，小红泡是不怎么红了，但还是疼。男大夫有些发愁地说看来得用B方案。可后来是C方案都用完了，她还没见好。大夫的说法是，这种皮肤病已经发生了病毒变种，他要研究D

方案。

江小澈哭着路过公园时被一个大爷看见,大爷起码有八十岁了,鹤发童颜,好像会再活八十岁似的。大爷热心询问,江小澈说她得了绝症,在等D方案出来前就会与世界拜拜。

没想到戏剧性的一幕出现了,大爷才是如假包换的皮肤科专家,他带她去药店买了两样药,第三天就好了。

原来只是带状疱疹。

江小澈气愤地捏着1678元的收据去找黑大夫,说他行骗,要退她钱。那人嘴角一歪,呲了一声,便拍桌子赶人。

好市民是懂得拿起法律武器的。离开诊所后江小澈就去寻求法律援助,不敢进排场大的地方,怕人家懒得理这点小案子,就挑了巷子深处的袁尊。

三

袁尊连续几天都召江小澈去做笔录,即使江小澈每次的血泪控诉用词都一样,他也认真地听着。

第五遍记过笔录后,他说,按他的分析,那鹤发童颜的老大爷多半是不会挺身作证证明黑大夫误诊的,这样道行高的神仙,只把治病救人放首位,扯皮打官司的事,他不会管。

江小澈沮丧地问那她该怎么办?

他看着她一笑:“闹!”

江小澈问他啥意思?他说:“法律程序太坎坷,我们就来江湖的,你知道医闹吗?”

她吃惊地看着袁尊,怀疑她来此门,到底是进了律师事务所,还是进了街头老大的窝？但他那炯炯有神的目光，却又那么让她信任，她甚至有种莫名其妙的安全感。

在经过踩点、分析等后，他们来到那让江小澈恨之入骨的诊室。

可是江湖险恶，不论袁尊使出什么招数、放出什么狠话，那黑大夫始终面不改色、屹立如山，他假模假样地用肥皂洗了手，边掸手上的水珠边说："笑话，我是被人吓大的吗？"

他给他们看他电脑上的一段视频，江小澈看得真想搬起凳子砸电脑。

因为黑大夫当时说喷雾里用了特殊药品，会让衣服掉色，她真没脑子，见每台美容机的周围都做了隔离板，就脱了上衣。她甚至还心疼她那件有点小贵的紫色内衣，连肩带也给脱下半截。就是那次，她那含蓄的上半身，被黑大夫偷拍了。

江小澈跑出诊所，袁尊追上来说："喂，江小澈，别跑啊，我们要出这口气。"

她眼泪婆娑地仰望着他问："都这样了，还能怎么样？"

他看着她坏坏地一笑，说："我们将计就计，他要是敢把视频公开的话，我敢断定，他也就完了。"

江小澈气急得挥手甩出去，他没躲，刚好打在他的脸上，她愣了一下，说："混蛋，要公开你公开。"

四

就在江小澈想要再求求那位真神仙，求老人家给她出个正确的诊断证明时，黑大夫给她打来电话："江小姐，我已经把你的尊容与一段激情小视频很完美地结合了，你要不要先来看看，如不满意，随时可为你修改。”

她跑去找袁尊，想把她录下的这话放给他听，看能不能成为扳倒无良医生的证据。

当她跑到小巷深处，想要找“真理律师事务所”时，它却不见了，门口堆着沙，像是要翻新门店。

她问一位大叔，袁律师搬走了吗？

大叔看着她，不明白。她说袁尊啊，高高的，有点黑，眼睛不大，但是很明亮，不到三十岁，还有他老是穿绿色的T恤衫，坏笑时就要把手指搭在鼻翼那里……

说完后，江小澈自己都觉得奇怪了，她怎么对这个人记得这么详细？

大叔张着嘴一直等她说完，呵呵地笑了：“姑娘你在说我儿子啊，他啥时成律师了？”

原来，袁尊还是在读研究生，一般来说，研究生们因为书读得太多，都光荣地迂腐了，可袁尊例外，他越读越叛逆，他逃课瞎逛，就是不爱待在学校里。

这间门店是袁尊家的，以前被人租用做律师事务所，退租后，牌没摘。

五

江小澈只有自认倒霉。但这个社会连让她做好人的机会都不给，黑大夫打电话来，竟反过来问她要钱，说如果不想她的上半身被公开，就得给他五千块。

她第二次决定拿起法律的武器，可在一家大律师楼里，她再眼泪滂沱，他们都不相信她会在喷雾美容机前脱掉半截内衣。

江小澈去找大爷，他果然道行高，他笑眯眯地说姑娘，病好了，就是福在了，然后继续笑眯眯地打太极。

走投无路，江小澈最后在网上征求意见，有个网友的意见很独特，她决定豁出去采纳了。她准备好十二分胆量，把自己打扮得像个小太妹，想要跑去诊所跟黑大夫说一句很江湖的话："你爱咋咋的，老娘一直还遗憾没个机会走走光，这回算是如愿了。"

但当江小澈一脚踹开诊室的门，用涂了九色眼影的眼睛痞痞地挑向黑大夫办公桌方向时，接住它的竟然是袁尊。他先是愣住，然后朝她竖大拇指，哈哈大笑起来："江小澈啊江小澈，你果然不同凡响。"

江小澈问他怎么在这里，他指着坐在一旁既是护士又是黑大夫老婆的女人说，他以黑客的身份进入了黑大夫的电脑，竟然发现这男人原来也有情色大料，他跟他老婆的自拍竟然比情色片还过分，他说他要是把它弄到网上……

黑大夫的老婆又哭又闹，黑大夫吓白了脸，赶紧去取了钱，还央求说："生意不好，只能凑个整数，退那姑娘两千，好不好？"袁尊心里乐着，觉得终于真正地援助到她了，就替她收下了。

跟袁尊吃饭的时候，他讲着这事的前前后后，好几次都让江小澈笑得完全没了淑女范儿，让吃客们的眼光齐刷刷扫过来。

江小澈说："我们换个地方吧？"他却紧紧地握着江小澈的手说："不用，小澈，开心就好。"

她低下头红着脸想抽回她的手，他却握得更紧，低下头说："对不起，我骗了你。"

她笑了，说没有，我很开心。

江小澈说的是实话，这一个多月，她虽然心都吓掉好几回，但江小澈喜欢这种经历，有点小刺激，就像柠檬汽水里的泡泡。

袁尊说他也是，说当江小澈哭着找法律援助时，那决定客串一把律师的想法，简直让他乐得心里开了花。

也许就是这样吧，喜欢闹的人，骨子里终究有些不安分的因素，这些因素就是美丽催化剂，会把平淡变得传奇，把小坎坷变成小刺激。还有，会把偷偷的喜欢变成对安全感的深深依赖。

真是服了袁尊的闹劲儿，吃完饭喝杯柠檬水的间隙，他的脑子里就已蹦出许多好玩儿的小主意，比如一会儿去大桥底下听车轮滚滚，边听边猜桥面上经过的是现代还是奥迪，比如明天去附近一家养殖农场，假装是去参观学习，其实是看有没有机会偷偷捉只小孔雀回来养养……

江小澈又笑成一团，且不再顾及周围的目光，拿她当疯姑娘都行呀。

因为刚才袁尊说完偷小孔雀后，还说了一句："小澈，知道吗？我想做这一切，只因为，我喜欢跟你在一起。"

第三阕　子衿

诗

青青子衿，悠悠我心。
纵我不往，子宁不嗣音？
青青子佩，悠悠我思。
纵我不往，子宁不来？
挑兮达兮，在城阙兮。
一日不见，如三月兮。

——《诗经·郑风·子衿》

意

世间万物总是让人生念想的吧，蓝天生幻想，黑夜生梦想。今天下雨，我想你！

或许就是因为想你，我总觉得那些细细密密由天而降的雨点，是承担着使命、承担着意义的。

它们如此慷慨如此挥霍，肯定不是为了让世界因为它的淋洒而更干净一些。因为它们连我的思绪都无法做到条理清楚，且越理越乱，何况这世间那众多的相思愁绪？

它们肯定也不是为了让世界因为它的声音而更嘈杂一点，因为它明明是在让我的心，在它每点每滴的声音里，渐渐地安静下来了啊。

大概那安静才是它的目的，它是要为每个人心里装着想念的人，都在它的脚步声里来完完全全地、毫无顾虑地牵出有关自己对那个人的一切想念。

一日不见，如隔三月。今天下雨，我想你，每个雨点，都是我想你。

《诗经·郑风·子衿》

《诗经》是我国最早的一部诗歌总集，是我国诗歌的生命起点。

《子衿》是一首女子唱的恋歌，她深深地爱着一个好青年，那天与他约好，两人在城阙见面，她期待又激动，很早很早就去城阙等着他。可是他却不知道什么原因久久不来，她在原地徘徊，望眼欲穿，焦急又难过。这首诗表面上虽然写出了女子埋怨男子不来赴约的焦急，责怪他不来也不知道捎个信儿来的难过，却也唱出了女子对心爱男子那“一日不见，如三月兮”的深长情思。

情

因为你，我的心悠悠，总在想念。不知经历过多少个一日三月，我静成窗边的一道风景，一直等你。爱情，就是两条曲线，就是如果我们分开也请你等我，而不是平行线，彼此想念却承诺不起等待。

雨落花台，我等你来

这一次，我没有回好霖的E-mail。

好霖说，江南就像一套棉质内衣，任何时候想来，都是贴近的。即使他现在每个黄昏都走在异国的街道上，他还是习惯像小菲一样把一个纸盒当房子，把渗隐江南的内心当作他在异乡的房子。而我就被他关进那间房子，他只希望这世上有一把锁，可以把他和我锁在那间房子里，我们出不去，一切进不来。

看这封信的时候，向泽就在我的身旁。我们的两双眼睛，盯着好霖写来的每一个小五号宋体字。不长的信早已看完，我们却很久都无法把目光挪离电脑屏幕。

我是害怕自己一回头就传递给向泽我对好霖的原谅和想念，而向泽他，可能也是担心自己再没有先前的勇气对我说，不管你们怎样爱过，我可以胜过。

最后，是我的手在桌子下面伸向主机，强行关机结束了那种面对。

向泽似乎也得到了解脱，起身去端来热牛奶让我喝，还有一支安神补脑液。但我还是失眠。凌晨两点多，我坐靠着床背，用静音的方式看一部韩剧。向泽环着我的腰早已睡着。我看到他的头发里有三根白了半截的头发，我凑近，用牙把白的那一截咬掉，断在嘴里的那一刻，我有眼泪落到发根处，我拿向泽没有任何办法，总是偷偷想着要去补偿他，如果眼泪也算是。

我把三截头发放在手机的黑色外壳上，那白更白，白得让我在夜色终于撑不住而开始泛蓝的窗口中，看到一种影像，在某个黎明，在离开江岸出发的一条小木船上，好霖站在船头，向泽站在船艄，我在船中央，阳光一层一层落下来，可我的眼泪流进光阴，也是一层一层，我越来越不知道我爱情应该去的方向。

我从没想过，我对好霖的思念，几乎要让我喘不过气来。

那年的秋天，还没有向泽，我和好霖大学毕业来到那个江南的小城，他做记者，我却一直找不到工作。整天在那个小屋，我无聊得开始把三字经翻译成英文，结果我知道我做了一件更无聊的事，把原本的简洁，繁冗成满纸的灾难。就是那个时候，我和好霖也开始有了争吵。

直到有一天，彼此都坚持自己的理由不回头。

我们有一条狗，叫小菲，是我们恋爱第一年养的流浪狗，我们的呵护，让它小有幸福。那天因为我又应聘不成功，回来后，我坐在地上，表现出从未有过的暴躁和绝望，我用力地撕着我的简历，用脚踩，小菲当时在身边蜷缩着，不知是我的样子迁怒了它，还是它在一场噩梦中醒来不得不那样做，它竟扑过来咬伤了我。

就那样，好霖把它扔下楼，落进那个水池里。一连好多天，我都额头上缠着纱布蹲在那个水池的边上用一根竹竿在水里拨动，一直没有看到小菲的身子飘上来。因为这，我开始不和好霖说话，有人说，一个刚强的人，如果没有柔软的一笔，他就不是完整的。我喜欢男人在困难面前刚强，在心和眼睛里柔软。

我怪好霖的残忍，我说小菲已到了衰老期，说不定就是哪个早晨，我们再也唤不醒它。但是好霖说他是不允许我受到伤害。但我还是不能原谅。

这年冬天，我认识了向泽。

我每天两次去他工作的药店，不买任何药片，我只是要站在橱窗附近那个绿色的体重秤上，每天，四十三公斤的指针都左右徘徊。

好霖已经离开，我也已经找到工作，在一家外校做临时代课老师。我如此神经质地去那个药店免费称体重，是因为我发现我原谅好霖了，可他却去了那么远。小菲虽然是一条年衰的狗，但是，狗是不会被淹死的。我在这样一条常识里怪自己，我们的爱情其实和小菲没有关系。

有一天，我问向泽，你们的秤是不是不太准？向泽说，是因为人的体重早晚有差，而且你的情绪也有差，情绪浓稠了，指针向左，情绪像江南的习习晚风，那么指针向右。

向泽告诉我，他从我最开始来店里就记住了喜欢留厚厚刘海的我。他站在另一个橱窗那里，每天两次祝福我，指针一天一天向右，因为我太瘦。

向泽在我生日那天，给了我一颗仙人球，很多很多的刺，我不敢触摸。

那个下午我们拿了一条小方毯，坐在郊外的一个桥孔里，我们面对面，抵着双脚，喝光一瓶酒，还抽光了一包烟，酒和烟就在我二十四岁时弥散到我的血液里了。

我惊奇我只有难受没有醉，向泽也没有醉，但他说了真心话，他说，如果想念可以调焦距，那么他一直在试图想要把好霖调得模糊一点，调到只是一个影像，直至什么也没有。他把头往后仰，一下一下轻轻地磕在桥孔弧形石壁上。最后他说，央求，你不可以是两个方向的破碎。

我伸过手，握住他的手说，向泽，那么你调吧，让我们清晰一点儿。

天黑了，向泽背我回家，我的双手搭着交叉在他的胸前，我把他衣服的拉链进了又退。我就是如此的矛盾，我们住在一起，但是我却一直不停在犹豫，我要不要给向泽一些关于爱的鼓励。仿佛一直都没有一件事让我来承认自己也是喜欢他的。

向泽把我放在沙发上，俯下身子，把脸贴在我的棉袜上，我的脚趾感觉到他浑浓的呼吸，我还看到他头上已生出第四根白发。

我没有去拔，我抱紧向泽，我高兴我在第二次看到他的白头发时，找到了为向泽出发的理由，专注于他的头发，有没有再沧桑，有没有再改变颜色，我就可以把好霖放在一个模糊的焦距里。

我记得很清楚，阴历这一年的年底，阳历明年的年初，向泽才二十五岁，可他已经不设退路地爱上了我。

我决定，待会儿向泽醒来，我会对他说，从此给我安定。想念在失眠的夜里变得如此漫长，但是每天一粒安定却可以将想念缩短。

我的头发长到冬天，已很长，刘海盖住眼睛。那个周末向泽加班，我在一家小饰品店，买了两枚侧发夹，绿黄红三种平行的颜色，我把发线分在正中央，用它们把头发别住。我的额头上，有关于小菲和好霖的那一道疤痕。

我跑去药店，站在向泽面前，我是想告诉向泽，我可以坦然面对过去了。可向泽看着我的发夹，看着我的额头，他不说话。我有些沮丧，我觉得我可以放弃过去时，但是向泽却不能面对了。

那晚我没有吃安定，半夜起来，我翻遍向泽的博客和他手机里的记事本，都没有一点的痕迹告诉我他为什么一直沉默。他曾经说过，他不想说话时，会找地方写下话。

第二天，向泽没有回来。

一个星期后，好霖的又一次来信让我觉得奇怪，自从那回向泽看到他的信后，我再也没给他回过。我在电子邮箱的发信记录里找到了答案，向泽用我的名义，给好霖写信，说我还爱着好霖，说好霖把我们生活过的江南小城当成内衣来贴近心，而我用一枚三色发夹来接近好霖在的地方。

我上网找，知道那个国家的国旗是绿黄红三色的。我的心顿时绞疼，向泽，你不可以用这样一个太过用心的理由来放弃我的？我只是拿那枚发夹当一道彩虹，可以带给我心情的阳光。

而且，你第二个不回来的晚上，我就去理发店剪成了短发，再也没有厚长的刘海，我不再回避什么，大胆露出了额头，理发师还替我拔掉了头上的一根白头发。我也只有二十六岁，它的白，是因为注入了多个黑夜里爱的挣扎，像你那样。

所以，从理发店一出来，我就去了美容院，我从那一刻开始觉得，那道疤痕，从不和好霖有关，我让人将它纹进了一朵蓝色小花的里面，从此，它一直在开放。

我做这一切，我是想，从此我来爱向泽。

可一连十多天，向泽都没有来，电话也打不通。我去药店，问店里其他人，他们说，向泽只是随老板去药厂考察了，还有五天就回来。

晚上，我去阳台，然后我哭了，我和向泽的一切，终于越来越清晰。那盆仙人球，已有了好几个花蕾。

我开始每晚吃两颗安定，我如此不愿醒来，是想像小菲一样，把梦当成我和向泽的房子。

爱情，就是两条曲线，就是如果我们分开也请你等我，而不是平行线，彼此想念却从没有承诺相遇的等待。

我正式给好霖回信，我说他离开的那一个月，我就已来到北京，北京从不是江南。我对江南的理解，不是你那样的，我只觉得江南在每个驻留过的人的心里，都是贴近的，不遥远的。江南，不是一套棉内衣，它就是一直存在于每个经过的人的心里，挥不去的，只是有关水乡，不关爱情。

我去向泽的博客给他留言，我说那个仙人球开出了白色的花朵，它的花瓣很厚，它会有很长的花期。我还新开了我的博客，链接地址给他，我的第一篇博客写着：今天下雨了，我想你。所以，我在墙上写下：雨落花台，我等你来。我还贴上了这几个字的照片，最后我说向泽，你知道不知道，我写它，用光了我刚买的一管唇彩。你要给我带一管新的回来。

我之所以如此相信向泽，是因为，向泽说过，我就是那个仙人球，安静，素养，很多刺，一旦触碰，别人会疼，我也会疼。但是，只要开出了花朵，那些刺就会柔软起来，而那些疼，也都不在。所以，再疼，他也要等到。

第四阕　那一世

诗

那一夜，我听了一宿梵唱，不为参悟，只为寻你的一丝气息。
那一月，我转过所有经轮，不为超度，只为触摸你的指纹。
那一年，我磕长头拥抱尘埃，不为朝佛，只为贴着了你的温暖。
那一世，我翻越十万大山，不为修来世，只为路中能与你相遇。
那一瞬，我飞升成仙，不为长生，只为佑你平安喜乐。
那一天，闭目在经殿香雾中，蓦然听见你诵经中的真言。
那一月，我摇动所有的转经筒，不为超度，只为触摸你的指尖。
那一年，磕长头匍匐在山路，不为觐见，只为贴着你的温暖。
那一世，转山转水转佛塔啊，不为修来生，只为途中与你相见。
那一刻，我升起风马，不为祈福，只为守候你的到来。
那一日，垒起玛尼堆，不为修德，只为投下心湖的石子。
那一月，我摇动所有的经筒，不为超度，只为触摸你的指尖。
那一年，磕长头在山路，不为觐见，只为贴着你的温暖。
这一世，转山不为轮回，只为途中与你相见。

——仓央嘉措

意

好诗好词，会令读者唇齿生香。这一首读来是让人心顿时安静，顿时疼痛。

怎么会有这样美丽又伤感的句子？让人觉得句中那一个一个的字，在这样的诗句中完成了它们各自最完美的一击。怎么又会有如此缠绵悱恻的感情？它让人觉得仿佛活着的每一个瞬间、每一个瞬间所做的事以及那些事的意义，都只是为了深爱的那个人。

我静静地听一整夜的梵唱，只为在黑暗中更清晰透彻地寻到你的一丝气息，我虔诚地转过所有经轮，只为用心轻轻地触摸到你的那细细的指纹，我深深地俯在地上磕长头拥抱尘埃，只为贴着大地贴着你也来过的那一抹余温，我徒步行走日夜兼程翻越十万大山，只为希望你也恰巧经过我可以在路中能与你相遇，我一生虔诚飞升成仙，只为以神的样子真正地佑你平安……

仓央嘉措（1683—1706），门巴族人，六世达赖喇嘛，西藏历史上的著名人物。在历史上所有的喇嘛中，他是最浪漫、最飘逸、最具慧心的一个，在历史上所有的诗人，他又是最传奇、最深情的一个。没有人不喜欢他的作品吧？几乎每一首诗歌，都是那么深入心灵，让人读了禁不住想，作者该要有多柔软的内心，才能写出如此又美丽又哀怨的诗篇呢？相传仓央嘉措在入选六世达赖前，在家乡有一位青梅竹马的意中人，她美丽聪明，他们相爱相伴，形影不离。进入布达拉宫后，他厌倦深宫生活，日夜思念着她……诗中的那位他至爱的人，就该是他飞升成仙也要佑她平安的吧。

情

问世间，情为何物，直教人生死相许。有的爱，是为了感动世间，让世间因为爱而美丽，有的爱，是为了让世间嫉妒，世间嫉妒他们来世间的全部理由，仅仅只是为了彼此，于是世间不懂，于是世间残忍，于是世间无情地给他们磨难和诀别。但是，爱到极致的人，会觉得只要他们相爱，什么光景，都是春天。

夏令送给松宝的繁花似锦的春天

一

松宝,我是夏令,我们很相爱,我一直都叫你松宝。

那天的事情上了本地报纸,很多人来看了我和你,房间里有数不完的鲜花。但是,松宝,我们一直都是安静的,现在热闹了多不好。

我宁愿那一天的事情永远没有发生过。那么,我们就还可以安静地幸福下去。以前很多人都说,姐弟恋,各自比较难定位,弟弟那一个老记得要依靠,姐姐那一个总会付出更多。但松宝你没有,你小我八十一天,可你一直都让我受宠。

这个没有阳光的白色清晨,空气很柔软。我已经决定从今天开始给你讲故事。它发生在两个孤单孩子的青春走廊上。我首先要做的,是要让你在我的叙说里伤心起来,然后汹涌澎湃你的眼泪。那样,我就知道虽然我们很痛苦,但你依然有和我一样的温度。

二

昨天,琴小姐说你正在休息,她拉我到阳台上和我聊天,她指着楼下的那些女孩告诉我,这个冬天要穿上紫色,说那样就是光芒,会让人第一时间感受到冬天原来不枯寂。

于是，我晚上去了国贸大厦，走完所有卖衣服的地方，我才找到一件我喜欢、价格也不高的紫风衣，它像你的风格，简洁而又有俏皮的小细节，我想你一定会喜欢。下楼的时候，我还去一楼鞋柜挑了一双比风衣颜色沉一点的紫靴，还是因为你说过你不喜欢比衣服浅色的鞋子，那样好像不够稳固。

我现在穿的就是它们，琴小姐说很漂亮。我刚刚把你的手牵引着全都抚摸了它们一遍，我在等它们的光芒让你觉察到，你醒来的时候，就会有很多很多的爱会从你的眼睛倾泻而下。

南方小城的冬天不会太冷，冬天也许很快就会告辞。松宝，多努力一些，我多么希望，我们的冬天也匆匆远走，我的紫风衣和紫靴在收进柜子以前，你能睁开眼来看一看。

三

外面下雨了，我们今天来回忆吧。

你还记得吗？你以前总是想着要带我到一个遍地开有秀丽花朵的地方，你说我的笑容像阳光，干净而温暖。去年你就真的带我去了世博园，但是因为春天，我却花粉过敏，导致生了满脸小疙瘩，回来的路上，你说那些小疙瘩是要出来和那些花媲美。

还有一次，你气得用额头去撞一棵杨柳树，我用手给你挡住，你的额头没事，我的手却被弄伤。那只是因为我开玩笑说，夏令比你老，你正飞扬，你的眼睛正熠熠生光。

后来很多个夜晚，你都坐在我的身旁，通宵无眠地要等待我的回答。窗外的树影摇摇曳曳，我躲在被子里笑。亲爱的松宝，你就原谅我吧，难道你不知道，我的谎言能坚持到你的深情里吗？不能的，总是一眼，我就可以为你松手所有。

松宝，我好高兴，刚才我说着说着就睡了，琴小姐来时，看到你的手指缠住了我松散下来的头发，贴在我的脸上。琴小姐吃惊地叫醒我，很快医生来了，说这也可能是无意识的。

关心我们的琴小姐有些失望，但是，我告诉她，我不认为医生说的就对，我知道你一定是爱听我每天要讲的故事。所以，你想告诉我，你真的已经全部听到，只是你的眼睛还没力气睁开来。

我这样对琴小姐说，你一定也认为很对，是吧？

四

此时夜阑人静，我小声地唱歌给你听吧，“他还不懂永远不懂，一个拥抱能代替所有，爱绝对能够动摇我”，那三个和我们一样青春的女孩唱了很多好听的歌，但是我们只喜欢听《他还是不懂》。

原来我说你不懂，你也说我不懂。现在我明白，我们是因为太了解对方，所以才要故意这么说。

我和医生谈，他后来说你只要有知觉，就有可能被唤醒。所以，我一直在努力。我知道你也很努力，自从那次你的手指动过我的头发后，你总是隔几天就会动动手指头。

现在我总是胸口痛。琴小姐心疼地说，是因为我太担心你。

我把我画的画给她看，对她笑笑说没事。松宝，我偷偷地告诉你吧，琴小姐好漂亮，比我还漂亮，而且她无比善良地祝愿着我们两个苦苦相恋的人。

松宝，我胸口疼你别放在心上，那只是因为有时候我会傻想，我们两个人，到底还在不在同一个世界里？我问我的心，那股疼痛究竟是来自哪里的？心告诉我，就是来自心里。它担心一直呼唤，你却不肯醒过来。

五

下午三点，田小曲打来电话，我们在楼下花坛边见了面。她问我你的情况，我说，你很好让她别担心。然后我们这两个因为都爱你、从前大闹过的女孩，这次由于无助紧紧抱在一起。

她一直在哭，我没有带她上来看你，她刚刚又恋爱，为了她的幸福，她不应该过多地来牵挂你。松宝，我做得很对，是不是？我知道，你们也是爱过的。但是，现在是我们在相爱，所以，痛苦就不能给别人。

她给了我一张宋律师的名片，是她男朋友的好朋友，答应给我们法律援助。她说尽快和宋律师联系。我们是没有责任的，那天你给我过生日，我们只是要一起去买个小蛋糕，回来时从夜映俱乐部门前经过，那个残酷的司机却把车开向我们。

我又在提那次事故了，我又哭了，求你动一动手来和我感应一下。我真的好害怕，如果你不给我勇气，我会想要结束一切来陪你永远安静的。

松宝，你的手真动了，原来你也害怕有一天你醒来找不到我，那么你一定会认为这么努力地醒来是多余的，对不对？

每天努力一点点吧，医生虽然说植物人会醒的概率小，但是电视电影杂志上都有说过醒来的事，我们就要一起来证实。

六

松宝，我和你说一件事，上次田小曲介绍的宋律师我已经联系过了，宋律师真是好，他已经带着那次事故资料去找过长沙的那个司机，并在当地法院立案了。再过几天，就要开庭，所以我后天就会和宋律师一起出发去长沙。我可能要五天才能回来。

别担心我，田小曲说她和男友也会陪我去，我偷偷地告诉你吧，现在我和小曲已经是好朋友了。

松宝我们一起高兴吧，我会带着好消息回来。

我刚刚也去拜托琴小姐了，她也替我们高兴，她答应每天来代替我陪你说话，我还把我的日记交给了她，还有我录好了的那首歌，她也会放给你听。松宝，你记住啊，琴小姐比我们只小一岁，所以，如果你听懂了，你要努力用你的方式表达给她看。

七

秦松宝，我是琴曼，你和夏令的好朋友。今天的阳光很好，夏令正在去长沙的列车上，我一会儿去给其他病友打针，会每隔十分钟来看你一次，我不在的时间里，你就听夏令唱给你的歌吧。

秦松宝，刚才夏令来电话问你，我说因为她不在，你好像有些沮丧。对不对，我说的就是这样吧？那么，沮丧你就表现出来哟，夏令知道了会很开心的。

现在我读她的日记给你听：2005年6月5日，我们的城市下雨了，不大，因为风没有刮起来，它们的细顺无法改变刚刚升起的夏天温度，我的额头还不时地出汗，我摸过你的额头，刚刚好，我笑了，你不觉得闷热那是因为你在做梦，梦里正是春暖花开吧。松宝，等那个梦一做完，你就要醒来，说给我听……

八

秦松宝，我是琴曼，你和夏令的好朋友。我今天上的是早班，午饭后就下班了，你现在还是听录音，我待会儿再来。

秦松宝，我来了，今天已经是第四天了，明天你的夏令就要回来了。她肯定要收回她的日记本又躲起来偷偷地写了，所以我们今天得把它上面的都读完，秦松宝，每篇日记里都有你，你可要认真地听啊。

2005年9月9日，天空很晴朗。松宝，我很想告诉你，我本来有了一个小松宝，但是，那次事故伤害了小小的他。所以，我们不甘心对不对，那么你就快快好起来，将来，我们会有很多小松宝，有的像我，有的像你，还有的又像你又像我，他们会比我们俩都幸福，他们会有我们两个亲人，和很多很多的朋友。

九

秦松宝，夏令的日记我们又读了一遍，我看到你的手动过好几次了。你一定是感动了吧，是啊，夏令多么爱你，除了你，她不会视其他的东西为珍宝。

所以，刚才那个值班护士的话你别当真。医院里虽然有了流言，说夏令把你扔给医院，拿钱跑了。这是多么让人生气的事，秦松宝，你快快醒过来，然后我们一起和他们争吵，不是那样的。

我知道，这些天你是多么努力，几乎每天，你都有手脚挪动的情形，医生也说了，如果有越来越频繁的大幅度反应，那么，你会是植物人中非常幸运地醒来的那一个。

那么，秦松宝，为你的爱情再努力一些吧。

十

秦松宝，今天一个女孩和她男友来医院说了件事。她说她是田小曲。她站在你房间的门边，哭得手指紧紧地扣住门边，她不敢进来看你。

我和你的主治医生说，要不要告诉你？他想了很久说，也许刺激就是苏醒。我说那很残忍。但是后来我又想，夏令说过，爱就像是种子，会坚持它的力量到一种美丽。所以我决定告诉你。秦松宝，夏令心中的这粒种子，已为你用力成一片繁叶繁花的景象。那么，你心中的那一粒，也要为她苏醒开来。

你们的案子审理得很顺利，法庭上夏令泣不成声自述，肇事司机知道你们的事后为他的逃脱忏悔，下来就带着夏令去银行，按审判的数额把钱交给夏令。可是，可是，刚出银行大厅，一辆摩托车疾驰过来，后座的人猛地扯去夏令肩上的包，夏令仰倒在地上。许多人都看到，很快那两个飞车作案多起的抢匪被截获。但，我们的夏令，因为是头重重地落地，却再也不会醒来。

秦松宝，你们的故事很心酸很凄凉，但是，每个看到的人，都知道它的全部力量都在你这里生长，我们会等着你醒来。

琴曼说完，看到他的嘴角，牵动着微笑，他的双眼，泪水很长很长。她惊喜地跑去叫医生……

第五阕　不重开的花朵

诗

永别了——花儿向我低语，
一面将脑袋垂向胸前，
它说我再也不可能见到
伊人的面影和祖辈的家园。

亲爱的，这又有什么关系啊！
我见过它们，也见过这大地，
像接受新的爱抚和温存。
我将要接受这临终的战栗。

因为我领悟了人生的真谛，
微笑着走过生命的途程——
所以我时刻向人们说道：
世间的一切逝去又重生。

反正另外的人会要到来，
他早把逝者的悲伤遗忘，
他将给未亡的亲爱的人儿
编一首更好的歌儿来歌唱。

当我的爱人和她的新欢
听着这歌儿——在寂静的处所——
也许会想起我这个人来，
像想起那永不重开的花朵。

——叶赛宁

意

当我的爱人和他的新欢唱着欢乐的歌时，会想起我这不重开的花朵吗？

爱情的美好，常常在于两个人面对生活给予他们的那些不能在一起的挫折和牵绊时，毫不退缩，永远相信对方，永远相信爱，永远都不绝望。

而爱情的痛苦，常常是在于面对挫折和牵绊时，只有一个人一直都不绝望。

在爱情里，独守一份希望，是可怜的，是卑微的，因为这份不平等，你所有的努力都是放下尊严，你始终委屈地在寻全，偏偏你陷入其中还总是舍不得退出，直到伤到最后才明白，与他的这一场，只是你自己的独角戏。

每个独角戏的主人公，都会在眼泪中变得透彻；透彻了，也就在心里为自己炼出了离开他的勇气——我爱过你，但是我现在要离开你。

或许在独角戏里，深爱着的那一个人，所成就的勇敢和懂得的道理，往往比被爱的那一个人多许多吧。

叶赛宁（1895—1925），俄罗斯田园派诗人。自古才子配佳人，叶赛宁也是如此，他二十一岁时与他生命中的佳人美国舞蹈家邓肯相识，很快他便与这位大他十七岁的女子热恋并结婚，婚后有段时间他与邓肯一直在欧洲及美国旅游。后来或许是因为各自的性格原因，或许是急切美好的爱情总是会在岁月中渐渐显现不完美，两人开始出现感情危机并时常争吵，直至彼此再也无法迁就终于离异。后来叶赛宁回国，不久出版了轰动当时文坛的诗集《莫斯科酒馆之音》，也展示了他当时的抑郁消沉。1925年某夜，在旅馆里的叶赛宁突然去世，年仅三十岁。究竟是自杀还是其他原因，文学史上至今没有交代。

情

她为他，做了许多努力，但是这一切换来的，不是他的感动，不是他的珍惜，而是他的陌生。当他的眼神变得越来越游离，当他对自己注视的时间都十分吝惜，当他再也走不进心里来和自己一起分享曾经的相知，那么，分手吧，她要用最后的微笑，勇敢地作别他们之间那一朵永远都不会再重开的花朵。

注视我，请用十秒钟

一

兰屿一直觉得，不近视却以黑框眼镜为饰物的人都是怀疑论者，他们首先怀疑自己眼睛不够美，所以加个眼镜，然后怀疑别人对自己的眼光会充满疑问，于是就特别想隔着两块玻璃去做一件令别人无法估量她能力上限的事业。

目前，兰屿就正在这样的状态里把一间叫“碎银”的旧品收购公司经营得有声有色。

虽然欧瑞总是不屑于她的事业，三年前，欧瑞是在附近各大学里毛遂自荐找代课的美术老师，兰屿是一家合资企业的意大利语翻译。

那次，欧瑞在师院上课，兰屿在湖边等他，看到一群学生庆祝毕业把书甚至手机都往湖里扔时，她突然就在波光粼粼的湖面上找到让她激动的良机。

但当兰屿辞职后激动地说：“我们替毕业生把累赘旧物换成一张打拼天下的火车票，这是双赢的事情！”欧瑞沉默不语。

“碎银”一直茁壮成长，营业到年底，兰屿又打广告招员工时，欧瑞说：“想不到打杂的比我挣的还多。”这话里，多少有些自卑的意味。

那时候正值寒假，他揽不到代课活儿，天天在公园画头像，一张八十块，一月下来大概能画十张。兰屿偷着开心，她早就想让他明白，艺术养不活人，他想在现实生活里得瑟，得有平台、资历、背景等，可是除了还算不错的画画功底，他什么也没有。

兰屿蹲在仓库里挑拣收购回来的旧书，原本是想等到春季纸张涨价后再脱手，但现在她改变主意了。没多久，在“碎银”对面，有了一间五十平方米的旧书店，取名“活页”。她笑着对欧瑞说：“让以斤买来的百科旧书，再以本卖出，这就是你目前的事业，而你的追求同样还在，我已经让人把招聘广告贴到各校园，春季开学，就会有同学来做兼职，那时你就有时间画画了。”

他犹豫了一下，目光复杂地看了她几眼，最终还是小心翼翼地接过她递来的门店钥匙，忽然把她紧紧搂在了怀里。

那一刻，兰屿觉得自己是幸福的。为了自己喜欢的人的梦想而牺牲和付出，是一件多么美妙的事。

二

“活页”里图书种类繁多，全部二到五折，有人说它是山寨版的百科书城，人气很高。

兰屿站在“碎银”的小办公室看对面忙碌着的欧瑞，思绪飘远。

她是在遵从内心。如果她不走出第一步，那么她和欧瑞便还是那样，她在环境优越的合资公司做着体面的工作，他背着画夹穿行在校园或公园揽活儿，看上去就是两条毫不相干的平行线。

现在多好，她的小公司业务进展良好，她不用请假都可去购物，随时可站在窗边看着也忙碌起来的他；他的书店人气与盈利水涨船高，不断有旧去新来的书和兼职同学，他应该有时间削好所有的铅笔，等待崭新而又愉悦的灵感造访。

也许冬去春来夏盛时，他们就会用一种平等的姿态为爱情注册，像鸟儿一样筑个巢。

但这世上，银子真的有无限的可能性。当欧瑞每天都可以从他的事业中轻松地赚取比画画丰富得多的银子后，他对价值渐渐有了一种很现实很独立的认识。

书店周年，搞了个小店庆。兰屿像个托，拖了满满一拉杆箱在书城买的新书过去捧场，除了向他昭示，什么书都可以舍得买又舍得卖之外，她最想把心意送给他。拉杆箱里全是漫画，她想他没事画画漫画是一件既简单又不脱离生活的艺术事吧。

但她万没想到他会让兼职同学给她钱，并不是以他现在挣钱了不再让她花钱的理由，而是很可笑地以他的程序，让同学去称重，给她算钱。

他说生意兴隆了，得做足信誉，即使有路人放下一本杂志，他也要以斤论银两为他结账。

兰屿突然瞠目结舌，不知道说什么好了。

三

有人做过统计，在都市白领中，收入与闲置成正比。以前的兰屿就是那样吧，总嫌柜子少，每每双肘搭在16楼阳台的铁栏杆上，眼神斜过右肩落到身后宽大的储物柜时，都会有空间上的富足感。

可今天，她却觉得有容乃大其实也有点儿惨。她竟然发现有三个柜门因内容过多而走光，两条裙带夹缠在门缝中，像两只要偷情却没有躲好尾巴的孔雀。

店庆后，他连一个电话都不曾打给她。

以前，她有周末去海边散步的习惯，欧瑞有代课的话，会先送她去海边，然后再去学校，课一上完，再背着他那只巨大的画夹到海边接她。忙碌而纯良的爱情，曾让兰屿以为自己从生活中得到了最大的财富。所以当欧瑞越来越因为他与她的收入差距而郁郁寡欢时，她便放弃心爱的工作，她要给他一个换条思路也可以精彩的启迪。

她看着门缝中的裙带，打电话给他："上次不是有顾客找卡耐基的书吗？我有，你来。"

来的是一个兼职的女孩。兰屿很难过，让那女孩把那只爆满柜子里的东西帮忙都扔了。

女孩却说："姐姐，扔了多可惜，我喜欢。"

兰屿仿佛看到当年去表姐的衣柜淘衣服的自己，回卧室拿出一条新裙子送给她。

女孩走了，兰屿哭了。他的员工也不赖，在她进屋给女孩拿裙子时，女孩把买卡耐基书的十五块钱放在桌上。

兰屿去找欧瑞，他要整理书，她拉回他："欧瑞，你可以注视我十秒钟吗？"

他看她一眼说："你今天很漂亮。"

"不是这样，是不说话，单单看我十秒钟。"

他的眼神放过来，但他笑了，笑得弓起身子。她也笑了，笑得他惊涛拍岸，卷来千堆激情。从身到心的一种疼痛，把她心里有关爱情的最后一点儿希望都掏空了。

兰屿起身去海边散步，她喜欢阳光下海面那种波光粼粼的安静，坐到天黑，忍不住对着海唱意大利民歌《小啄木鸟》，她已有多久没有说过这种语言？她一直觉得它美，曾经一直都为自己能在中意两种语言间穿行而骄傲，那是一种流通的艺术。她也是欧瑞一样有艺术追求的人，但她为他将它放弃，而他却可怕地将它轻薄——他没再画过画，铅笔都已秃得看不到笔芯，她给他的新漫画书，店庆那天五折卖出。

四

这条街要统一规划，重建成步行街。

兰屿拿着报纸去找欧瑞，他说他知道。她说："我打算重新找工作上班，你打算怎么办？"

"还没想，不过这书店向来是可有可无的。"他抽过她手里的报纸，明明说已看过，却又低头翻起来。

她心里疼，装出一点笑，当天下午就把仓库里的东西都抛给了城南的二手市场。

再次去书店，这条街的街头已在拆除了，热闹又灰色。欧瑞说："我要离开了，想去北京发展，若你来，也可以。"

这是邀请吗？这样勉强的邀请，她的心如针扎。他直到一切都计划好以后，才来问她如何打算，原来她自始至终都没有进入他的生命日程。

"我主修意大利语，你若开公司，会有此需吗？"

"哦，那是不太对路。"

短短的沉默，足以杀人。她翻着幾米的一本漫画书问："这些书你怎么处理？"

他拿起桌上一支秃头铅笔丢向门外，吓跑一只欲进来找主人的小白狗，漫不经心地说："一会儿有人来收购，每斤四毛，大概可换张机票。你随便看看吧，喜欢什么，就拿去。"

兰屿一时间没有反应过来，他只想到了自己的机票，她忽然感觉那支被扔出去的铅笔，是被欧瑞远掷的爱情。她想她要给这段爱情留下最后半个铜板，仅仅以慰心灵，于是她把书架上的许多漫画书取下，直到怀里再也抱不下。

回公司上班一个月后，她散步来到已是废墟的街道时，有一点儿伤感，但当她安静地走过它，转入另外一条街道时，看到了"活页"书店。

她疑惑地走进去，一个女孩踮着脚在整理书，背影有点儿熟。

那条裙子，原来身后有蝴蝶结，她嫌稚气，在专柜就让人剪下，没穿就送给了女孩。女孩的身子单薄，撑不起衣服，但她撑起只属于自己的希望，她没认出兰屿，只说随便看。她想起当时送条裙子给女孩时，女孩说："姐姐，衣服给我了，但你的气质永远在上面。"

柜中陈物泛滥，容纳就失去美观，心中陈物泛滥，憧憬就不知去向。然而但凡陈物，其实都可以寻思变通，用来换点碎银子留作日后补贴。就如那一句赠送衣物后得到的话，此刻想来，也有心动之处。想到这里，兰屿开始觉得她终于放弃欧瑞的那个决定，就是她用心炼出的碎银子，这些碎银子让她从此内心坚强。

下午，兰屿把最后从欧瑞那拿的漫画书送到女孩这里以斤论价，卖得32.5元，用它去超市给自己买了一双拖鞋。

第六阕　君生我未生

诗

君生我未生，我生君已老，
君恨我生迟，我恨君生早。
君生我未生，我生君已老，
恨不生同时，日日与君好。
我生君未生，君生我已老，
我离君天涯，君隔我海角。
我生君未生，君生我已老，
化蝶去寻花，夜夜栖芳草。

——唐代歌谣

意

你比我早来，当我来的时候，你已经变老，你问我怎么要迟到，我问你为什么要到那么早？然而再难过却也没有办法啊，我们那满腔的遗憾，满眼的泪水，都只能恨你没有晚一些我没有早一些，恨我们没有同时来到世间，恨我们不能天天在一起……

我来时你还没有来，你来时我已经变老，我在天涯，你在海角，那浩浩荡荡、千山万水的距离，叫我们如何能彼此到达啊？那似山沉重似海浩荡的遗憾，让我们无能为力，只有希冀我们可以双双化成一只蝴蝶，这样我们就能每个夜晚都歇在同一丛花草里……

每每读它，都会揪心地难过，那种生不逢时、生不逢君的遗憾，让人只敢将一切寄托来生。自古以来，相爱的人总是被祝福，但是这样的相爱，却是再多的祝福，也是遗憾，这世上最让人痛惜的爱情，莫过于——不是他们不相爱，不是他们不能深爱，而是他们再爱却也不能爱吧。

此诗为唐代铜官窑瓷器题诗，1974—1978年出土于湖南长沙铜官窑窑址。作者可能是陶工自己创作或当时流行的里巷歌谣。不知道那一年，这首歌谣是不是全城皆唱？而被唱的那两个相爱却生不逢时的男女，他们又是谁？没有人记得他们的名字，但是他们的故事，却以这种隽永深刻的方式被世人记载了下来。如此，不得不让每一个读到它的人，都替他们心存欣慰，感激世间——虽然世间没有让他们在一起，但是世间让他们的爱真正永存不老了。

这种永远的美，它与早到迟到无关，与时间无关，真的无关！

情

当一切只能是遗憾时，爱着的人，应该如何才能好好地过，如何才能让爱你的人不为你担心，不为你难过呢？百转千回后终于明白有一种陪伴并不是我们天天在一起，世上最美好的事情，是为一个人付出的勇敢，这点做到过，便永不后悔。露珠会在它自己小小球体的范围里，理解太阳，这是某个名人说的，如果他一直是你的太阳，那么就要求自己努力做到。

陪伴不一定就是我们在一起

一

申先生是川杨二十岁那年遇到的。

那时川杨还是一个拥有很多梦想的女孩,还在上大学,学校附近有家小超市,川杨和同学要买东西常去的就是那里。

一个星期天的下午,在小超市最后一排货架前,川杨捧着那个四角蓝色玻璃杯爱不释手。可是一看价格,才知道它是某种品牌的,很贵。

见川杨还在那里舍不得走,又不肯挑别的。同学宋雪看看四周,小声和她咬耳朵,川杨,我们都是好女孩,如果你实在喜欢,要不你也学小杜那样调皮一次?

这家小超市当时还不是通过扫条码收费,收银员收费时就只看商品上贴的价格标签。有一次宋雪她们在宿舍打赌,谁可以通过揭换价标把一只大暖水瓶用小暖水瓶的价格买回来公用,谁就可以只喝水不打水。最后是小杜从此不用再打水。

青春就是这样肆意张扬,什么都敢做吧!在宋雪的配合下,川杨觉得自己做了一件很好玩的事情,有小小的刺激和一点勇敢的感觉。

可是等川杨握着被改变了身价的那只玻璃杯越来越接近收银台

时,心里却开始咚咚地直闹,紧张得手心都在冒汗,感觉所有的人都在看着她,都在说她这个小偷。

宋雪一步步在往前挪,挪一步就用手拉下川杨,提醒她不要露出破绽。眼看马上就要轮到川杨付款了,可川杨却还是忽然转身,抱着玻璃杯向那个货架跑去。

可是当她又偷偷揭换价标想将一切还原时,一个男人过来吓着了她,川杨惊慌失手,那只四角玻璃杯掉在地上碎了。

管理员听到声音急忙过来,川杨见马上就要被曝光,不知所措,忽然拉着那个人说,对不起,对不起,我们还是讲和吧。

那个人先是惊讶地望着她,然后又呵呵地笑起来。他扬手对已经快走到他们身边的管理员说,不好意思,不小心碰着了,我们会按原价付款的。

二

川杨在超市门外等着,她要把玻璃杯的钱还给那个人。

可那人一直坚持说是他的出现不对,吓着了川杨,所以杯子才掉到地上。说着,他还从他的购物袋里拿出一个同样的水杯,说是赔给川杨的。

川杨羞愧得脸红到脖子根,不安地推辞着。他笑着看着川杨,眼里暖暖的,说,不要再推了,按你说的,我们也用一个水杯来讲和吧。

就这样,川杨认识了申先生。

申先生叫侯申诚,因为如果叫他侯先生,宋雪总会咯咯地笑个不停,所以,川杨一直叫他申先生。申先生二十八岁,是附近外国语学院的英文老师。

川杨跟他很投缘，在一起时，总有说不完的话。

后来的一个有阳光的下午，在申诚宿舍的窗台前，川杨仰着小脸，对申诚说着那天杯落的真正原因。她说，申先生，川杨是不是很坏？

申诚听了哈哈大笑，伸过手，捏捏川杨的小鼻子，我说呢，那天这姑娘怎么那样慌张，像做贼似的，原来还真是啊！

川杨听了羞得用双手捂住脸，申诚又笑，说，川杨，我逗你呢，你看过电影《第凡内早餐》吗？里面那个天使一样的女孩，也做过这样可爱的一件事情，但是没人说她坏啊。

川杨放心地拿开手掌，天真地看着他，她发现申先生的眼睛里，有一种柔柔的东西，像春日的阳光一样。

三

川杨读的只是一所职业学院，而且是很不受用的专业。每到星期天，宋雪坐车去找她姐姐玩时，川杨就会去找申先生，跟他学英语。

申先生很喜欢好学的川杨，每次给她讲完课，他都会抽出一张白纸，说要考考川杨才行。在他写题时，川杨会转到卫生间里，懂事地帮他洗衣服，衣服洗好了，他的题也写完了。川杨坐在桌前认真做题时，申先生就会轻轻给她带上门，等她做好题，他的饭也做好了。

川杨喜欢和申先生在一起的周末，它充实而快乐，温暖又惬意。

申先生给川杨买的那个玻璃杯，一直是她的宝贝，有次宋雪实在口渴了，自己又忘记凉水，一进宿舍就抱着川杨的玻璃杯咕咕喝完，川杨站在身后看着她，急得竟然哭了。她说，宋雪，你再不能用我的这只水杯喝水，再也不许，知道吗？

这吓坏了宋雪，她们从前可是不分彼此的啊。宋雪很认真地向川杨道歉，她实在是不明白川杨为什么要哭？

看着川杨仔细地擦着那只水杯，宋雪似乎又明白了一点儿什么，她说川杨，你是喜欢上你的申先生了吧？

川杨不说话，继续仔细地擦着它。

四

两年后，川杨毕业的时候，已经能非常熟练地讲英语了。

宋雪去了北京，她想去深圳。申先生不久前，因为不想永远待在学校，面对那些并不太明朗化的职称晋级，辞职去了深圳，现在一家文化公司任专职翻译。

申先生来电话鼓励着川杨，说她的口语已经很好，一定能找到不错的工作。

他的话，让川杨心里装着满满的自信和勇敢。到了深圳后，她没有马上去找申先生，她想找到了工作再去。

川杨每天在人才市场寻找着和英文有关的工作，她真是太想用申先生教的东西来工作，不知为什么，她总觉得这样会是一种陪伴。

但是，别人一看她的履历表和专业，根本就跟英语不沾边，就会不屑地直接拒绝。

一次又一次的失败后，川杨只得先在一家小公司做最普通的文员，一边工作一边准备英语考级。

一年后，当川杨拿着通过全国英语考级而得到的证书，高兴地去见申先生时，她却看到了一个漂亮的女孩。

这样的女孩，是那种很老很老以后，喜欢她的男人还会拿她当宝贝的那种。川杨想。

而自己很瘦，一米六五的个子，却只有八十斤。站在申先生的门外，她强烈地感受着来自女孩身上的柔媚以及自己的单薄。

那天，她没有见到申先生。女孩仔细问了她后，自我介绍说她叫夏星，申诚前几天出差了，她来给他收拾屋子，她说她会告诉他川杨来找过他。

川杨离开的时候，觉得整个深圳都是空的，就像她心里积攒多年的美好和勇敢突然也空了。

五

川杨成功应聘到一家大酒店任客户部主管助理的工作，一年后，环境和职业套装彻底改变了她，她变得精干成熟，也学会了把申先生放到心底不说。

不是她不勇敢，而是随着成熟起来的心，她越来越觉得，只要他幸福，她就好。那个让他们有故事开始的玻璃杯，在川杨这里还在天天装着清水，还是那么清澈。

酒店里常常为相爱的人举行婚宴，看惯了，看淡了，川杨也就觉得，或许将来的某一天，她也会和某个好男人，在这里举行和别人一样的宴会，宴会完了，也过着和别人一样的生活吧。

但是后来，当她又看到一对新人的婚宴后，她却捧着那只玻璃杯哭了，像捧着她的整个青春时光。

那场婚宴的设计跟以往的没有什么不同，那两个人脸上美满幸福的笑容和其他来过的人也没有什么不同，不同的是，新郎是申诚，新娘是夏星。

当时，川杨正站在酒店大厅上面的栏杆边，看到申先生吻夏星脸颊的那一刻，她想过要走到先生的面前，可她心里痛，怎么也挪不开脚步。

几天后，川杨在客户登记册里找到申诚的电话，她邀他和夏星一起出来吃饭。

饭间，申诚刚对着夏星介绍完川杨，夏星就对着川杨急忙道歉起来，她说，她不知道川杨和申诚是好友，那次他出差回来，她忘记告诉申诚川杨去找过他的事。

申先生很惊讶，但随即而来的是无奈，他没看妻子，只是担心地看着川杨。

川杨仰脸一笑，我叫你们来，是因为你们在我们酒店订宴后很幸运地被抽中年底双飞新马泰的旅行奖。说完，她递上表格，让他们现在就填好。

然后川杨喝了很多酒，却总是看着他们笑，不说话，或许夏星因为故意隐瞒而内疚，她说她自己先回去，让申先生送送川杨。

明亮如昼的深圳街道，申先生就这样在川杨的身旁，这是很多年她梦里的样子，可是现在却没有一丝的幸福绕上心头。

川杨哭了，申先生心疼得一把抱住川杨，他说，他不知道会这样，他去过她以前工作的那个地方，他甚至回学校找过她，他还联系过宋雪，可是他不知道她就在自己身边。

川杨泪流满面地看着他说，我知道，申先生，现在我就想要一个答案，可以吗？

申先生捧着她的脸，眼睛湿润地点头。

川杨的眼泪一直掉，她努力地笑着说：这么多年，你明白我吗？

申诚点头，说明白，在那个小镇就明白，不明白的话，也不会等到现在。

她伏在他的肩头哭了，说明白就好，就好。

六

第二天，川杨辞职了。客户部主管周姐一直是很喜欢川杨的，舍不得她走，川杨笑笑说，周姐，我要去结婚，您还不放我吗？等我到了三十，再嫁人，就谁都不会要我了呢。

周姐听真了，叹口气，只说让她去财务部多领三个月的薪水。

川杨说薪水她不要，她只要年终业绩奖中两个双飞旅行的名额，并请她帮忙提前支付。

川杨用快件把双飞旅行的全部资料和收据寄给申诚后，就去北京找宋雪。

她以为她可以在新的环境里重新开始，她找工作时甚至不说自己英文好。在宋雪的帮助下，她找到了一份工作，宋雪已经结婚了，见川杨也在北京安定了，就给她介绍男友。

川杨想她总是要生活的，就努力地与那个人交往。那人很喜欢她，川杨虽然心如死水，可是当他求婚时，她还是点头答应了。

都是大龄男女，领了结婚证的那晚，他激动地拉着她的手叫她老婆，留在房间里不肯走，他自己洗了澡，还给川杨放好水。

川杨很久才出来，他眼里积满了温柔在等她。可是，就在他向川杨靠近的时候，川杨推开他，穿好衣服离开了。

领结婚证后的第三天，又去领了离婚证。宋雪责怪川杨，说她这不捉弄人吗？

川杨哭了，说不是捉弄，是心不可以所以身体不可以，宋雪你一定也知道，女人的心在哪里，身体就在哪里。

年底，川杨在回家乡的火车上收到申诚的短信，申诚告诉她他快做爸爸了，所有的寄托仿佛突然都找到了寄托点。他说，川杨，我希望你好。

年后，川杨没有回北京，她留在小城，做了一名代课英语老师。

春天的时候，她给申诚写了一封信，在信里她说，申先生，川杨有两句话要说给你听，一句是，世上最美好的事情，是为一个人付出的勇敢，这点川杨做到过，所以永不后悔。另一句是，露珠会在它自己小小球体的范围里，理解太阳，这是某个名人说的，申先生一直是川杨的太阳，所以这点川杨也会要求自己努力做到。

陪伴并不一定就是我们要在一起。至此，川杨似乎才真正明白。从此，她只用申先生教的东西，陪伴自己，在老之前，她应该会和一个男人，有平淡安好的生活，然后也应该会有一个她很爱很爱的孩子，再然后三个人互相陪伴，过着平淡本真的生活。就是这样，她不会再逃，就像申先生一样，因为心里有她，即使生命有遗憾他也依然热爱生活。

第七阕　一棵开花的树

诗

如何让你遇见我
在我最美丽的时刻

为这
我已在佛前求了五百年
求佛让我们结一段尘缘
佛于是把我化做一棵树
长在你必经的路旁
阳光下
慎重地开满了花
朵朵都是我前世的盼望

当你走近
请你细听
那颤抖的叶
是我等待的热情

而当你终于无视地走过
在你身后落了一地的
朋友啊
那不是花瓣
那是我凋零的心

——席慕容

意

等你，等你，直到变成一棵树，一棵所有的树叶、所有的花朵都是盼望的树，然后决定，这一生都站在路旁，不管时光会不会让我变老，不管那一树的绿叶和花朵最后会不会因我的苍老而凋谢，我也一直要等，因为这是你必经的路啊，你总是、总是要经过的啊！

在我刚刚懂得诗歌，也学着把小心情装进诗歌的时候，我就会背它，那时的理解只是它美得让我就想记住它的每一个字。而现在，当我也经历过等待，也经过深爱时，我明白了，每一个等爱的女子，世界在她眼里都是小如木匣的，木匣里只有她自己，只有那个深爱着的人；每一个等爱的女子，世界又是无际的，如同苍穹连着深渊，而这苍穹和深渊里，满满的，装的都是她的深情。

因为经历过，所以总但愿：每一个深情的等待，都被看到；每一个女子的爱，都不要用一生去等一个发现。

席慕容　女，著名诗人、散文家、画家。有关她，我只记得当年，当我还是十六七岁时，我的摘抄本上，满满的都是她的诗歌。我还记得我上政治课时，总是听不进去，然后就会在政治课本下的白纸上，一遍又一遍地默写她的那些诗歌。许多我的同龄人都有这样的感觉吧，席慕容虽然不在我们的课堂里，却带给过我们有关美的最重要的一课。或许就像席慕容自己在接受采访时对记者说的话："年轻时因寂寞而写诗，或许是一种对美的渴望；年纪稍长，因无法平抚心中的骚动而写诗；初老时，因惆怅而写诗，人也因此变勇敢了。"一首诗就是一个自给自足的世界，对于时间的流逝，对于生命的感动，还有许许多多生活中难以表述却又感怀于心的东西，席慕蓉觉得只能以诗来表达，而我们在她那些又温柔又淡泊的表达中，也找到了美，找到了懂得。

情

走前崔小营没有刻意地去找景瑞，她只是在心里对着天津说，景瑞，我一直觉得，我越来越好地生长起来，就是为了你。但是现在，我知道了，原来我努力生长的这一段结果，其实你不要。

课本叠加到可以恋爱的年纪

一

崔小营第一次见到景瑞，是十六岁。

那是夏天，可以随风灿烂的季节。只是对崔小营来说，每一个夏天，都是一场劫难，她生在武汉，她的皮肤从小就特别敏感，热气一裹，她的身上就会出许多小疹子。所以这么多年来，每到暑假，她都要被送往河南小镇的姥姥家。

在那里因为有疼爱她的小舅，那一年又一年的小镇暑假生活，倒也是让崔小营期待的。

但是这一年，突然就不同了。她不知道，原来一直疯陪她闹的小舅竟然都有二十五岁了。春天里，小舅恋爱了，那是一个温婉善良的女子，只是她向往都市，所以小舅为了爱情，便决定辞掉镇上的工作，和女友一起去了北京。

小营到时，小舅都已经收好行李，买了车票，第二天就动身了。小舅一走，崔小营就觉得在这里没意思透了。她整天闷在姥姥院子的小屋里，不怎么学习，也不怎么出来。

姥姥见小营这样，便去找来附近一个和小舅差不多大，却比小舅学历高的人来帮崔小营讲功课。这个人，就是景瑞。那年他二十三岁，刚刚大学毕业。

如果挪开后来的故事，也许崔小营所能记住的景瑞，就仅仅只在一副眼镜那里。

那是一副半框的金属架的眼镜，大概度数不太高，所以两片玻璃看上去薄薄的，甚至还有光芒。起初崔小营觉得那可能是镜片被擦得太干净的缘故，就像在他们学校的大扫除上，检查卫生的老师通常就是以亮或是不亮来判断教室窗玻璃有没有做好清洁的。

但是很快崔小营觉得她所看到的镜片上的光芒，不是因为镜片擦得太亮，而是因为镜片后面景瑞的那一双认真而清澈的眼睛。

景瑞跟小舅完全不同，这些年的暑假，小舅带给崔小营的快乐就是拉着崔小营的手往郊外野地里窜，往小溪里蹦，小舅带给她的快乐是小舅的一切机灵，是他所有令她开心的小主意。

而景瑞带给她的，却只有认真。他很安静，像崔小营很多年前在郊外找到的一条小溪中那不被打扰的流水，静静地淌着，把许多美好就流进了她的心里。

崔小营的数学成绩最糟糕，之前家里还给她请过一段时间的家教，可是那个人没有耐心，他总是在崔小营弄不懂而要复讲时皱眉头，弄得她每次听课都紧张，然后就排斥。

但景瑞多么好，有时一道题他讲了好几遍，再做时崔小营依然不会时，他也不会恼。他会一遍又一遍地给崔小营收集同类题型，有一次他甚至还拿来了一本他当年的习题集。看着那本习题集，崔小营心里惭愧了，不仅是为自己的笨，还因为那本已很多年的习题集，竟然还有报纸书皮。相比之下，崔小营的课本，每每用到学期末，都烂得不成样子。

那天晚上，崔小营躺在小屋的小床上笑着想，也许每一个像景瑞这样细致认真的大男孩，眼睛里都会生有那种光芒吧。

二

一场雨后，父亲到这边来出差，要顺便将崔小营带回武汉去。走前崔小营去找景瑞还书，她坐在他家门口等了两个多小时，他都没有回来。

傍晚时，她就那样被父亲拉走了。每一步都迈着一片小忧伤，到火车站里，她突然就觉得，原来姥姥这里的秋天，来得很早，真的很早。

回武汉不久就开学了，这年崔小营读高一了。新的学校，新的班级，新的同学。只是这些对她来说，都没有太多的感觉。

第一天上学只进行了开学典礼，没有上课，一回到家，崔小营就倒在床上睡觉。母亲不满，进来责备，说小营你都读高中了，再不努力，怎么考大学？

这样的话，母亲以前也老说。她只嫌母亲唠叨，但是今天却让崔小营难过得哭了。母亲以为她自责了，走过来摸了摸她的头，没再说什么。

临睡前，小舅打电话来说她的生日快到了，他给她寄了礼物。晚上，崔小营做梦了，最开始梦到小舅，小舅笑啊笑，后来竟然又成了景瑞。这个梦，有些奇怪，但却是她回到武汉后最甜蜜的一件事。

黑夜里崔小营望着窗外想，也许是自己太内疚了吧，竟然没有跟给她辅导一个暑假的景瑞说声谢谢。后来又想，说了谢谢又如何，现在的自己，不是还同从前一样，对学习提不起多大的兴趣。

崔小营怎么也没想到，第二天的第三节课，她会见到景瑞。当他站在讲台上作自我介绍时，崔小营高兴得真想跳上去，拉住他的手说，景瑞，原来你也在这里。

景瑞也看到了崔小营，下课后，他来到崔小营的桌前，让崔小营放学去找他。

从未有过一种心情像那天一样。这么多年来，每每向一个叫老师办公室的地方走去时，崔小营心里总是忐忑不安的，她一直都不是优秀学生，她害怕是犯了什么错而被老师找去。但是今天崔小营前往时，连脑后马尾辫都蹁跹出一种快乐，她从来没有像今天这样认真地去渴望过从此要做一个优秀的学生。

自此，每天放学后，崔小营都要去景瑞的宿舍里补课。崔小营喜欢那一小时的辅导时间，喜欢景瑞眼镜后面的那双眼睛，清澈安静，像她很久以前找到过的小溪流水。

她的进步异常大。母亲得知她的老师就是河南老家的景瑞后，特地亲自来学校请景瑞到家里做客。

饭后，母亲和景瑞，自然是有许多家乡话要讲。讲完了家乡话，又开始讲工作。崔小营在旁听着听着，突然冲进了洗手间。

在洗手间里，崔小营很久都不敢出去，她第一次感觉到，原来有时候，一个与情绪无关的词语，也可以是很伤感很伤感的，刚刚听母亲和景瑞聊天时，她听到了一个词，它是“实习”。景瑞说的，他说他只是小营她们学校实习的老师，这学期教完就要走。

哭过的崔小营抬头时，在大大的镜子里，看到了曾在景瑞的眼镜上看到的那种光芒。但是这一次崔小营终于知道，其实那样一道光芒，还来自于镜片前面崔小营的这双眼睛。它叫喜欢。

三

春天再来的时候，景瑞已在北京了。景瑞所去的，是一家规模很大的公司，因为只有一个空缺，竞争非常大，但是景瑞争取到了。

景瑞走的那天，崔小营去送了。他们站在站台边，说了许多话。有一句话，无数次地在崔小营的心里撞着，想要说出来，但是直到景瑞上车，直到景瑞远去，崔小营都没有说。

回家的路上，崔小营一直低着头，她很疼很疼地知道，她之所以没有勇气将她喜欢景瑞这句话说出来，是因为她还是心存卑微，她怕说出来了，会被景瑞当作是小孩讲大人话。除此之外，崔小营还觉得，她更愿意等自己也有了景瑞的那般优秀后，再去说。

自此以后的崔小营，变得很安静，很努力。

三年后，崔小营终于也考上了北京的大学。崔小营去找景瑞，那次见面的每分每秒都被崔小营用来温暖自己的心。她见到了景瑞，但是崔小营心里的话，还是没有说出来。景瑞成熟了许多，她心里想，也许，成熟的他，还是会拿她当小孩子。

光阴一天又一天在堆积，崔小营终于等到毕业了，她很顺利地留在了北京工作。她想现在的自己，终于可以带着很多积攒下来的甜蜜，很多终于生就而成的骄傲，用一双充满光芒的眼睛看着他，来认真而勇敢地对他说景瑞我爱你了。

她像一朵盛开到最美丽的花朵，站在了景瑞的面前，但是她排练好的那些话还没出口，景瑞就告诉她，小营，我要去美国了，公司外派。

走的那一天下着细雨，崔小营去机场送他。他拥抱了她，他很奇怪地说，小营，你终于长大了。

是的，她终于长大了。但是，长大的崔小营，却还是依然要再一次等心爱的人回来了，再来说那样一句话。

冬天又来的时候，姥姥去世了，崔小营回小镇了一次，见到了小舅的孩子，长得像小舅，五岁了，也已经会牵着小女孩的手，到处跑，像在寻觅快乐一样，不回头。

小舅老了许多，说起当年那番带崔小营到处走窜的往事时，他笑了，笑得让崔小营看到他的眉眼嘴角间，隐隐透有一丝叫慈祥的东西。

崔小营看着小舅，心里突然莫名地一疼，她是想起了如今的景瑞，景瑞只比小舅小两岁，现在的他，在偶尔忆起往事时，是否也会像小舅一样，于眉眼嘴角处悄悄地就把岁月笑出了此般光景此般味道。

去景瑞家的路，崔小营这么多年来一直记得，她不敢去忘记。走前的那个下午，崔小营独自去了，她想去看一看。可是回来的路上，她却一直在哭，她记忆中的那个小巷，再也没有景瑞的家门，那里被推平，成了小厂房。

回来问小舅，她才知道，景瑞的父母被景瑞的姐姐给接到南京了。再问景瑞，小舅说听说他自己开的公司破产了，听说他也结婚了。

崔小营笑了一下，她用一只颤抖的手按住另一只颤抖的手，她不停地对自己说，听来的消息，崔小营她才不会去相信，才不会。

四

不久，崔小营考上了研究生。依然在北京常带风沙的天气里，等着很久以前的故事中的那个景瑞。她相信景瑞会出现，也许就在明天的某个站台上,也许就在麦当劳的门口,也许就在地铁里,也许,也许就在北京的任何一条路上,景瑞他,就出现在她面前了。

景瑞对自己,是有过承诺的啊。她不敢忘记,那么,景瑞一定也还记得。

那一年,景瑞最后一次给崔小营上完辅导课后,天黑了,景瑞送她回家。她坚持不肯坐车,她是想跟他在一起多待一会儿。于是,景瑞帮她背着书包,她跟在景瑞的身后走。

那天的《武汉晚报》出特刊,一份竟然有十多张。不知是谁在站台上看完落下了,崔小营经过时捡起它们,然后跑上前去绕到景瑞的前面,仰着头对他说,景瑞,你可以给我把书都包个书皮吗?

她的书包里一共有十多本课本,高高大大的景瑞就那样蹲在路边,开始给她的每本书都包一包。他包完最后一本书时,她直哭。她说,景瑞,我可以来爱你吗?

景瑞愣了一会儿,但很快还是起身把书重新装到她的书包里背好,他走了两步,还返回来刮下她的鼻子,他笑得让她不懂,他说小女孩,乱说话。

崔小营又哭,景瑞,你回答我,我可以爱你吗?

或许是怕崔小营再闹,或许是怕她刚刚学习好起来从此又泄气。他拍拍书包说,可以啊,但是看看这些书,你得等到它们一本加一本,堆得比你还高的时候。

就是因为景瑞的这句话,一直不优秀的她才那么努力,她为的就是,等到有一天,她用过的课本可以给她叠加到她能去爱的年纪。

五

也许这个世上，所有迟迟不肯结尾的故事，老天都要安排一个巧遇来结束那一种拖沓。

那天上午，跟以往没有什么不同，就像很多年前，姥姥把景瑞带到家里来的那天，也没有什么不同。

周六的上午，崔小营刚刚醒来，突然接到某个大学同学的电话，说是这天晚上举行同学会，让崔小营务必赶去天津。崔小营简单地收拾了一下，就出发过去了。

到时已是下午三点多，同学在电话里告诉崔小营坐哪路公交车。

上车的时候，崔小营在路边书报摊买了一份报纸。报上没有什么特别的新闻，她很快便翻看完了，她习惯性地把报纸折好放到座位上。她的这个习惯已有很多年了，每次坐车，她都要买一份报纸，随意地看完了，就又随意地折好放到旁边的座位上。她是想，也许，下一个捧起它看的人，就会有一个故事因此而发生了，就像当年她在站台捡到一份武汉晚报，她才说出了那一番话。

车上的人也许着急，都没有心思读报，车过了两站，报纸还是没人拿去看。

终于又停过一站后，再上来的人里，有一双手伸向了那份报纸。崔小营抬起眼，想看看那个人，想看看一个可能会拥有与报纸有关故事的人，是什么模样，是不是像当年的她一样，倔强、单薄而又执着。

但是崔小营万万没有想到，伸向报纸的那双手，竟然会是景瑞的。

她心里激动万分，但是嘴里却怎么也叫不出来他的名字。她坐在他的后面，鼓励自己，等着吧，等他看完了，她就叫他的名字。就如同这么多年来，自己总是很努力地学完了一本课本后，才敢在心里说，景瑞，你知道不知道，崔小营对你的爱，现在又多了一本书的厚度呢？

可是，景瑞像车上其他的乘客一样，似乎有事很着急，他只是匆匆翻阅而已，边翻还边接了一个电话，几分钟后，车又到了一站，他下车了。

崔小营的嘴张了张，到底还是眼泪先出来，她没有来得及喊出一声景瑞。

她看到，景瑞匆匆地下车，是因为这个站台上，有一个女人牵着一个孩子在等着他，那种幸福，逼回了她的勇气。

崔小营提前下车了，在一个咖啡店的角落里，哭得没有声音，却又哭得一塌糊涂。她终于明白了，这个世界上，有一种种子，在心里播下，在心里长大，只是很久很久以后，播种的心和生长的心相遇了，也会擦肩而过，也未必相遇就成善果。

原来景瑞一直在天津。

晚上的同学会果然热闹，果然值得前来，因为好多同学都有了美满的爱情，也果然可以借别人的幸福提醒自己在初恋上该去谋求一种什么方向。

第二天，崔小营离开了，走前崔小营没有刻意地去找景瑞，她只是在心里对着天津说，景瑞，我一直觉得，我越来越好地生长起来，就是为了你。但是现在，我知道了，原来我努力生长的这一段结果，其实你不要。

车启动时，崔小营一直看着窗外，她脸上的表情渐渐沉静，虽然眼睛里噙满了泪水，但是有关初恋的最后一抹眼泪终于没有滴落，她允许有一份坚决在心里独自倔强着，即使忧伤在心底盛开漫漶，即使想找真答案的意念不断闪烁泯灭，但是因为一颗心丢失了勇气，一切的一切，再浓厚，就也不再有呈现的意义。

即便花朵没有开放，即便爱情没有声音，即便生长变得没有交付，但是景瑞，这一路上，我为你生长过，它很忧伤，很心酸。但是，在我的青春年华里，它的这一番静静的过往，是多么的好，好得我终于可以放下了。回到北京的崔小营，在下车的时候，终于在心里对自己这样说。

第八阕　诗情时刻

诗

寂寞在轻拍柔软的双翼飘飞
每个行为都不再述说，充满虔诚
她的目光赐福于人，把那些无声的
还无人省的话语之谜解开
直到充满瑰丽的心灵揭开面纱
庆祝梦境的自甘寂寞的节日

——茨威格

意

寂寞的心，是会生成翅膀去飞的吧，百般努力，只因为对陪伴的渴望。

有人说，寂寞是灰暗的，寂寞的人，内心那番挣扎，就是想要逃离这样的自己。我却不觉得，我觉得只有寂寞的心，才能将这个世界看得更透彻一点，而感情，更是如此。

或许往日里，我们相依相偎，形影不离，从不知道寂寞是如何一番滋味，而一旦我们分离了，我们才突然有时间有机会来瞧瞧自己的心，它真的就是那么对他依恋吗？它真的只有他而没有自己吗？

诗情时刻，是不是心正不同于往日地在独自暧昧？

茨威格，奥地利著名作家、小说家、传记作家。如果不记得茨威格写过这首诗，那么你知道他的短篇小说《一个陌生女人的来信》吧？如果还是不知道，那么你不会不知道老徐的那部与之同名的电影吧？在琵琶语的配乐中，你一定被它感动过吧？是的，那部电影，无论在情节还是语言上，都以最大的可能忠实了茨威格的这篇小说。如果你曾经对着电影流过泪，那么我相信当你找到这篇小说来读时，眼泪一定会流得更多，而在流泪的同时，你也就很真切地感受茨威格这个可以将女子的内心写得那么细致凄美动情的男人，他的心灵，总在他那独特的诗情时刻。

情

寂寞究竟等同于什么？是心意懒懒？是感觉自由？是想要放弃？还是想要再也不放弃？当终于明白了自己为什么而寂寞，又为什么不再寂寞时，也便是自己给自己那浮游的心上了一课，在这一课中，你肯定能找到答案，然后为最后的懂得自甘寂寞。

暧昧学院

一、孤单的懒

宋阐变懒了，懒得以前相逢必争的那些事儿，她现在全不争了。

就像那天有女同事在她的工作上使小刀，试图暗杀她在公司里的受宠指数。要在以前，她非得较量个明白，但现在她只是气定神闲地以她的小烟熏眼望着那女人的大烟熏眼良久，然后仰着头走开。她刚刚很不屑地就把那女人的衣裙在意识里扒光了，不过就是胸大无脑得瑟一回后还得再回去养三年的主儿，瞧瞧那烟熏厚得都掉灰了，她笑都懒得笑一下。

宋阐的懒，是有原因的。

好像是哪本小说还是唱词里有这样一句话："他每每不听我说，故我心灰意懒。"可见，心是因人灰，意是因人懒。此刻的宋阐，就坐在冰凉的地板上，左脚心对右脚心地看自己发霉，享受因李普而生的懒。

李普前晚打来电话，盼归的调调猴急得跟什么似的，直挑得她在大床上滚来滚去踢了半夜的富安娜蚕丝被。几年来，李普舍不得深圳那宝地，她害怕深圳那脾气，所以一直两地分居。

跟李普都快三个月没在一起了，今冬干燥，她也干燥，干燥的东西总是想赶快燃烧。这回他回来她得用足美人计留住他，要不然两个人老是牵根长线，指不定哪天就给绕死了，或是绷断了。

在电梯里见到姜依波，宋阐向他提出休年假。虽是朋友加上司，但姜依波还是有点儿为难，他说年末非常时期嘛，周末以外的休假，上头掐得挺严，要不元月再休？

宋阐靠着电梯壁一笑，那我和李普一起向你请假。

电梯门开了，姜依波举着双手在门前停了一会儿，然后边走边扬手打了个响指。宋阐笑着，就知道一提李普他准会答应。

早上，宋阐睡足后想李普该到了啊，却看到他的短信。那是一条能力非凡的短信，所有字的横撇竖捺折都变成八般武器，掐灭了本来要突突飞行相遇的两束小火苗。

他说，亲爱的，我把机票给退了，公司临时有安排，我推不开。

怕她不信，跟着还发来数条详尽理由：新公司他得多出力、老总对他期望高等。要是理由越多安心越有效，他起码可以跟她说个八百条。但它们有用吗？

二、选错主角

无奈宋阐只得打电话给姜依波，问能不能销掉余假，留着以后有空了再休？

姜依波笑，然后特有时间特有无所事事感觉地跟她说："大小姐，你究竟是有空了才休假，还是休假了才有空？或者是没空工作才休假，还是没空休假了要来上班？或者……"

他绕来绕去的，让她仿佛看到他端着电话，手指在电话线上缠啊缠。她突然也有些无聊了，笑着跟他说："切，没见过还有更绕的，你倒是把表哥抱表弟这一句说十遍来听听？”

他还真说了，表哥抱表弟，宝哥抱宝弟，宝哥宝宝弟地乱成一团，她在这边都笑弯了腰。一笑生晴朗，宋阐忘记了自己是个经过干燥、回潮，又长霉的人，大声叫道：“打住打住，姜依波，你要再绕下去，我大概就要问你要不要喝咖啡了？”

“我要啊，我正口干舌燥，像个稻草人呢。”姜依波很快把话接过去说。

宋阐笑了。开朗和聪明的男人，总是让人相处起来感觉到轻松。他的应急和机灵会让她毫不怀疑地觉得，原来她也很聪明，原来她心里这时也想跟朋友去喝咖啡。冬天里，不连百岁老人都爱搬个藤椅在外就着阳光看热闹吗，她为何要孤单宅空巢？

上午十一点的咖啡厅，看不到那么多寂寞。宋阐笑着问姜依波：“溜号出来的？”

姜依波哈哈大笑：“一般来说，有溜号的举动，都会有值得溜号的人和事件。怎么，决定休假了还惦记工作？”

“废话，不想工作，我找你销假干什么？”

“一日不见还改成敬业版宋阐了啊，是李普没回吧？等他再回来，给你安排培训不坐班吧，这回你就好好消费假日得了。”

需要陪的人，往往会贪婪一点。一杯咖啡加一份中餐，她跟他聊了三个小时。女人有个喜欢过自己的男人做朋友，是很讨好的。她想到他们还有李普在一家小公司的小光景，那时的姜依波，也是喜欢自己的吧，只不过，她喜欢的是沉淀一些的李普。

晚上宋阐边看韩国文艺片边跟李普电话，声色之间，自然有一番调情，电影完了，电话也没电了。凌晨睡下时，身体奇怪地沉沉的，但却又模糊地觉得自己很清醒。

她拨通了姜依波的电话，隔着深夜，他的呼吸如同在耳边。

醒来，却发现身边什么也没有，手机还在飘窗上，倒是笔记本还在床上唱歌：无所谓，就算爱，像空沙发在等待，拥抱着是不确定，我喜欢爱情多点惊喜，I don't care where we go……

她拖进一只枕头在被子里抱着，温暖柔软，像刚刚的那个梦。孤单的女人，太容易投错怀抱，而梦的导演在也总是故意选错男主角。

三、孤单自由

宋阐还是订了去深圳的机票，还有三天，够带着一些什么去，发生一些什么，再带着一些什么回。

去机场的出租车内，司机跟她商量，说要是她不太赶时间的话，就允许他在友谊路稍停一下，他女朋友今天搬家，有几包行李要放到他的车上。

宋阐突然地就有了嫉妒，人家的行李，有男朋友接了给送到目的地，那么她这一米六八、五十二千克的身体，到底是她自己的行李，还是李普的行李，若只是她自己的行李，不免有些悲凉，因为只是自己带来带去的。若是李普的，那么他想要出门时，为何从未想要带着她一块儿去。

出租车司机见她默许，心情大爽，一路上就一直牵着耳机在跟女朋友讲话，心肝宝贝亲爱的，叫得车身都起了几层疙瘩，让人感觉它就是开往欲望之谷的。

宋阐这才后悔搭了这么色情的破车，让她见识了工作调情两不误的极品。本来想下车再拦车的，突然又想坐到友谊路，想要见识一下，惹得男人发疯的女人，是个什么档次。

半小时后,宋阐放弃了去机场的念头。

上帝老大最公正,让每个人得一点失一点。满以为司机的女友一定特妖艳,但是等在友谊路那里的姑娘,却拄着拐杖,不清楚她是一直得如此,还是暂时有腿疾,但那女子的幸福,她就没有。司机拍拍那女子的脸说:“宝贝,听话,在这里等我十分钟,我把东西放屋里就来接你去吃冷面。”

宋阐看得想要流泪,这市面上最平常的幸福,她们这些用法国化妆品,穿法国衣裳的所谓白领为什么总是没有。写字楼里的男人们总是说,亲爱的,我已经尽最大努力了。现在看来,他们连一介小市民都称不上,因为市面上的平常男人总是对爱人说,亲爱的,我一定会尽最大努力的。

白领男们不过就像他们用来掩盖气味的止汗露一样,以为是礼仪,却把原生态的美好混合着化学制剂,变得刺鼻而怪异。

晚上,宋阐给姜依波回了电话,说跟他去散心。

梦是个奇怪的东西,大概昨晚,她也错进了姜依波的春梦里,所以一早她收到姜依波的短信,他说他也休假了,跟她日程相同,如果无聊,就跟他1+1式去散心。

孤单也是有好处的吧,比如很自由,很自由了就可以想做什么就做什么。宋阐觉得,她那床价格不菲的富安娜蚕丝被里,其实温度不太够。

四、感觉驿站

那是一家很特别的汽车旅馆,处在城郊,人气却很高,灯光设置以及背景都不太按常规,房间名世俗而又神秘,门牌都是扑克牌名。

她在红桃A，他在黑桃A。

下午他们租了旅馆的自行车，去了附近的小湖。

曾经好多次，宋阐都希望李普能有时间，和她去郊外骑单车，她一直以为那会是一种特别的感觉。她喜欢的演员周迅，也曾在采访中说，她和大齐曾双双骑车，穿过深夜的北京。前不久，周迅在鲁豫的访谈节目中做客时说，虽然她和大齐现在还没结婚，但是他们一定会永远在一起，到老，到死。

其实爱情并不是那么难的，稍不留心就会惹麻烦的明星都可以如此深重地承诺，为什么平凡的人中，一个个的爱情，都不带承诺。

这一晚很累，她睡得很香。

第二天早上，她去姜依波那边，想问问他今天去哪里。但是一进房间门，姜依波便把她抵在墙角里，宋阐刚开始还跟他开玩笑，说："姜依波你做梦拍戏了？"

但是她的心开始热烈地跳起来，姜依波的眼睛在燃烧，并且他似乎很自信地觉得他会带她一块着火，可是她感觉手心出汗了，如同敞开的爆米花一样，见风回潮了。

她抱紧胳膊说："姜依波，我冷，真的很冷，我去叫一瓶酒来。"然后很巧妙地从他撑在自己双肩上的手臂下穿过。

外面也冷，但是空气要好，宋阐深深地贪婪地呼吸着，她知道她的眼里一定也泄露了什么，不然姜依波不会如此。

服务生取酒时，她看着那面涂鸦墙上，上面的线条丰富而杂乱，每一条线都是过客们的感觉。她老早前就有过体会，每个字都是一种规律，每个人的书写方式也有一种规律，每支笔一样也有独特的规律，所以再纷乱无比，仔细地对照比较，却还是能看出一些初形来。

服务生端过来酒和酒杯，她一笑，取了一只酒杯放回到吧台上，对服务生说："麻烦退掉红桃A，然后再把它们送到黑桃A。"她还给了服务生一个电话号码，请他代打，就说姜先生在黑桃A。

在那些线条中，她刚刚看到姜依波和一个女人缠写在一起的名字，虽然看不出是谁写的，但可以确定的那是女人的笔迹，时深时淡的笔力透露了写者心里那被对方不了解的期待，线条小心，却犹自美丽着，令她这个读者看到里面的深爱，以及被深爱逼退的自由放任。

那个女人，就是公司里那个喜欢画大烟熏妆的女人，也许她是有点老，有点不太精明，但是现在宋阐知道她一定是最爱姜依波的。

这一夜蚕丝被里依然不够暖，但是很安静，姜依波没打电话来。

仔细想想这两天自己跟他还真够奇怪的，先前一直都是朋友相处，却因为一个假日就弄得这样暧昧。

五、暧昧学院

假日最后一天，宋阐去健身中心了，那张健身年卡放在笔筒里都接灰了，今天她却有心在那里边跑边看完了两部影片。

她是想深度地累一累，然后好好地睡一觉，明天就上班了。

傍晚回来一开门，却发现李普靠在沙发上，挽着胳膊朝她笑，是那种自以为给人惊喜的笑。

宋阐先一愣，然后回眸一笑，接着还瞪大双眼，让屋子里的那两条热带鱼都觉得她很惊讶，但是她对他的回来其实一点也不惊讶。

她知道，李普并没有退那张飞机票，就在她假期的第一天，他就如期回来了，只不过他像在QQ上一样，习惯不上线，隐身去做他想要做的事而已。

李普也许是在飞机上邂逅了谁，也许是去见了旧年跟他恋爱过前不久出了车祸的那个平面模特,也许就只想独自开个宾馆房体会一点什么,也许,也许,也许有许多种,但累到平静的宋阐现在可确定的只是,他一定是像她一样,不由自主地进入了暧昧学院,于五天的时光,完成了一场属于孤单不属于爱情的自己的暧昧。

并非瞎猜,因真心如水,稍有荡漾,她这边都是有感觉的吧,何况那天在友谊路,她真真实实地看到大卫咖啡馆的二楼,他的背影贴在落地窗上。还有她打电话到他公司,公司里的人说他在休假。最后还有,她刚才迎过去搂他时,闻到他耳后有如新客人般的香水味道,以及归来已久的气息。

有心有爱的成熟女子,可以不关心所在城市的一切景观,但是她就是有本事知道心里的他在不在这城市的景观里。亦舒说,不以一个人为荣,就不能与他在一起。荣,不仅仅是荣幸,也是荣华吧。

宋阐撒娇地说:“李普,你会说绕口令吗?”

李普绕着绕着,仿佛就做成了一个大茧,包住了这五天两个人的一切。不知道此方法玩起暧昧来是不是真的特别妙,他竟然还打开电脑,在网上百度起超级难的绕口令来,绕给她听。他的那样子,此刻很生活,仿佛心跟身都不曾背叛过。

宋阐拉起他,和他一起卷进富安娜里。

宋阐说:“李普,李普,让我成为你再出发时的行李。”

李普说:“好!”

她知道李普会说话算话的,这一点她还是相信的。暧昧学院教的最重要的一门课就是,暧昧不是真心技术活儿,而纯属情感周旋科学。也或者,每个人,都会有一段暧昧的历史的。而爱情,大概在暧昧学院里修得三昧真火后才到燃点的。

但是最重要的是,他们其实都是想给自己给爱情希望的,那么不妨就忽略这一个充满孤单的假日。而且最后她也想,大概姜依波,甚至爱姜依波的那个女人,也是希望她走远些的。既然如此,明天就去辞职。

迷茫中,宋阐听到电脑在唱歌,王若琳在唱《迷宫》时唱道:无所谓,慢慢来,迷宫一样的未来,转一个圈,会到哪里,我喜欢爱情有点神秘……

第九阕　钗头凤

诗

红酥手，黄藤酒
满城春色宫墙柳
东风恶，欢情薄
一怀愁绪，几年离索
错 错 错

春如旧，人空瘦
泪痕红悒鲛绡透
桃花落，闲池阁
山盟虽在，锦书难托
莫 莫 莫

——陆游

意

陆游和唐琬的这段千古绝唱，无论何时读来，总是让人替他们无奈、再无奈。

都说老天有眼，其实老天有时也不睁眼。就是因为它的目光不及关照所有，这世界上便有了那些让人无可奈何的事，当无计可施毫无办法时，人们就只有又无可奈地去相信宿命，是啊，人再狠，狠不过命运。

相爱却被生生分离的无奈，更是如此。因为是两颗心的柔软，因为两颗心的牵痛，因为对的你我，没有对的时间，就总是让无可奈何到只敢痛惜，无可奈何到只敢认错，流着眼泪对命运认错，流着流泪对生活认错，而这所有的被认下来的错，却恰恰都是要让彼此明白，让世间明白——我们之间，就算一切一切都是错，但是，我们的相爱没有错。

陆游（1125—1210）字务观，号放翁，汉族，越州山阴（今浙江绍兴）人。南宋爱国诗人，著有《剑南诗稿》、《渭南文集》等数十个文集存世，今尚存九千三百余首，是我国现有存诗最多的诗人。这阕词中的故事，无人不知，它是陆游写给唐琬的。唐琬原是陆游的妻子，因为陆游母亲的反对和逼迫，他们分开。后来陆游独自游走沈园，偶遇到唐琬和再婚的丈夫，他禁不住停下脚步，在往事中感慨万分，提笔写下这阕著名的《钗头凤》。唐琬看到它后，悲叹痛哭，回去后也写下了另一首《钗头凤》，不久后，唐琬便郁郁而终。

情

不能说他们不爱，也不能说他们不够爱，是他们不合适吧？他们从每次小别后的起点开始，就不再方向一致，他们形成角度，越往开走，越是往各自坚持的方向走，他们的实际距离其实就越来越大，有时候，哪怕对方就在车窗外，也是陌生的。

如此，与其到最后彼此都无奈地觉得错错错，不如现在就莫莫莫。

城南想念，城北依念

一

下了车，韩桔又去了周小柏家。

城南还是那么喧嚣，风沙也似乎比城北大，每次去过回来，韩桔第一件事就是要去周小柏那里，让他洗洗她的头发。

其实哪有多少尘埃钻进了头发里，她的迫不及待只不过是想借水的温度抖清她对城南那个人的留恋，以及续起对城北这个人的依恋而已。

如果这个城市要闹划片一分为二的话，城南是繁华得让人身变小人心变大的，仅仅城南大道便很现代很聒噪；而城北则像个被繁华遗弃的祥和小城，总让人的心也跟着它的小巷简单得只有宁静没有欲望。

因为天黑，在车上她迷迷糊糊睡过一阵，不想下车时，发现脖子有些扭疼，颈椎病是她的职业病，一有不好的睡眠姿势，就会疼。

周小柏窗户里灯光永远是那么暖，像他的手心一样。韩桔加紧脚步上了楼，一进门就对周小柏说，小柏，我的脖子很疼，但是我想洗头发。

周小柏憨厚地笑笑，先抓了抓他自己的头发，最后想出的办法是，让她仰躺在打平到最低处的折叠沙滩椅上，他蹲在背后给她洗。

这个姿势舒服得让韩桔心里一阵阵地感动，周小柏的好，她越来越抗拒不了了，他就是那种一直沉默，但认定一个人后就对她无限好的男人。他手下水温正好，他的手法很轻，这些让韩桔想起了那个很老的广告，想起了周润发，想起了百年这个词。

二

周小柏和她是一个公司的，两人先前并没有太多的接触，倒是经常在上下班的路上遇到，于是知道彼此住得不太远。

半年前的一天，公司里有份急活儿，指定让周小柏和韩桔负责，周小柏不知她那天请假了，打电话找她，她说要晚上七点才能回来，于是周小柏便说会把资料带回家，让她回来时不用再去公司，顺路去他那里拿就好。

晚上在周小柏家里就着资料两人交流了一下意见，刚开始彼此还有些客气，但是聊着聊着，韩桔发现原来在公司一直想找的合手好搭档就是她一直忽视的周小柏。

两人思想上创意上的互补让方案很快就有了不错的雏形，可能是觉得回去了余下的工作量不是太大，可能是遇到这样合作搭档很开心，也可能是白天她请假去看柳中健时，柳中健仍然在城南大道上挥洒他的怒放，连她的电话都不接。

反正她没有急着走，周小柏泡了一壶茉莉花茶端来，还顺手打开了音响。

他的音乐很特别，低低地萦绕，让她恍惚以为自己就置身在适于卸下心事的老咖啡馆，柳中健就是做音乐的，但是他是和一帮人在城南大道上制造强劲的DJ舞曲。

那种奔放她也喜欢过,但那是她也穿破洞牛仔裤的时候,现在她老了,一天胜似一天地不想怒放了,她喜欢安谧的城北,她更愿意合拢花苞安然地来生长果实了。但是一提结婚,柳中健总是说,等等,再等等。

不知碟里有一首什么歌,让韩桔的心越听越小,到最后竟然缩出一阵疼痛来,意识到自己会出糗,她伸手想来挡住就要掉下来的眼泪,周小柏握着纸巾的手走在了她手的前面。他说他突然想起还有份资料落在办公室里。

那样的一个空间,让韩桔松懈下来,她允许自己肆无忌惮地哭了,她怨恨柳中健对她的爱,不够鲜明,不够现实,让她像只猫一样孤单地伏在城北等着一个不知会不会有的结局。

一小时后周小柏才回来,笑了笑说忘了带上办公室的钥匙。韩桔也笑了,见她的脸上已看不到伤心。他安心地送她下楼,坐上了出租车她才知道他说去拿资料只是个善意的理由,他根本就没有离开,他刚刚帮她拦车开门时连衣袖里都透着烟草味道,她想起出楼道口时看到灯下的那堆烟头。

后来周小柏说他是担心她如果不好好将心中的委屈宣泄出来的话,出了他的家门,她就会去附近的那些酒吧。他留给她四面墙很冷,但是很安全。他知道每个心里苦闷的人都是,宣泄前是想喝酒,宣泄后是想回家。

三

韩桔喜欢那样躺着让周小柏给她洗头发,天冷了,她越来越喜欢。

以前的韩桔，其实是不喜欢用吹风机的，她喜欢用干发帽，而且只用白色的。

柳中健说，桔子，你穿着白色浴衣裹着白色干发帽，看起来就像一枝香水百合。

但是现在，她真的不再喜欢做柳中健那样的香水百合了，她喜欢平凡的周小柏站在她身后，用吹风机边吹边梳很快就弄干她的长发，喜欢听周小柏由衷地说，韩桔，你头发里的茉莉花香真清新。

上一次去城南她是高兴的，因为是柳中健主动打电话说想她的，这几年来，即便是一个月不见，他都不会打电话的。她到时柳中健不在家，柳中健回来看到她，高兴地紧紧拥抱她，激动地说，桔子，你就是我的灵感。

干发帽掉了，她的长发倾泻下来落在肩上很凉，她突然觉得很不舒服，原来毛巾永远做不到最好，捂再久，摘下时，头发还是不蓬松，那种潮湿的贴挂让她很讨厌很讨厌。

她睡不着，她的头发还没干透，枕头被它们渗得有些温湿，侧脸贴上去，让人感觉像是一只哭过的枕头。

她突然很想很想周小柏，想起周小柏第一次帮她洗头发，那是那次合作后不久，他们一起去北京出差，她的手在车上被刮伤，晚上在宾馆里，周小柏进来叫她出去买东西时看见她正在用红肿的手洗头发，他没有申请没有犹豫，就脱了外套从她手里接过花洒和洗发水。那天她穿的毛衣领子太高，洗完头发后，领子湿了大半很不舒服。周小柏回他的房间里拿来吹风，暂时将她的头发包住，先将她的领子吹干了再去吹她的头发，热乎乎的风围在脖子上，仿佛把一个冬的寒冷都阻隔了。

于是不管半夜不半夜，她从柳中健身边起来就到街上拦车。回到城北已是凌晨两点,她冷得发抖,她扑到周小柏的怀里,小柏,我想要你给我洗头发。

她是身心都累了,周小柏温暖的手指在她发间轻轻抓揉时,她说着说着话就在那把沙滩椅上睡着了,直到周小柏洗好吹干她的头发将她轻轻放到床上,她的脸上抚过自己温热的带着茉莉花清香的长发时,她才醒来。她抓紧周小柏的还带着洗发水味道的手说,小柏,你给我洗一百年的头发好吗?

四

韩桔把柳中健屋子的那把钥匙从钥匙串上取下了。

明明知道一切已经很不值得留恋了,但是又总要走进回忆里去领会一番,是在期许能够有转机将过去和现在连接得无丝无缝吧,可真正去做了,结果却只能看到更宽大的裂口。伤心一阵,又忍不住再去找回,反复这样,曾像她心上一种不能戒掉的瘾。

现在想来其实不是过去足够好不忍丢下,而只是因为手上还捏着通往过去的钥匙。

韩桔决定和周小柏结婚了。

她要再去一次城南大道,把钥匙还给柳中健,也想过假装就丢掉它,但是柳中健不坏,也许在聒噪的城南,会有那么一个女子,比自己习惯他,比自己更快乐地做他的香水百合,而那个女子大概也是在乎这把钥匙的。

她很随意地在柳中健的厨房里给自己煮了一碗面条,记得周小柏说过的话在面条里放点麻油会增香,她在熟悉过但已陌生的桌边吃完它,吃的中途还打开电视摁到旅游卫视,这也是周小柏说,在吃饭时看旅游卫视会心情舒畅。

韩桔从不怀疑和周小柏之间的这份爱，因为它在这么短的时间内已经将她的生活改变，让她很愿意很开心自己像个婚内女子那样节约、安然、惬意地享受生活了。

直到下午，柳中健也没有回来。韩桔起身离开时，将钥匙放到桌上。柳中健回来会看到，会知道她来过，还会懂得她再也不愿意来等他为她改变了。因为屋子里还是那样乱，先前来，她会帮他收拾，她觉得香水百合怎么能在凌乱里美丽？而这次，她保持了它的乱，她不想动手破坏它。柳中健是更适宜他现在这种生活状态的，她先前的干涉，现在的不干涉，大概都是因为他们之间有爱但是爱还不够在一起有百年吧。

五

326路车是这座城市行程最远的一路公车，从城南到城北，走完全程得要两个小时，曾经多少次，它身上披着阳光或是月光，它里面的她总是披着失望。

但是今天这一趟，她流泪了，她披着的是周小柏为她梳洗的那一头清香无比的淡淡茉莉花香。早上出门时，周小柏说，下午五点他会在站台等着她。

所以尽管柳中健在她上车后不久回去发现她的钥匙发来短信说，韩桔，不论我要追求什么，但是爱过一个人，就是种了一棵树在心里，与人分开了，树还在心里。你以为你走了，爱就走了吗？

她任由泪如雨，但却没有在附近的站台下车往回走。因为她坐在公车靠前的位置，她在公车大大的后视镜里看到了柳中健就站在路边背着吉他拿着电话。

如果不是326路车的后视镜，她或许永远都不会知道她和柳中健其实早就彼此没有清晰的方向感了。他们只知道对方在城市的另一端，说不定哪天两人就见见面，见面的时候，她是他的香水百合。但是，这还够是好的爱情吗？不够的，因为实际上，她是不知道326路在城南这边在柳中健住处附近是要绕一圈再走的，而柳中健分明也不知道去她城北的326路一趟里会有几次经过他住的地方。

原来爱情上的有些错误，也是只在后视镜里才能被发现。只是这种发现通常很晚，晚到就连刹车也没有太多意义。因为犯错误的两个人，从分离的起点开始就不再方向一致，他们形成角度，越往前走，越是往各自坚持的方向走，他们的实际距离其实就越来越大，有时候，哪怕对方就在车窗外，也是陌生的。

幸好周小柏从来不会落在她的后视镜里，他始终在她的前方等着她，让她不偏不离，一直踩着爱情的步伐走过去。

第十阕　当你老了

诗

当你老了，头白了，睡意昏沉，
炉火旁打盹，请取下这部诗歌，
慢慢读，回想你过去眼神的柔和，
回想它们昔日浓重的阴影；
多少人爱你青春欢畅的时辰，
爱慕你的美丽，假意或真心，
只有一个人爱你那朝圣者的灵魂，
爱你衰老了的脸上痛苦的皱纹；
垂下头来，在红光闪耀的炉子旁，
凄然地轻轻诉说那爱情的消逝，
在头顶的山上它缓缓踱着步子，
在一群星星中间隐藏着脸庞。

——叶芝

意

有没有想过，当你年华老去，当你两鬓斑白，当你每天早上醒来，岁月静好，可是你的眼睛里透着却是午后阳光的疲倦时，当你偶尔喃喃自语，却又总是在重复的音调里讲述那些别人怎么也听不明白的故事时，是否还有另外的一个人，同你一样，也是两鬓斑白，也是满眼沧桑，也是说着那个只有你们才明白的故事。

如果有这样的一个人，那么即使你们没有彼此陪伴在彼此的身边，即使你们好久都没有面对面地说一句话，其实也足够。

当年华老去，我依然记得一个人，记得我爱过，记得我到现在为止，仍然爱着。

叶芝 (1865—1939)，爱尔兰诗人。《当你老了》这首诗至今为止，仅仅是中文的译本，就有十二个，它之所以被大家喜欢，除了情感真挚感人外，还在于在诗歌的背后，叶芝那无比沮丧的爱情悲剧。1889年，叶芝结识了茅德·冈小姐，并深深地迷恋上了她，经过两年的密切交往后，他向她求婚，却遭到拒绝。后来他又向她求婚三次，均遭到了拒绝。尽管如此，叶芝对她仍然魂牵梦萦，他一直等待着，即使她后来成了别人的妻子，直到五十二岁时，已经死去丈夫的她再次拒绝了他的求婚后，他才结婚。但事实上，他还是无法忘记她。在他生命的最后几个月，他还给她写信，约她出来喝茶，但还是被拒绝。他死后，她甚至还坚决拒绝参加他的葬礼。世上对爱情终生执着，却又无法得到哪怕是一点点回报的，怕是只有叶芝一人了，那种可望而不可即，痛楚和喜悦交织、希望和失望相随的爱情，让叶芝感情上痛苦一生，但激活了他心灵深处的激情，让他的灵魂得到了升华，写出了许多传世佳作。

情

爱情是怎样逝去，又怎样步上群山？或许，或许，当你年华老去，你和你梦中的那个人，并不能在一起，你们早已长成两棵相隔的树，不再说爱情，但是牵挂会穿越成繁花，让你们永远在彼此美好的另一端。

只有牵挂穿越这繁花

一

走出公司大楼，周樱回家的步子都迈得很轻，像她眼角的那抹笑意，看上去是那么的不想惊扰、怕被惊扰。

周樱并没有加班，她只是在临下班时趴在桌子上睡着了，醒来竟然就已是夜晚十一点。好像有听说某明星今晚在这个小城市里举办演唱会，以至于此时竟然有万人空巷的感觉。

干净的街道，静静的夜中，星星好像都在邀请夜空下那些能与之互懂心灵的生灵，周樱知道，如果星星真是如此，那么今晚的她，因为刚才走进了那个与梁意有关的梦里，就一定算是星星邀约的知己了。

周遭在昏黄的街灯下，轻得像一团蒲公英，飞离视线，徐徐上升。

这世上最会寻找回忆的植物，大概就是蒲公英了吧。而她的生活里，最会寻找回忆的那个时刻，便是如此半月星朗的夜晚了。

每当这个时刻，她都感觉她的手，是有一双大手给握着的，她的脚步，是有一样的脚步在跟随的，而她心的跃进，也是有另一颗跃进的心在感应阅读的，她的影子，是不孤单的。

于是就总会有一件事让她特别难以忘怀，就像天空中有一颗星特别明亮，有一朵蒲公英也飞得最高最远一般。

今天的难以忘怀，是小镇淡绿背景下，不停地浮现在她眼前的梁意的背影，她有笑有泪，那个背影也又清晰又温暖。

二

五年前的夏天，周樱还是一家小诊所里的医生，诊所不远处就是一家大医院，所以平常的工作，也就是给生活在附近的人们瞧瞧感冒等小病。

有一天半夜，周樱接到一个电话，说是有急诊病人，周樱按电话里所说的地址赶过去后，才知道一家小旅馆里有位外地来的住客发高烧。

周樱看到他时，他的眼睛都睁不开，那样英俊的一张脸，有着坚毅的线条，却像个孩子一样喃喃地低语着，大致是抱歉之类的话，像是麻烦您了，等等。

周樱把体温计放到他的腋下后，习惯性地伸出手去摸他的额头，很烫，他还在说话，她突然就将手轻轻地按在他的嘴边，小声地说，不要说话，很快就好。

点滴挂上后，周樱走到窗边，看着夜空，隔一会儿过来给他换一条湿毛巾盖在额头上。

一瓶点滴打完后，她换上另一瓶消炎药水，他的精神好了点，睁开眼，不再说谢，只是对她笑。

她也笑。他指了指桌子上的电脑，她竟然明白，打开它来，看到桌面上有个叫“安静的盛宴”的文件夹，将光标滑到那里，转过脸看他，他点头，于是她打开它，看到里面只有一部下载的电影。

她没有犹豫，没有多想，她似乎明白，刚刚昏睡醒来的他，以及坚持要等病人好了才离开的她，在这样安静的深夜，是需要打发时间的，很明显，这个时候聊天并不是最好的办法，而各自沉默，时间会成倍增长。

电脑放在桌上，她坐在床边，那种情景和姿势在这样的一个夜晚干净又温暖，就像那部韩国的亲情励志电影，让她哭了，让他用插着针头的手递给她毛巾。

两天后，他好了，他背着个大大的旅行包跳到她工作的诊所门口时，像一棵树，她就是那么觉得的，像冬天里她老家所在的小镇上的那高大阔叶的玉兰树。

他叫梁意，来自北方，他说他23岁做美术老师，一直做到60岁时他可以有37个暑假，中国有30多个省市自治区，所以他要每一个暑假都到一个省的某个小城市里居住。24岁的暑假，他来到了周樱所在的城市。

三

周樱讲述中的家乡小镇，让梁意向往，于是他们去了。

或许每个人都是如此，对于自己的家乡，总要离别得久远了，它的细节、它的美好才在心里一点点凸显出来。而周樱的家乡是个很绿的小镇，到处都是风姿绰约的玉兰树。

梁意在这里快乐地过了三天，忽然对周樱说，从此没有哪个地方可以以这种理由来让我惦记了。

周樱笑，然后脸红，低声问他什么理由？

他说，因为这个只有纵横两条街道的小镇上，玉兰树比人还要多。

周樱有一点失望，这些天，她先后以医生、导游、朋友的身份在陪伴着他，他生病的样子像个孩子，他背着包到处走的样子可以挤出阳光来，他倾听她讲话的眼神和表情让她一次又一次红了脸，她知道她喜欢他了。她以为他会说，深深惦记是因为她。可他没有，他只是在数树。

于是周樱赌气一般地说要陪他数树，赌气一般地不信树比人多。夜晚，他俩真的走上街数，一棵，两棵，三棵，数到第十棵的时候，周樱哭了。

她哭着让自己的心幸福而倔强地去相信，在这个地方，树真的比人多，而如果来年春天，美丽的玉兰花开了，花瓣也一定是比月光要多。

周樱没想到，她每数出一棵树，梁意都会在心里说：我喜欢你，这种喜欢长成了一棵树。

周樱在诊所里给一位小病人倒水喝时没有兑好水温，有点烫，小朋友哭了，她也哭了，许多人都看着她，那个因为生病而不太高兴的小朋友也止住声看着她，他们都不懂，这位医生，因为什么无措地哭了？

梁意走了。三天前，她言语委婉，但眼神坚定地留他，他没有回答。

可昨天她带着她做的香甜的点心去那个小旅馆找他时，门锁着，她刚要走，服务员开门提出他房里的两只暖瓶，边带上门边跟同事说这房里的人是不是退房了，两天没人。

梁意的不辞而别让周樱再也没办法在诊所工作，每当怕打针的小孩子哭，她也会跟着哭。别人都不懂，诊所的人也不懂，委婉地说要是有不顺心的事就休息半年再来。

四

周樱回到小镇，整天帮着母亲的杂货店打理生意。她习惯低着头，连门店外阳光下的玉兰树都不敢看。春天，玉兰开了繁盛的花，大片大片的白花瓣，美得纤尘不染，像凌波仙子。周樱每次回家都要穿越这繁花，她嗅到思念与花香一起曲折纠缠。

周樱记得，那个和梁意数树的夜晚，他们在第十棵树下拥抱了，突然却不突兀，她躲在他温暖的怀抱里，他的心跳那样强劲，像是在夜空下，一只小小的鼓。

那天晚上，他们在旅馆的小房间，彼此交付，他们的眼神是春天开得热烈的玉兰，他们的身体是相互浸染的枝蔓，他们熟稔彼此，像熟悉前世的爱人。

有一段时间，周樱要疯了。她想，梁意可以不爱她，可以不为她留下来，可是他不能不告诉她的信息，她只需要知道他的信息。

这隔年的牵挂，穿越了繁花。

在一个熟人的引荐下，周樱重新找到了工作，是一家新修建了办公楼的公司，公司要采购玉兰树植入小院作为景观，周樱带公司的人去小镇郊外的一家园艺园。

在那里，她听到一个故事，两年前，有个年轻人找到这里，想买两株小苗回去种植。玉兰的苗园在山上，有段路很陡峭。他们带他入园后，他被园中的景观吸引住了，说要待一会儿再下山，他用随身带的画夹在那里画画，直到天黑也没有下山。

夜晚下大雨，山洪暴发，他们找到他时，他昏迷在一棵树的旁边，连夜送到市医院，经仔细检查，他身上只是皮外伤，无大碍，但是他的眼睛却因这次意外出了大问题。

他的眼睛没治好，他们送他去车站，回北方时，他一直像那次发烧一样，反复说着胡话，他问他们，山上是不是有玉兰花开了，他那天傍晚好像看到了，真的看到了。

他们一再说白玉兰是三至五月开的，他不信，他说他们弄错了。他还说他要给他喜欢的人种两棵树，然后在它开花的时候来到她身边，再也不离开。

周樱哭了。是的，那个数了十棵树的晚上，梁意搂着她说过，他要亲手给她种两棵玉兰树。

五

明星的演唱会大概结束了，临近午夜的街上竟然会有车水马龙的景象。周樱的记忆被打断，心有些痛，仿佛眼前瞬间失去了星光和情意。周樱的心有些痛，她疾步走回家。

今晚的周樱，之所以会在办公室的桌上趴那么久，做了一个好梦，是因为她的耳朵里塞着耳机，而手机里放的MP3是张晓风的《在地毯的那一端》。

她听着睡着了，她入梦了，她见到了梁意，梁意的眼睛闪着光芒，梁意说他要带她去北方，后来他又说他只好永远在地毯的那一端等着她。

回家后她躺在床上，不断地温习那个梦。梁意的眼睛闪着光芒，梁意说，他要带她去北方。可周樱知道，他再也不可能带她走了。

一年前，周樱几经周折，凭着他在那家旅馆登记的身份证号，去北方找过梁意。她来到他住的小院时，正是傍晚，天色清蓝，有如黎明将至的天空。

她循着小院的围墙，找着入院的门，找着找着，她听到院内有声音，有人在朗读一段文字，它很淡雅，很抓人心。

她知道是他，他跟她一样，喜欢一篇散文，直到一直要听，直到一直会背。她没有再往前走，只是仰着头背靠着那红砖围墙，听着那个声音，在心里跟着他一起默默地念着，直到听完它，念完它，然后离开那里，连夜登机回来。

周樱从没像那天那样觉得她和梁意天各一方，因为，当梁意读完后，她还听到一个温和的声音说，梁老师，吃饭了，我做了你最爱吃的……

周樱来小院前已向社区的工作人员打听到，那个温和的声音就是陪在梁意身边照顾他三年、半年前刚成为他妻子的保姆。

进入梦乡前，周樱想，明年或是后年的春天，当玉兰花重新清新开放的时候，她一定不会再拒绝温暖的春风，她也会有另外的一份陪伴。那时，她和梁意会长成两棵南北相隔的树，不再有爱情，只有牵挂穿越这繁花，繁花铺成毯，他们永远在彼此的另一端。

第十一阕 我曾经爱过你

诗

我曾经爱过你，
爱情，也许，
在我的心灵里还没有完全消失；
但愿它不会再去打扰你，
我也不想再使你难过悲伤。
我曾经默默无语地，毫无指望地爱过你，
我既忍着羞怯，
又忍受着妒忌的折磨；
我曾经那样真诚，那样温柔地爱过你，
但愿上帝保佑你，
另一个人也会像我一样爱你。

——普希金

意

爱你时，我是那样的真诚，祝福你时，我同样是那样的真诚。为了这份爱，我悲伤过，我卑微过，或许它从一开始就注定不是我的，或许你从来没有觉得你也很爱我，但是这有什么关系，当我明白爱只是我一个人的事时，当我明白我爱你而又与你无关时，我能说的，就只有这一句，谢谢你，走进过我的生命，谢谢你，让我曾经深爱过。

而说完这些，我能做的，也就只有祝福了。祝福这世界上，你会遇见那个你会爱的人，而且她比我更爱你。

普希金（1799—1837），俄国著名文学家、伟大的诗人、小说家，及现代俄国文学的创始人。19世纪俄国浪漫主义文学主要代表，同时也是现实主义文学的奠基人，被誉为“俄国文学之父”、“俄国诗歌的太阳”。然而如此具有浪漫情怀和诗意的普希金，在爱情上却被命运之神捉弄，他深爱的她叫普希金娜，但是她却并没有因为他的爱而安然，她像个贪婪的美女蛇一般，在他的爱里不断地索取，从物质到精神，甚至还有原谅。他几乎是放纵她一般地爱她，可是她毫不珍惜，后来还因为她的轻佻致使普希金与情敌决斗，最后他死在情敌的枪口之下，年仅三十七岁。他的早逝，让世人感到悲叹和惋惜，他曾经深爱过，直至生命的最后一瞬。

情

每个深爱的女子，都希望自己是他的终点，不管他以前多么桀骜不驯，不管他以前故事有多少，她都只希望她是他的终点。知道里海吗？它是世界上最小的海，内陆海，与哪个洋都不相连的海，水流到那里，就是终点，就再也出不去。

然而，没有哪个男人愿意是别人的里海。爱情，有时就是一种景观，给你一个大海，给我一个大海，相爱了，就结成海洋，然后两个人都辽阔了；分开了，也各自为海，还是拥有自己的辽阔。

爱过里海的心情

一

我站在郁林身后，把两只手的手指伸到郁林的手指间，问他，郁林，我们的手是不是结网了？

如此，我试过几次，郁林每次都笑得要甩掉手，我不依，决然地交叉着我们的手指，非要他把我从身后拖过来，放到他的腿上坐着。

像小孩子这样玩法，我只是想等他说，嗯，是结网了。然后我就得逞了，就可以告诉他，郁林，你瞧，我们的四只手都结网了，爱情再狡猾有什么用？它逃不出去了，我们结婚吧。

可郁林，是比爱情还狡猾的，我好好准备的话一次也没说过。他总是会抱我，抱过以后就转移话题。今天又是这样，他笑一下，顿一下，我马上觉得我们再也走不下去了，我是坚持不到那种结果的。

因为我的放弃，郁林今天很容易就甩开我的手，他诧异了，就又抓起我的左手，翻天覆地地看了一遍，扔下，又抓起另外一只，右手总算比左手争气，在我的右手，他终于找到了可以把话说下去的东西。

他指着我手心的小痣，不无羡慕地说手心长痣的人命好啊，什么都会牢牢固在手心。

我抽脱手，说几年前一个看手相的老妇人也是这样拉我的手，可她却说，我是要漂泊的，而且还肯定地说，我三十岁以前是要出国的，在她相信的命相里，这颗痣拴不牢我。

郁林夸张地大笑，出国？手相学也在与时俱进，一个时期一种时尚，一千年前，保准最时尚的说法还是大富大贵，要中状元探花的。

我笑不出来，今天是立秋以来最好的天气，我早晨起来想，我再用手传达一次，再问一次，若郁林还不直接回答我，我死心。

二

初冬，我好不容易抽出一天时间去郁林的宿舍帮他整理房间，不小心把柜子上的地球仪碰掉了，这一跌，那个浓缩成直径大约二十厘米的地球就裂开成十二片给我看。如果不是经常把它的轴卸开再拼好，应该不会这么容易就支离破碎。

郁林打来电话，说他马上就到宿舍。我说，我看到你大学时摘抄的一段文字，叫最后一笔激情。

他说他实在是记不起他练书法时写过这几个字。我说写了，有这几句：等你，让我清瘦让我憔悴让我……不信，你回来自己看。他不感兴趣，说他不用笔写字不止两三年。

我给我的肿眼睛找的理由不成立，于是我又说，郁林，你说我傻瓜不傻瓜，我看完它们还把眼睛给肿了。

郁林赶回来以前，我一件件把从地球仪里掉出来的东西装回去，再把地球仪的十二片扣好。

下午，天气冷起来。我和郁林找他的同学拿回数码相机。我摆好了姿势，急切地叫郁林快拍。我希望我使用的笑容都会在我期待的那一刻被定格，等我老了我就知道那一天，我是高兴的。

拍完了相机的内存，我一张一张地翻着看，发火了，生气地问郁林怎么把我拍成这样，没一个表情是我准备好的兴高采烈，全部都是忧伤。

郁林不知道我也会发火，解释说，数码相机是有延时的，也就是说，你永远定格不了你现在这一秒的样子，只能是下一秒或是下几秒。

我不再说什么，把相机里的真实，全部清空。

三

郁林的同学老钱说话穿帮，经不住我的软硬相逼，只得告诉我，郁林在大四时，有过一场在他们看来就是惊世骇俗的爱情。我听后没哭，老钱就放心了，说我不愧是有气度的女子。我笑笑，我只是明白了，郁林可能也是照顾到我的这种气度，就一直把初恋藏在地球仪里面。

那些情书，我不嫉妒，我是嫉妒郁林的方式。搁在柜子上的那个东西，代表的是整个地球啊，它那么大，他把她放进它整个心里面。我怎么抵得过，对于它来说，我的城市都只是在它表面以一颗痣的样子去表现。那么，痣上的我，其实就是没有概念的。

我一直很不想这样，坚持到死角里去，像我养一棵花，精心又精心，直到把它养死。

郁林打电话告诉我说，他要到欧洲去。我不觉得意外，就把养在金鱼缸里半个冬天的水仙捞出来扔在垃圾筒里。

我找到郁林，让他去郊外陪我喝酒。月光下，我们喝了十八听大蓝带，我十个他八个，然后他送我回家。那十听酒给我的胆量比他的八听要多出一倍，我要他留下，几乎不容他反抗地拉他留下。

第二天，我醒来，他已离开，我光着脚在阳台上看雪。故事在我没醒来的时候结束了。

我无论怎样，郁林还是要去欧洲的。我没问他为什么要去，因为老钱告诉我说，他之所以玩得起那样的初恋，重要的原因就是那个她富有，可以给郁林很多常人啧啧叹声的浪漫。

四

我像傻女人，在暗处偷偷地看郁林登机，等飞机上天了，才敢对着天空没命地哭。

老钱更像朋友，高尚地把我推进出租车，然后搜肠刮肚用话安慰我。他说郁林只是去学习，两年就回来。两年，你钟陈陈怎么都等不起，你老不到哪里去？而且两年，对你的事业也有好处。

一个月后，我用国际长途看医生，我问郁林，我的身体出了意外，经常头晕，而且睡了就很难醒来，是什么病的症状。

郁林说，那你去医院找老钱，让他带你去查查血，作个全面检查。

第二天晚上，老钱拿着一大叠结果给我送来，坐下就说，还好，只是贫血。我问，贫血了怎么还会让心跳得老快？

我的话不专业，老钱偷笑了，很快又紧绷着脸，捏住我的手腕，看了手表一分钟，然后叹口气，算是放心了。

我却扑进老钱的怀里哭，老钱拍着我后背，一直等我哭完，起身前，他给我擦了眼泪，吻了我的额头，走到门口还在说要我多吃些好的。我知道，他这些都不是暧昧，他是替郁林给我。

五

大概半个月,老钱和我没联系。得知他老婆生了宝宝,还是郁林告诉我的。我按郁林的嘱咐,去看望。

那是一个幸福一百年都可以的女人,虽然不是顶好看,可是,她和谐地存在着,在女人的角度上,比我的存在温暖得多。她看老钱的眼神,看小孩的眼神,接受我祝愿时的神态,让我恨不得飞到欧洲去,找到那个一大串名字的小国家,泼妇般地拉了郁林出现在他的初恋情人面前,像很多掉味电视剧里的女人一样,以为胜券在握地告诉她说:我是郁林的人了,我去过医院,我有化验单。

伤心的爱情总是给我足够想象的空间,记着是要努力去想明白的,可情况是越来越糟糕。

老钱送我出来,抱歉地说,陈陈,你不要这样,我找熟人把你在医院里的病历改名字了,放心。那张真的化验单我会替你留着,我也会尽快催郁林回来。还有,郁林他如果一时回不来,我就带你去别的医院,我们得找可靠的人。

我苦笑,去照顾你老婆和孩子吧,我没事儿,说不准哪天,我还会做客报社,让他们给我弄个私密告白呢。

我知道老钱在我身后,像个大哥目送他的妹妹一样,看着她忍受着难言之隐,却又帮不上。

晚上,又是开会,回家已是深夜,我坐在阳台上,看着没有星星的天空。爱情,有时就是一种景观,给你一个大海,给我一个大海,相爱了,就结成海洋,然后两个人都辽阔了。我好多次告诉我自己,其实在我的处境下，更适合与郁林就这样分离了，因为至少对于这个城市来说，由于太多的原因，我没有资格像那些勇敢的女子一样，不顾一切了，就敢把不顾一切让所有的人知道。

六

我不接郁林的电话，当电话铃疲劳而不再响时，我就用自己的左右手指交叉着。我问我自己，我的双手结网了吗？我发现我也给不了自己答案。

下一个电话是老钱打来的，他说郁林刚刚和他说他和一帮华人去了里海。

里海，最小的海，内陆海，与哪个洋都不相连的海。水流到那里，就是终点，就再也出不去。放下电话，我在一大堆文件上埋下脸。郁林对我来说，再让我爱得辽阔，他也只是我们世界里的一个内陆海，与我的海洋两两不相干，永远没有汇合的水滴。

我没有找老钱去托熟人，我独自去了另外一座城市，大大方方地走进一家大医院，对医生说，孩子来的不是时候，所以，我不得不对不起他(她)。

医生是个妈妈一样的人，她轻声地问，确定了？你先生没陪你来。我说，我先生去了里海，等他回来陪我，就来不及了。

我选择的是无痛那种，几百元一针下去，我便睡去，醒来，只是胳膊上挂着点滴，而郁林在我身体里的痕印彻底抹去。

我请了七天假，在医院住着，关了手机。我彻底想明白了，暗暗喜欢一个人的时候，时光是受宠的，把一分一秒都要多放在睡觉以外描绘成春暖花开的思念。而我，一直是多么的不容易，总不记得自己，总又记得即使委屈，也要给郁林那么多的向往和思念。

结束了。我所做的，再算是爱，如果对方无法了解的话，我也不能再为一份永远不能抵达的结果，而不去宠着我今后的时光。

出院后，忙完大堆事务后，我找老钱说，我等不起两年，所以也请你给我吞下那个秘密。

我打听一个人很容易，我早知道郁林这次被医院派外学习，不是因为他的业务比老钱他们好，只是因为她也早去了的。

爱情沧海，关于他的，关于我的，都是不一样的。

第十二阕　卜算子

诗

我住长江头，君住长江尾。
日日思君不见君，共饮长江水。
此水几时休，此恨何时已。
只愿君心似我心，定不负相思意。

——李之仪

意

我住在长江源头，你住在长江尽头。每一天，我们都是取饮这一条江河的水啊，每一天，我的思念都像这一条江河那般长。日复一日，年复一年，不知何时才能见到你呀？这份想念绵绵无绝期，只怕是要等到这一条江河的水全都干涸了，我那想你却不见你的遗憾才能终止。虽然想念很苦，但是我所有的愿望，都只但愿你的心跟我的心一样。

李之仪（1038—1117），北宋词人，字端叔，自号姑溪居士、姑溪老农。李之仪是个创作严谨的人，他曾说“长短句于遣词中最为难工，自有一种风格。稍不如格，便觉龃龉”。为此，他甚至批评柳永的词“韵终不胜”、张先“才不足而情有余”，只是不知道柳永迷们在知道这句话后，会不会对他拍砖？我倒觉得这诗词中“语尽而意不尽，意尽而情不尽”的标准，各人自有章法。

情

滔滔江水，可以成为两个人的相思，也可以冲淡两个人的相思。沿岸而行的两道风景，总是有原因才不能连接的，比如桥老要修，比如桥通了却只走了两千步，还比如转身的时间不一致……

错过在春天入住幸福

一

报上说封桥的那天，夏洁在北京。

是参加上岗前一个业务培训，整整两个月。刚开始，一个人，全陌生，倒有些异样的惊喜。但培训进行到一半时，她开始想那个城市了。

唐朝晖是早一年来的同事，不太熟悉，存他号码，是因为来北京前一晚，整个写字楼就他俩加班。他很绅士地送她到家，出于礼貌告诉他电话，让他到了给个平安短信。

但今天突然打给他电话，还是有点冒昧吧。

还没等她为自己的冒昧确定个理由，比如突然丢了上司的号码请他帮忙报一下等，唐朝晖在电话那边说：夏洁，想家吧！

瞬间又灿烂，电话间的气氛像灯光一样暖成团，一个人的城市里，有一些温暖的感触，总是尤为珍贵，哪怕瞬间，或是来自陌生。

只不过明明是有些激动的，夏洁却不知说什么好。

唐朝晖似乎懂得，他说，嗯，我给你读下今天的晚报吧。

6月23日的晚报上说，那座老桥，下个月要封锁十个月维修了。夏洁的思维在电话里飞回那个城市，想象承载了百年来往的桥被阻隔后，对人们生活的影响，她还想到了唐朝晖，他回家要经过老桥的，桥封了，每天上班，就得绕半个城，从另一座桥上才能过来吧？

在孤单的北京去想那半个城的距离时，感觉真的很遥远，可在唐朝晖的读报声中，夏洁的心里却升起一些莫名又贴近心灵的东西。

二

整整一个月，唐朝晖都会读一刻钟的晚报，夏洁的时光在他的声音里安宁着默契着。

回来的夏洁，第一天上班时，在电梯里和唐朝晖微笑了，浅浅的，却仿佛相识数年。此后，不知不觉中，在很多小事上，他们的心都似乎在贴近互知。

他们不用约定，就会同时加班到很晚，回去的路上不用扯天气道世景的寒暄，就能够彼此明白两人更加在意和享受的，就是这一份清宁。

老桥封了，让很多事情都变得周折了。有时候，他们说好早上去吃某小店的早餐的，可等唐朝晖绕过半个城后再来时，时间不够了。还有晚上一块儿加班后再回家，她明明是一天比一天习惯等他平安到家的电话，明明等的都是一样的时间，可夏洁就感觉那个电话让她一天比一天等得久。

那晚大雪，两人在桥这端分手时，他看着她，她欲言又止，终于只是说，等你电话。

窗外飞雪如羽，夏洁裹着毛毯坐在沙发里，等过了平常要等的时间都不见他的电话，她打过去，他也没接。她开始惶恐不安，白天在公司里听人讨论，说天冷路面一到晚上就冻住，防滑链都脱销。

快一点时，电话响了，听到唐朝晖声音的那一刹那，她哭了。

他说出租车出了故障坏在最偏僻的那段路上，他和司机的电话竟然都没有电了，他跑到加油站，才联系上她。

夏洁放下电话后，不顾一切地跑出去，拦车去接他。

这一晚，一个城，两个人，没有岸，好温暖。

三

桥那边，明年春天会有一个楼盘开盘，广告语是“我永远在春天等你”，夏洁和唐朝晖去看过，说好要在那里买房，然后结婚，再然后老桥也该修好通车了，他们可以每天一起步行过老桥回家。仿佛许多许多美好，都在等一个最合适的时机来完美他俩的爱故事。

公司总部派下新老总，自傲又冷漠，常常可以为一点大家都不在意的小事，一个细小又细小的原因，而夸大了错误让员工难堪。

人缘好的唐朝晖也不例外，一次仅因为他下班时没关电脑，老总在会上就让他写检讨，好像这点小错误完全不能被他以往的出色工作而忽略。

唐朝晖辞职了，新工作在老桥那一端，唐朝晖有些不想去。夏洁说，朝晖，我以后也要去那边的啊，我们的家要在那里啊。

从此，为了见面，他们中总有一个人得绕半个城。每次见面，他们的手都紧紧地牵着，仿佛再也不愿分开。

但是越是向往厚实的温暖，就越是提醒着深冬冷得可怕。这个冬天似乎特别漫长，终于每每绕半个城后，彼此想说的话，就不知不觉在路上跑丢了。

有一天，唐朝晖公司有要事，夏洁下班后就直接回家，早早地就钻进被子里睡着了。

第二天夏洁从保安那里知道，昨晚唐朝晖去接过她，然后又一个人走了。

夏洁想打电话说她只是想让他更好地工作，不用记挂着她才先回的家，拿起电话后，却又觉得他该是懂得的，而且即使不懂得，他昨晚也该跟她说他要来的啊，他没说，她突然也就觉得道歉她也不该说。

老桥还没有修好，穿过围网看过去，有一些破败，像一颗拥有美好愿望却还是伤痕累累的心一样。

四

终于从沉默变成彼此责怪。唐朝晖去外地出差，刚好夏洁也有事忙，等唐朝晖赶回来时，就错过了春天楼盘预付定金的时间，他们也错过了春天入住幸福的机会。

她怪他，他也怪她，然后开始吵，夏洁哭了，哭了很久，朝晖才说对不起。

对不起，在泪水后往往是没有意义的吧。他们回到最初，以桥为界，一个人在这端，一个人在那端，不相约，不聚集。

唐朝晖生日那天，她犹豫了一天，傍晚还是打电话给他说一起吃个饭。

可他却又惊讶又冷淡，且有好几个不能来的理由。夏洁尴尬地笑着，说那就算了。

不久，老桥开封了，但因为年老，承载力不够，只允许行人和非机动车通行。

夏洁很想去走走那桥，走过去看一看，看一看那边的人。但是那天，她走到桥中央还是停下，没有再往前走。

返回时，她数着自己的脚步，一共两千多步。她第一次觉得，要连接两岸，即使不绕那半个城，即使有桥通行，也是很难的，因为桥两端的人，或许可以走出第一步，甚至走到第两千步，但是就算走到第两千步，也不一定就能继续走下去。

没有走完桥的连接，也就等同于彼此在两岸独行。夏洁不敢靠近老桥，害怕它的连通让她又想过去，害怕走到一半她却又不再有勇气。

第三年春天，夏洁开始恋爱，医生季楠，像他身上的白大褂一样干净简单，对待感情也像对待病症一样认真负责。

夏洁喜欢沉默，他就一个字不说，夏洁喜欢沿江边散步，他就陪着，不管走多远，她的包都在他肩上。刚开始夏洁还不以为然，因为她永远在前面走，他永远在身后三五步的距离外跟着，是那天，一辆载着穿衣镜的小三轮从身边经过到前面时，她抬头看到镜中的自己和他，那个大大的绿色的包，在他的身影中看起来那么不协调，那么逼得路人都会在意都会疑问。只有他不在意，就那样背着它，保持和她一样的速度，小心地隔着三五步。

季楠在身后三五步，是一种渴望靠近却又害怕打扰的姿势。夏洁眼眶热热的，停下脚步，等他走过来，然后伸出手臂，挽住他的胳膊，和他一起朝前走。

五

半年后，夏洁和季楠结婚。

安然的幸福让夏洁偶尔站在这岸远眺对岸时，已开始觉得对岸景象的模糊,它或许是真不足够让她带着回忆去行走完五千步,过去看一看吧?

很久后的一天,夏洁和季楠散步时竟然不知不觉地走上老桥。夏洁当时感觉好奇怪,三年后重新走上桥的感觉,竟淡得像初冬的阳光,像江面的风,没有半点难过和牵绊。

只是她没想到,她会在桥上看到唐朝晖,她也没想到,她看到他的时候,眼里会盛满惊喜、温暖、周折,以及一切。

夏洁感觉自己被一股巨大的力量拉回从前。她连对季楠介绍一下都没有想起,季楠看见她的表情,似乎知道她或许是需要单独和不远处那位朋友说说话的,便保持他向来的大度,转身往回走,轻轻在她身边说,我就在那边,等你。

她难过,又难过,不停地对自己说,我只问他一句话,就好。

夏洁是了解唐朝晖的,她知道他一直以来也一定是只敢走到桥中央就不敢再往前走,她真的就想要问问他,为什么不走过来一次?这桥的长度,远远不及当年的半个城。

但就在她想要问时,唐朝晖却转身要回家了。瞬间,她泪如雨下。然后,突然有一个声音在心底想起,等不爱了,就好过了。她意识到自己和唐朝晖,原来各自沿岸独行已经很久很久了,即使终于相连,即使终于能解释,但似乎也都没有什么未来的意义了。

最后她还是抬起头,泪眼闪烁地对唐朝晖背影说了一句:朝晖,我回去了,天晚了,你也早点回吧。

唐朝晖转身,与她一样眼里盛满惊喜、温暖、周折,以及一切。但是,她已转身奔向季楠,她没有看见。

沿岸而行的两道风景,总是有原因才不能连接的,比如桥老要修,比如桥通了却只走了两千步,还比如转身的时间不一致……

第十三阕　我们错过了这个晚霞

诗

我们错过了这个晚霞。
今天黄昏没人看见我们手拉手
那时蓝色的夜正渐渐落到天下。
从窗口处我看到了
落日在远山里的宴会。
那么你当时在哪里?
待在什么人中间?
说些什么话语?
为什么正当我伤心，
觉得你在远方时，
全部的爱会突然而至?
经常在黄昏时分被挑中的书落到了地上，
像一条受伤的狗在脚下滚动了我的衣裳。
你总是、总是在暮色苍茫时分离去
走向晚霞边跑动边抹去雕像的地方

——聂鲁达

意

真的会因为错过了一道晚霞，就会永远错过了爱情吗？

真的会因为错过了一次约定，就会永远错过在一起吗？

不！不对的，这一路走来，草长莺飞，阳光万好，我们虽然是错过了许多，比如一个又一个黄昏，一个又一个晚霞，但是错过的原因，不是爱情有错啊？

既然爱情不错，那么我们为什么不能在一起？

其实，说到最后，错过的，不是风景，而是我们两个人中，有一个人的心，慢慢地变得淡薄，它让他慢慢地就错过了约定，错过了誓言，错过了在一起的将来，错过了对爱的信心……

聂鲁达（1904—1973），智利当代著名诗人。自古才子多风流，聂鲁达一共娶过三位妻子，而且一生风流韵事相随。不知道这位先生是不是总在新鲜的爱情中寻找激情和灵感，但是不可否认的是，他的确是很完美地捕捉到了他生命中那些诗情画意。他是1971诺贝尔文学奖得主。

情

错过的难道真是那些原本可以好好更爱的约定吗？

他的爱情，是大胆却又羞涩的，是安然却又动荡的，是平凡而又深刻的，它一直都在阡陌纵横中，有如那朵玫瑰，一直藏在乱线条中，犹如一种声音，不经过耳朵永远从心里响起。她是一棵开花的树，那是他会经过的路，他一定记得回来的路，因此她的树上，花朵不会谢，她的等，是幸福的。

朵娜的故事巴士

一

每逢下雨天，朵娜都要来到南郊二站台。

她总是穿着那双绿底白点的及踝胶鞋，举着伞，在站台的边缘，和伞彼此静静依存，如街角那个永远在等人们来打电话的蘑菇形电话亭。

有人说，雨中的站台，是一册丢掉书页的书，封面封底间看着尚存有些故事的气息，其实故事已经一页一页地走掉了。

朵娜知道，自己的故事，没有走掉，它像希望一样，虔诚地在路上。

有雨的早晨，计程车像披着盔甲的蚂蚁，忙碌着却还是被人骂着。广告牌那里，有两个人在讲话，大概是聊各自的行车路线，想要看拼一拼车有没有商量。

朵娜看着他们，平静得像伞下没有接受新雨滴的那一小坑清水。这一高一矮的人，像两个因走错了路而遇在一起的人，也许其中一个是要走明朗路，但另外一个并不是顺路要去阳光域的写字楼，朵娜觉得他们终究会各走各的。

她这份断然的自信来自于丁迈，丁迈第一次看到她和靳染在一起时，就笑着说，朵朵，你跟他眼里隔着深渊，你们有各自的远方，而我，要在你的远方里去。

这世上，人与人之间就是那么奇怪，有时候两个人相遇了，但却又被老天捉弄。她和靳染，就是因为当初并没有好好问清对方的去路，所以越走越错，越错越难过。她和丁迈，方向一致，但是老天却也不多留一些相聚给他们。

但每当站在这里，朵娜还是会觉得甜蜜。因为丁迈说过：朵朵，今生今世，我一定会有一辆载着我们希望的巴士，每天像春天一样开过来，巴士的名字，就叫“听说”，好不好？

她相信他。

站台上，渐渐地就只留下朵娜。雨念念有词，她也念念有词。像听说，在听说。

二

遇到丁迈的那天，朵娜像只惊慌失措的小孔雀，正高扬着的双臂呈拦车的姿势，站在南郊二站台那里。

不疯狂的人大概总觉得疯狂的人都跟野兽似的，随时会伤人。等车的人都说她疯，都离她远远的。

她只是要找靳染，那天的雨很大，她在那里整整等了五个小时，她不知道冲多少辆的士挥手，多数车不理她，少数车为她停下，但是也都骂了她。

两个礼拜前，靳染不见了。她到处找，没找到。靳染是个特别心疼车的人，他说雨是这世界上最脏的东西，他讨厌雨水溅在他的车上，每每雨天，他总会打车。所以那天下雨了，朵娜就来到这里，朝每一辆的士挥手。她想，靳染如果经过，看到她在雨中，再想躲，他都会出现的吧。

他没有。

当所有的人都担心她这个疯子会随时被车撞倒时，丁迈停在了她面前。他戴着蓝色的头盔，他的速度很快，他本来是要一直赶路的，他甚至是已经走出了十多米的，但他却把他的摩托车在街心画出一个“U”，停在了她的面前。

他把头盔扣在她的头上，把她扯到后座上。他一路狂奔，她一直在哭。他像一只豹子，带着她，穿在雨里。他后背的气息，潮湿又热乎乎的，让她有些恍惚，她多想雨线不止，多想自己也成为谜，然后前面的世界就没有尽头。

后来，丁迈幽默地对她说：一个在下大雨的天气里，还坚持跑步的人，是城市的彩虹。

她笑，说她没有，她知道她那天其实无异于在给城市蒙羞，她像个疯子，但她不是疯子，她只是没有找到要找的人而已。

靳染的熟人把朵娜在雨中的照片用手机给拍了下来，靳染看到后才回了，他说他走是因为小夜曲，他说得轻描淡写。

朵娜去找丁迈，说为什么他要那样。

丁迈依然像那天那样，把蓝色的头盔扣在她的头上，带她在这个城市的大街小巷狂奔。深夜回家时，下了整整几天的雨停了，她也就没有哭，笑着跟丁迈说再见。

对于一场久雨来说，雨停了就是结果；对于一场伤心来说，不想再哭，也就是结果。

三

朵娜是两年前随靳染来到这个城市的，到时已是凌晨三点，靳染粘上床就睡着了，朵娜没有睡，她搬了房间里的木椅，坐在阳台上，看到天空的颜色一点一点地变蓝，变白。

新的阳光铺过来的时候，她低低地叫了一声染，靳染迷糊中，懒懒地应了。她就笑了，某本书上说，如果一个男人，在两个人共同生活的空间里，像猫一样懒懒的，那么至少他是爱的，是受用这个空间里的一切的，也是不会离开的。

那段时日，他们总是依偎在家里，一起洗澡，一起抚平床单，像两只慵懒却也热爱整洁的猫。

但是这一次，靳染失踪十五天后回来，就不一样了，他变得沉默。有时朵娜叫他，他明明听到却故意不答。直到有一天，朵娜知道他只是在心底热热闹闹地想着另外一个人。

小夜曲是电台的主持人，声音好听，靳染说，她的声音夹在夜色中，就是把夜空变成天堂了。

刚开始他这样说时，朵娜还咯咯地笑，说染，你不是说我的声音也好吗？靳染没有说话。

靳染终于连她的呼叫也不答应了，有一天她发短信给他说，染，天堂里真的有声音吗？

靳染在敷衍了。一次又一次，朵娜觉得他的后背，给她的全是拒绝的冷漠。

她试着给小夜曲打电话，她对着听筒好久，直到那边都有听众投诉，直到小夜曲似乎说了许多，她才挂了电话。她给靳染发短信说，染，小夜曲的声音，我听过，很安静，真像天堂一样安静。

她像个卑微的小女人，讨好他。但是这种讨好没有回应，无异于自取其辱。

朵娜跑去问丁迈，小夜曲的声音是不是真的好听？

丁迈不正面回答，只坚持说她是彩虹。朵娜那晚痛着心想，她也许就是要做清标傲骨的那个自己，才有自己的。

四

朵娜在小夜曲的博客里发纸条，说她可不可以来她的节目里说说话。

小夜曲答应了，说那个叫下午茶的节目里，朵娜可以来读一段散文。

朵娜读它的时候，想着靳染一定在听，她的声音有点抖。

十分钟之后，朵娜离开演播室，来到电台大楼外面，看见了靳染。他当时正要从街对面穿过来，喜悦又急切的，大概是来接小夜曲吧。

城市很干燥，靳染没有注意到洒水车过来，朵娜当时也只是简单地想靳染的衣服可能会被淋湿，她跑过去，想对他说等一下。

水洒过来，她伸手挡时没有看清一辆疾驰过来的车，朵娜被撞着，一个月后，她出院了，基本痊愈，除了耳朵。

她的世界沉默了。

站在窗前的朵娜，只能望着对面丁迈那关着的屋门，听到过去世界里的声音。

丁迈是一家快递公司的快递员，住在朵娜的对面，靳染失踪的那段日子，朵娜每天都跑去问他，有没有一个叫靳染的人给她的快递。

她把自己的故事说给丁迈听，可能是许久都没有说很多话，她像只吵闹的小鸟一样，丁迈一直听，安静地陪着她。

有一次朵娜说，丁迈，我真的想你把我快递到很远很远的地方去。丁迈突然哭了，告诉她说他最大的愿望就是有一天，他有一辆巴士，他会把巴士改装成一个小房子，装上绿色的窗帘，然后每次出发就是远方。

五

为了朵娜的巴士，丁迈在很努力地工作。出车祸后的朵娜听不到声音了，她怕丁迈说话她听不到，他会笑她，于是每天都发短信给他。他会回，他还说，朵朵，等到明年春天，我就撑齐一辆巴士，我们把它的车轮涂成蓝色吧。

朵娜就在丁迈的短信里，想着她的巴士。但是春天来时，丁迈还没有来，丁迈的一个同事来了，穿着和丁迈同样的快递制服。

原来朵娜出事的那天晚上，丁迈在医院里就被警察带走了。

那天朵娜在读散文时，小夜曲在外面打电话给靳染，她其实知道朵娜是谁，但她不知道丁迈是朵娜的朋友，她以为他只是来送快递的，她用很多难听的话说着朵娜。朵娜认真地读着，她一直面带笑容地想要让靳染听到她也有天堂般的声音。她不知道靳染其实从不听收音机，他指的小夜曲的声音像天堂是有特别暧昧的意思的。

读完散文走出来时，丁迈告诉朵娜在楼下等等他。

丁迈打了小夜曲一耳光，丁迈不知道她在电话里把侮辱朵娜的话讲完了，正好剥了一粒夹心糖放进了口里，那一耳朵的力量，让那粒糖跳进了小夜曲的气管里。

丁迈下楼，看到朵娜倒在车前，靳染上楼，看到小夜曲已经快不行了。

小夜曲因为一粒夹心糖送了命。丁迈因过失伤人罪入狱了。

朵娜不相信丁迈同事写给她的话，她拨丁迈的电话，哭着说着，直到声音嘶哑，同事接过她的手机，然后在纸上写话给她：刚才的电话是监狱的警察接的，丁迈的电话不关机，是他请求的，他说他知道她一定会找他。

……

六

雨停了，朵娜的世界安静得像在远方。

朵娜想起丁迈有一次送完快递回来给她讲的故事：有个男孩，要给女孩表白，用铅笔画了很多玫瑰，直到有一天，画得栩栩如生，但是玫瑰画得越逼真，他却越不敢呈现给她，所以有一天，他就在画好的玫瑰上又胡乱地画了许多线条，然后再给女孩。

丁迈说他也不知道，那个女孩有没有看到那玫瑰。

丁迈给她的爱情，一直都在阡陌纵横中，有如那朵玫瑰，一直藏在乱线条中，有如一种声音，不经过耳朵永远从心里响起。

朵娜撑开伞，踩着雨水，回家。下次下雨，她还要来城南二站台，她知道，总有一天，丁迈会在春天开着他们有着蓝色车轮的巴士来接她。

第十四阕　离思

诗

曾经沧海难为水，
除却巫山不是云。
取次花丛懒回顾，
半缘修道半缘君。
——元稹

意

我们总是能在别人的爱情里，为自己的心找到更坚强一些的理由。

当别人的爱情缠绵悱恻海誓山盟时，你会不会觉得自己还不够为爱情努力？

当别人在爱情里忠贞不渝相濡以沫时，你又会不会觉得自己还不够对爱的人坦诚以及对你们的爱情充满信心？

而当别人的爱情如诗中所云，把一沧海的水都无视、把世间万山都无视只见巫山时，你是否也已想好要对你爱的那个人说一句：请相信我，弱水三千，我只取一瓢饮，我爱你，就一辈子！

元稹（779—831），字微之，别字威明。元稹是个真性情重感情的人，无论在友谊上还是爱情上。在友谊上，他和白居易是一对挚友，白居易曾这样评价元稹："所得惟元君，乃知定交难"，并说他们之间的友谊是"不为同登科，不为同署官。所合在方寸，心源无异端。"在爱情上，元稹与太子少保韦夏卿的小女儿韦丛结婚，出身名门的韦丛勤俭持家，和元稹相敬如宾，只是造化弄人，韦丛二十七岁时因病去世。这让元稹悲痛无比，为她写下许多悼亡诗，离思便是其中之一。

情

或许，生活中有些爱情，总是要让相爱的人历经一些挫折后，才让他们彼此明白对方就是"曾经沧海难为水，除却巫山不是云"的那一个。那么，在面对挫折时，请不要怀疑，请多给爱一些时间，让它在你面前完整地绽放。

一面墙上的段落和天台

西欧租到的房子很干净,可能刚退不久。但西欧还是想按自己的风格改改,墙壁全得是浅紫,卧室那面大窗帘,会让她觉得还在他的别墅里,所以必须换成百叶窗帘……

想好后,她觉得像家了,长长舒了口气。原来爱惜自己,33平方米就能做到。两天后,装潢店里来人了。西欧却抱歉地说,她改主意了,决定还是就这么住着。

昨天,西欧拆大窗帘时,看到墙上满满写下的英文日记,她读到一个女孩和男孩的故事,因为很多细细的疼痛自己也有,所以她决定保留它。

一、第1天

终于收拾好,我丢下抹布躺在地上听肖说话。

我想起去年,暑假返校第二天,在湖边草地上,他望着天空,很不满地说,这九月,不厚道,特别不厚道。

我迷茫住,问他,怎么就不厚道了呢?

他忽的一下坐起来,落了,你听着啊,蜻蜓是它吓走的吧,蝴蝶也不敢往花里跑了吧。算了,咱不扯远,这些都给省略掉。

我皱紧眉头，不明白他究竟要说什么。

肖把胳膊伸过来，转给我看，接着说，我要说的是，这前不靠恶后不靠善的九月，它竟连一只蚊子也没沦陷掉。瞧瞧，这，还有这，都是它们昨晚布下的伤。原以为搬去609，躲得过，没想到小小蚊子，飞上六楼，不仅翅膀没扇断，还成饿鬼，阴森森地下嘴乱咬。

他说完，我捂着肚子在地上打滚地笑。

今天想起来，我又忍不住笑。肖，总是有办法，把小鸟在天空那样宽畅的快乐带给我。

二、第2天

我管这里叫“三三春秋”，没特别心思，只是它有33平方米。

肖今天说，落了，你要的海蓝色墙，看来还得再等等……

我用右手捂住他嘴，笨，窗帘已是蓝色了。

我说，我以前一直都要把手放进睡衣兜里，才睡得着觉，自从我们彼此喜欢，就再舍不得把它们放兜里，一层棉布，隔一点甜蜜。

肖听了，抱住我笑，然后叫我，落了。我说，嗯。

肖又叫，落了。我咬着嘴唇笑，再答，嗯。

他终于说，记得第一次我要吻你，你拼命地躲，躲过了，却哭。第二次我要吻你，你还是拼命地躲，没躲过，也哭。

肖明白我哭不是要拒绝、要委屈。因为那天，我感觉他的手在我后背，一下下地抖，松开时，我看到他也是一脸的泪水。我没有犹豫，就用我的左手，缓缓触摸上他的脸，把为我心疼的眼泪擦去。

三、第95天

我还没找到工作。每天等肖下班回来，给我做饭，洗衣服。

为这个，我一直难过。以前在学校，看到室友杨子粒给他男友洗衣服，我就想，要是我也这么能干，把肖打球后浓浓汗味的衣服，洗好了、扯平了，挂在我们宿舍阳台上，让女孩的笑声、阳光的颜色和风的脚步来靠近它，最后只留肥皂味道在里面给他穿，该多好啊！

看到室姐贤惠地给男友织毛衣，我又想，要是我也心灵手巧，左手帮右手，右手帮左手，把那长长的毛线结成网，再拼成衣服，肖一定会觉得没有冬天的。

四、第193天

毕业后第一个情人节，肖给我一朵玫瑰，我也给他一朵玫瑰。我高兴，我们连买花的心思都是一样用。可肖却觉得他欠了我的，硬要拉着我，再去买礼物。

灯火通明的情人节晚上，我们走啊走，肖不住地问，这喜欢吗？

我总摇头。后来经过化妆柜，我决定不说谎了，因为和肖的开心比起来，我为工作发愁是多无力的理由。我停下，拽紧他的手。

肖明白，拉我跑过去，服务员看我苍白瘦弱，就推荐COCO少女香水，它淡淡地青涩着，小女生才配有的伤春悲秋……

我摇头，踮起脚，在肖耳边小声说，只有沙丘，闻了，才有沙滩、海风和蓝色宽阔。肖，我想要它。

我挑了小样的CD沙丘，5毫升。回来后我撒娇，肖，蚊子把我的额头咬了，没有薄荷膏，快用沙丘给我擦擦。

我美得闭着眼睛大声喊，肖，我真闻到了海洋的味道，还有你在身旁。

肖不接话，只把我的手抓去吻了。然后怪我，落了，你以为我笨到连情人节没有蚊子都不知道啊。

我又笑。我的额头上，只是一颗痘。

五、第238天

我准备先去外婆那里问妈妈的消息，再抱着我的资料去人才市场。

外婆说，落了，你妈要么不在了，要么就过得不好，唉，五年多了。外婆的话有她那个年代的味道，每次听，都会感觉世界都灰掉。

没曾想，今天我一出来，就看到路边贴有招聘书。本想先咨询，很不巧，我的电话没费了。

我发现那公司就在前一站台附近，我充满希望地跑去，说我英语是六级。他们看看我，商量了几分钟，简单考了考，让我明天就上班。

回去后，我为此高兴得坐立不安，一心只想着要告诉肖。可是肖要上楼了，才能知道好消息。所以我决定下楼去等他。可到了楼下，我还是觉得这样他知道的会太迟，就又沿他回来的路去接他。

六、第240天

肖说他涨薪水了，我不工作，我们也可以小小康了。

夜里，我悄悄起来，在窗帘后的墙上补写这几天的日记。

前天我揣着好消息去接肖，都快接到他公司楼下了，远远看见，他站在公司门前，我正要跑去，杨子粒开车过来了。看样子，他们是约好的，对视笑了笑，肖便上了车。

我忘了我是因电话欠费才跑来的，看着他们离去，我倔强地掏出电话想打给肖，却让告知欠费的语音逼出眼泪来。

肖晚上回来，一直在神采飞扬地讲杨子粒混得不错，现是外企老总的翻译，随老总出国两趟了。

我下定决心不告诉肖我有工作的事。那只是小公司，因为偶有涉外的资料要翻译，而实际上，那更需要复印兼接电话的。和杨子粒比起来，我是多么寒碜。

我的日记里，蓝天和海洋的感觉渐淡了。

七、第349天

我已领过两次薪水了，一分不动地放在肖不穿了的旧衬衣袋里。再过三天，领第三次薪水后，用它买空调还会节余五百，我想好要买个微波炉。肖做起饭来，就会省事不少。

下午三点就听见肖敲门，进来便喊，落了，落了，你说空调装哪个位置？

门外有两个扛着纸箱的安装工人在等着。我小心地问，肖，是你，发奖金了？

他勾下我的鼻子，神秘兮兮地说，嘘！告诉你，这空调白捡的。杨子粒他们新公司正装修，我说家里热，她说小意思，就弄来了一个。

七月流火，我开始感到双手发凉，肖又问它装哪里时，我说，我不懂，你问问师傅。

晚上，肖说，我们在感受二十五度的盛夏。我没说话，装着睡去。

杨子粒，已是做到年薪二十万的，就是她自个儿要送空调给肖，大概也是小意思。可我想不明白，我才是和她同系、同宿舍的，她怎么从不联系我。

八、第353天

杨子粒竟对我的声音很陌生，我握着电话再次说，子粒，我是落了，你下楼来，我找你有点事。

几分钟后，她和同事从写字楼说笑着出来了，我隐约听到他们熟练地讲英文，杨子粒更是通身洋溢着成功女子的精致和优雅。她停在长长的台阶上，环顾着。

可我就在台阶下，我立刻明白，她是故意要让我知道她对我的漠视。我强忍着，走上台阶。她终于看到我，目光极淡，说话间，还几次把目光落在我的手上。

我用力找到一丝笑容放在脸上，把我三个月的薪水都递给她，说了谢谢就转身。我在尽最大努力维护我的自尊，可当我走完台阶，它还是落地粉碎。杨子粒在后面说我，没想到这么能拖住肖一起受苦。

我的心纠紧着疼，手往兜里揣着，跑回家我就大哭一场。肖晚上回来，没看到我的红眼睛，只问哪来的钱还杨子粒？

他这种态度让我害怕极了。我简单地说，外婆给的。他没再说什么就洗澡睡觉，疲惫的样子让我觉得，是我拖累他。

半夜里，我起来努力要找一些事做，肖两天没洗衣服了，我想把它们扔进浴缸里，赤脚进去踩着洗。在把肖口袋里的东西往外掏时，我看到我给杨子粒装钱的那个信封，我的心彻底凉了，不管其他的，他们肯定是又一起出去过了。

再回卧室，已是凌晨三点，空调开着，我不由打了个寒战，夏天的二十五度，对我来说，原来是寒冷的。我想靠近肖的身体得些温暖，可他背对着我。这样，我是不敢伸出手来，去抱他的。我心里难受，看到一切都快到尽头。

九、第505天

今天我买了一台新电脑。

肖是学计算机的，我以为他会高兴。

可他回来，没问。连我要的那些程序，他也说休息时再装。

十、第558天

情人节又到，肖没带回玫瑰。虽然道了歉，我也说了没关系。但是却无法让我不想起去年那5毫升的沙丘，事隔一年，肖心里可能是明了，就不会再觉得他欠我的。本来，从一开始，只有我欠他的。我终于下定决心要离开。

几天后，肖上班了，我把一个大信封和一大把钥匙放在床头。信封里，是房产证，昨天才办好，九十九平方米，心情港湾E座15楼。

因为一次偶然，我翻译资料时，发现往来国外公司的副总叫胡乔蝶，电子邮箱用户名是hqd550917。

我发邮件，下午就接到国际长途。一个月后，妈妈回国找到我和外婆。胡乔蝶和1955.09.17都是只属于妈妈的。

见面后，才知道六年杳无音信都是生活中穿插进太多的辗转。妈妈已在加拿大结婚，并且事业如日中天，公司有千万资产。

我说妈妈，别问我为什么，给我五十万，我就跟你走。

于是，我用五十万，给肖买了房子。然后带着外婆和妈妈去加拿大。

这是我最后的日记，两小时后，我的飞机上天时，我想我会找到肖曾给我的蓝天大海的宽阔。由此，我会祝福他和杨子粒。我再不情愿也要承认，他们健康地般配。

……

床头墙上还画有两只大手上，上面写着肖天台，大手中间是一只小手和一个不规则的椭圆形，上面写着段落了。女孩在日记中提过，她的左手，没有手指，只有秃秃的掌，两岁时被烧坏的。

西欧看完在房间里哭了，女孩真的太像自己，曾那么宽阔地快乐，然后又那么倔强地不快乐。

西欧和男孩相爱两年，可当她到他大家庭里时，才看到自己的卑微，并不是空间越大，养的爱情就会越美。大房子的奢华下伫立着她无法负担的阴郁，所以几天前，她选择逃离。

可是落了比她幸福，因为天台在最后写着：落了，从来，都没有人能像你那样到我心里来，永远，也不会有人再像你让我努力地要把她等回来。

落了最后的时间是2004.04.05，天台唯一的时间是2004.10.08。

西欧明白，因为仅仅在这小房子里，就有过天台半年加三天的等待。

第十五阕　偶然

诗

我是天空里的一片云，
偶尔投影在你的波心——
你不必讶异，更无须欢喜——
在转瞬间消灭了踪影。
你我相逢在黑夜的海上，
你有你的，我有我的，方向；
你记得也好，最好你忘掉，
在这交会时互放的光亮！

——徐志摩

意

我是你的偶然吗？我只是天空里的一片云，偶尔投影在你的波心了吗？

每个爱着的人，想到的答案都是否定的，因为我爱你，所以我的理想就是永远，是必然，不是偶然呀。

只是冥冥之中，许多相遇，并不就会一直坚持到底，许多深情，也并不就会被理解，而当我们经过花开，经过期待后，以另一种意义和心态理解了我们只是彼此的偶然时，或许才是对情深不至于疼痛的救赎，或许也才是在伤痛之后，依然对爱情在未来时光里心存一片美好的勇敢。

徐志摩（1897—1931），现代诗人、散文家。徐志摩是新月派代表诗人，新月诗社成员。同历史上许多才华横溢的诗人一样，徐志摩这一生也被多情所累。这里特别说说林徽因。林徽因游历欧洲时，结识了当时正在英国游学的徐志摩。当时徐志摩已和张幼仪结婚，并有一个两岁的孩子。徐志摩为林徽因着迷，林徽因也为徐志摩的才情着迷，这段感情中，徐志摩一直是主动的，他明白又辛苦地追求她，并不惜与张幼仪离婚。但是林徽因经过理智冷静的思索后还是与他不辞而别，后来林徽因嫁给梁思成。其实也不能说林徽因对徐志摩就没有爱，她喜欢他，喜欢听他读他写的诗，常常为之泪流满面，只是并不是爱就会在一起吧，或许正是因为他们没在一起，他们之间的这一段感情才令世人唏嘘感叹。如果没有林徽因，便没有这首《偶然》。

情

偶然遇到你，偶然爱过你。你记得也好，最好你忘掉。但是不管如何，我们都是天下最好的女孩，我们心中有爱，但是宁愿伤自己，却也不对别人有伤害，我们曾经深爱，但是宁肯相信命运，也不对往事纠缠不清。

我们都是天下最好的女孩

一

林爱琳心情复杂地去机场接了一个老朋友。

朋友叫丁妍，原先长得安静清淡，放在花丛中，属百合茉莉那一类。不知是岁月下了魔咒，还是容颜易改，才两年不见，丁妍再看上去，就不再如花，而像一个绕得紧紧的毛线团，缤纷是一层又一层，却累赘得毫无风格。

林爱琳一直记得，两年前的那个下午，丁妍拖着拉杆箱跟自己来道别时的情形。丁妍把太阳镜架上额头，眼里的飞扬都飘在天上地对她说，爱琳，我这一飞，五十岁后再回来咧！

林爱琳笑她说，原来你在为爱情背井离乡呢！但为何要五十岁呢？

丁妍说，我要去深圳养爱情啊，养二十八年，直到把我的头发养成花白，直到把爱情养成蓝昆的一幅画。

丁妍走后，林爱琳时常会想起她，更会想起丁妍的男朋友蓝昆，会想蓝昆的手、蓝昆的油彩到底会在丁妍的心里作怎样的一幅画。

回来的出租车上，林爱琳犹豫了一下，还是小心地问丁妍为何两年就回来了？

丁妍用双手捂了脸，双手顺着向上梳进头发里，也许是用了力，也许是皮肤已松弛，这个动作，让爱琳看到她把额头的几条皱纹也推赶了出来。

林爱琳看着看着，就有些不忍心再看。一女子被岁月割过的伤痕都在额头上，一条又一条，等到伤痕累累，小女子就成了老妇人。

丁妍终于无奈地笑了笑说，爱琳，爱情就是甲乙两个人，甲人学风，乙人还不一定有运气学沙子，空耗着玩单相思，挺傻，不想一直傻到五十岁，所以就回来了。

林爱琳听懂了，原来蓝昆的确只给了丁妍一张白纸。

丁妍问起她的情况，是不是还是单身？她低下头说，不是了，有一个人了，只是相隔很远。丁妍再详细地问，她便说她很喜欢叫他大柠檬，灿烂而结实，总是会让她想到营养两个字。

丁妍听了也感慨着说，是啊，男女之间爱来爱去的这件事，怎么能够没有营养？

她们没再说话。林爱琳拉着丁妍的手，看着窗外想，据说一只新鲜的柠檬，妥善地放在冰箱里，可以保存一年之久。对于一只水果来说，一年就是它终于可以得到的一辈子，那么大柠檬，会是她的灿烂，也会是她的一辈子吗？

二

林爱琳给大柠檬去了邮件，约他在安岳见，说那里的柠檬好，正好她还有年休假。

大柠檬没有给她回话，她等了两天还是没有回邮件和电话，她就一个人出发了。这趟旅行很孤单，孤单到她觉得多在那里逗留就是折磨自己。她缩短行程，买了些刚从树上摘下的最新鲜的柠檬后就返回了。

回来后她把柠檬满满地放在冰箱里，柠檬散发出来的清香让她本来有些生寒的心又一层一层地变暖了，她想或许大柠檬不跟她去安岳相见是因为有事吧。

她觉得自从她决定不顾一切地爱大柠檬后，她就总是容易说服自己了。这一次，她想，等冰箱里的这些柠檬完成了一辈子后，她和大柠檬的幸福生活也才会开始吧。

一个月后丁妍过来，爱琳取了一只柠檬给她榨汁，丁妍没有喝。她说，爱琳，我真羡慕你跟大柠檬，隔这么远，却把爱情护得那么好。

林爱琳听了，还是低着头，抬头时发现丁妍在注视自己，便掩藏似的微微地笑。

丁妍也笑，说她是来告诉她，她开始答应同事们给她做红娘了。这段时间，她跟好几个男人相亲约会过，她说她喜欢上了那些男人中的一个，大概因为是海归，所以总觉得他跟其他的人不一样。

林爱琳听了，突然有些难过，她拉着丁妍的手说，丁妍，你的条件不差，我希望你不要委屈自己。

丁妍说她知道，不然的话，有些话她也就不跟她透底说了。

但是事情却正如林爱琳所料，丁妍不会那么轻易地说跟另一个男人开始的。一天晚上丁妍伤心地跑来跟她说，爱琳，我不知为什么总是要拿他跟蓝昆比？蓝昆的眼睛郁闷一点，蓝昆的背影深刻许多，蓝昆他怎么总是要在我眼前散不去。

丁妍对蓝昆留恋的情绪饱满得几乎要爆炸，爱琳心里也纠结，她听着疼着，许久后呆呆地看着她的那个冰箱说，丁妍，要么你再去深圳找蓝昆，再试试，看你俩到底有没有缘分？

丁妍却大笑起来，爱琳，你还听罗大佑吗？我还听呢，罗大佑唱：但凡未得到，但凡是过去，总是最登对。不是我要死缠过去，我现在只是欲求不得，就才觉得蓝昆有多理想，你说我会再回去吗？他的负心让我恨都没有力气。

可是爱琳还是看到，丁妍眉目间，盘踞着的爱比恨要多。

三

又过了半个月，爱琳打电话给丁妍，问她现在的情况。

丁妍仿佛知道她的心里想什么，在电话里认真地说，爱琳，我正要告诉你，只要蓝昆不在我脑子里，那个海归男人其实也挺好的。前几天晚上，我用一瓶酒解开了我自己，我和他整夜都在一起，我以为我会想蓝昆的，但是我其实什么都没有，你就放心吧。

林爱琳明白丁妍的话，她真想跑到丁妍的公司里，抱一抱她。这世上，有一种理解是很难做到的，但是丁妍却一直在努力。

只是丁妍越努力，爱琳她却越难过。

这天晚上，她什么书都看不进去，躺在床上一直到半夜，还是睡不着。她真的很想很想她的爱情清晰一些。她起床来翻看着电脑里大柠檬的那些照片，那其中，有许多是他在海边拍的，还是去年夏天他传给自己的，他的肤色很健康，他的胸膛原来那样宽阔，他的长腿一看就可以奔跑很远，只是他的双手，十指看上去都太有力，有力到坚硬，她一直以为大柠檬是最爱她的，即使爱得有些隐忍。

是的，大柠檬就是蓝昆。

丁妍去深圳的第一年秋天，爱琳去那边出差时，住进了他们的家，她第一次看到了蓝昆的画室，她不由自主地喜欢，而这份喜欢又被蓝昆毫不遗漏地捕捉到。那天晚上，丁妍在公司里加班很晚才回，在那段时间里，爱琳和蓝昆也终于在那间充满柠檬黄的画室里彼此为对方打开自己。

后来的这一年，虽然他们只见过三次，但是，爱琳的感觉却是她越来越爱，只是这份越来越浓烈的爱，在丁妍的面前，总是让她不敢抬起头来。

丁妍回来的这几个月，她隐忍、内疚而又坚持的心越来越疼痛，直到今晚面对照片，她突然开始不知道大柠檬那双有着坚硬手指的大手，会不会真的就不顾一切地来牵牢她的手？而她的手，会再那么沉默又勇敢地伸向他，伸向爱情吗？

第二天早上，爱琳在公司里给大柠檬打了一个电话，她说，嗨，我昨晚梦见我有了一个小孩，你猜一猜看，那小孩是像你还是像我？

大柠檬在那边笑，笑得她觉得他离她越来越远，她恐慌地又问他，让他猜那个梦里的小孩到底像谁？她说话时，声音都有些发紧。

大柠檬终于回答了，但是他说的是，小人当然会像你和小柠檬啊！

林爱琳的眼泪滚下来，他没有说像“我”！

四

爱琳去了酒吧，点了罗大佑的老歌《鹿港小镇》，没人会唱。她恼了，摔碎了酒杯。

老板以为是闹事的，摆出江湖黑仔的气势冲过来，爱琳哭了，像个小女孩遇到了天下最没有办法的一件事，哭得伤心极了，哭得那个年轻的老板都在一旁不知所措。

当爱琳觉得心里好受多了，准备要收拾好破酒杯走时，那老板却害怕她要做什么傻事，猛地抢走了她捏着的玻璃片，也许是用力太深，也许是任何一双手都不配去试探玻璃片的锋利。

他的血渗出了手指，滴到地上。

爱琳惊呆了，然后缓缓地蹲了下去，托起他的手，取下自己脖子上的围巾，给他绑好，围巾有些细长，爱琳竟然还专注地在他的手背上系成一个好看的结。

他笑了，她也笑了。

他说他叫修，他带她来到一个包间，认真而仔细地跟她说，这里没有人可以听到你心里那伤心的秘密，你随时都可以尽情地来这里说完它，如果你不拒绝我这个听众，我会在旁边，静静地听。

爱琳哭了，这一年多来，她真的是太需要有一个说出心底一切秘密的机会。一连好些日子，爱琳都会来到这里，跟修说说话。那天晚上，客人异常多，有一拨人要包房而没有时，有人推开她的门，他们嚣张而轻浮地说要跟她一起在这间房里，修过来跟他们理论，修被他们打了。

那天晚上，爱琳在医院里陪着修时，哭着发短信给丁妍说，丁妍，你知道吗？对于疼痛而言，流血了就表示快要结痂了。

五

修的伤医好出院的那天，丁妍来了，和那个海归男人，这是丁妍第一次带他来见自己。

四个人一起走出医院时，遇到熟人，爱琳一一介绍后，那个朋友羡慕地说他们四人真是太好的两对，或许只是客气话，但是爱琳听了心里温暖极了。她挽着修,看了看也挽着男朋友的丁妍,读到丁妍眼里的轻松。

爱琳去修的酒吧喝酒的那天,飞到深圳找过蓝昆,蓝昆的画室里,已经没有她和丁妍的肖像,原来她和丁妍都是傻瓜到可怜的姑娘。她们对于蓝昆而言,不过就是红颜面孔的一次转移,就像蓝昆转移到大柠檬一样。蓝昆的说法是,他的艺术里,如果只有两三个女人面孔,会很苍白。

晚上,修睡下后。林爱琳取出冰箱里的柠檬,发现它们都干了,表皮好好的,切开来,里面没了半点水分,如絮一般地自耗完了全部的营养。也许一只柠檬成熟的意义,有时也在它读透伤心过错,终于打开成絮的那一朵花朵里。

丁妍发来短信,约他们明天一起吃饭。她回话说她看到一首诗,觉着好,于是摁给她:他们说,在水中放进一块小小的明矾,就能沉淀出所有的渣滓。那么,如果、如果在我们的心中放进一首诗,是不是也可以沉淀出所有的昨日。

放下电话,她紧紧地贴着修的身体安然入睡。想想那一段感情,最庆幸的应该就是,她一直没有跟丁妍说大柠檬是谁?也或者,丁妍是明白的,但丁妍一直没有跟她提这个。

她们都是天下最好的女孩,心中有爱,但是宁愿伤自己,却也不对别人有伤害。

第十六阕　上邪!

诗

上邪!

我欲与君相知,

长命无绝衰。

山无陵,

江水为竭,

冬雷震震,

夏雨雪,

天地合,

乃敢与君绝。

——《乐府诗集》

意

上天有时也很残忍,它会嫉妒世间那些相爱的男女,它让他们历经磨难也难在一起，它让他们还未来得及在一起就将他们生死分离。

只是，上天它不知道，那些相爱的人，那两颗互相融合的心，是它可以分离的吗？纵然相聚遥遥无期，纵然生死相隔，除非这世间的万万山，再无一个棱角，除非这滔滔一江水，从此干竭不剩一滴，除非这北风呼啸冰冻万里的寒冬，天雷滚滚，除非这炎炎盛夏酷暑，漫天飞雪，除非天与地瞬间合拢……

《乐府诗集》是继《诗经》之后，一部总括我国古代乐府歌词的著名诗歌总集。现存100卷，是现存收集乐府歌词最完备的一部。《上邪》是热恋中的情人对于爱情的誓言。它语言质朴、参差不齐、全无修饰，却有令人惊心动魄的力量。诗中主人公连用了五种绝不可能出现的自然现象，暗示爱对方一直要爱到世界末日。这首诗充分体现了汉乐府民歌感情激烈而直露的特色。

情

如果不能，那么即使上天将那些相爱的人阴阳相隔，在尘世间的那一个，也会让呼唤爱人的声音从今生传到来世。来世，请你出现，让我看见！

请你出现，让我看见

一

很多城市都有解放路，陈旧却喜庆的名字，总是让人感到安全。

兰小奥住不惯学生宿舍，来校报到前两周，她便提前过来找房子了。只是她没想到，这一条解放路，给她的感觉不一样。

先是中介公司要了她两百元的信息费，还说，如果不是看她是学生，一定要三百的。

然后就是房东也欺负她不懂，那个四十来岁的福态女人，堆着一脸笑说，呃，本来广告里说房租是每月五百，但是小姑娘你看，这里面有家具呢，家具你还要天天用啊，所以算上家具使用费和折旧费，小姑娘你每月给阿姨七百吧。

兰小奥看着她那张与解放路不相称的笑脸，点头。

有人说，每个城市的解放路，总是不虚此名的，因为不管在哪里，解放路上的一人一景，都是可以让人嗅到它由史而来的温暖的。

这个下午，兰小奥只看到陌生。

二

解放路不远处就有商场，来的那天下午，她便去把所需要的日用品买齐了，然后每天都只是出门买些吃的带回来，关在房里看书听歌，唯一做过的一件大事便是给电信局打过电话，申请装网线。

兰小奥与同龄的十八岁的女孩们不一样，她很独立，也喜欢独处。

今天她想要买一块白色的小碎花的窗帘，像汤森家里的那些大大小小的窗户上的那种。她边看边走，不觉走了很远，等终于买好窗帘布准备回住处时，她才知道自己对这个城市真的是太陌生了，她不知道回解放路该怎么走了，而且她也没有房东的电话。

巧的是，她刚一扬手，就有车停在面前。

可等她睁大眼睛看清那车，立刻就觉得自己像个冒失鬼，她拦下的竟是一辆警务车。

她红着脸，刚想对着车里的人说声对不起时，车里面那张年轻的脸对她笑了，他的眼睛真清澈，就像她家乡那条解放路上的白色月光一样。

也不知是哪里来的勇敢，她说出口的，不是对不起，而是：我迷路了，可以送我回解放路吗？

三

开学了，每天往返解放路和学校两次。

兰小奥是有点固执的，比如她从小学到现在，从未有过做住校生的日子，现在在离家千里的城市里，她也这样坚持着，她觉得很不错。

只是每天傍晚回来，看到路口那块竖着的蓝底白字的路牌，她都有些伤感。

自从汤森出国后，她的解放路就变得很孤单。她以为，在这里的解放路会有不同的感觉，她总还是要想起与汤森一起走过解放路的日子，她总要想着她拖拉在汤森的身后，看到他背着两个书包的样子，然后一年一年地想到他们不久前的深夜，坐在路边说不能在一起的情景。

很晚了，兰小奥还在路上走着。

李橙经过时，认出她，将车停下说，兰小奥，你看上去怎么那么不开心，天晚了要早点儿回家。

然后拉着她的手上了车，把她送回了解放路。

上次买窗帘布那次，兰小奥坐上他的车后，心里开始冒汗，她感觉自己多像一个坏女孩，现在被一身正气的李橙带往派出所去问话。

但是，中途经过粥店时，他停了车，说要带点东西回去当晚饭。兰小奥这才知道，他也是刚来这城市工作不久的。兰小奥甚至还想，她一会儿下车了，他和自己一样孤单。

他捧着两盒粥再上车时，笑着看她，然后却又像个大哥似的皱一下眉头，说兰小奥，你以后可得机灵点，怎么看都像个没长大的小孩子，连回家的路都记不得。完了便指指粥，让她趁热吃。

这是一个很会关心人的人，兰小奥坐在83的副驾驶位置上，每吃一口，都觉得它无比的温软香甜。

那以后，兰小奥相信了自己和83的缘分，比如站在天桥上无意识地往下看，她看到过83；比如坐在公车里本无心看风景，她也看到过

83；甚至有一个周末，她睡足醒来，拉开那块大窗帘，一下就看到过83。每当这时，不管李橙有没有看见她，她都会向车挥挥手。

四

兰小奥在窗口看到是他，高兴地跑出教室，但很快又折回来，笑着从书包里抓了几粒糖果，那是她爸爸出差带回来的，味道很不错。

出了楼走向他时，兰小奥心里有种奇怪的感觉，觉得自己和眼前靠在83旁边的那个大概一米七五的人，是认识了很久的。

兰小奥递过去糖，他没有说客气话，剥了一颗放到嘴里，很俏皮地咬着。兰小奥笑了，他穿着制服俏皮的样子，让她很喜欢。

他问她，你去找过我？可是有事？

她问他怎么知道？

得知他去了城西警务区，她上个星期天去城西买金鱼，就去了那里，她问保卫科李橙在不在？人家可是头也没抬就说他不在。

他笑着掏出照片给她。她也笑，原来他们那里处处有监控，照片上，她正拿着手机对着报栏上他的照片在拍。

她想她该撒一个什么谎才好，她为什么去找他，她自己也不太知道。脑子里很快闪过解放路、大槐树、打牌的人，于是像个告状的小孩告状说，找你去反映一下情况的，解放路上有人赌博。

他愣住了，然后脸扭向一边。看到他偷偷在笑，她便又着急地补充道，他们每天都那样，影响市容，影响我学习，你得管！

他回过头，假装认真地说，那你记下我的电话吧，再有情况，随时叫我来管。

她真的试拨了一下他的电话，他却接了，还假装她不在场地说，兰小奥啊，我们头儿告诉我，那些老爷爷老太太赌一毛两毛的博，我们实在不好管呐。

五

半夜有人用力拍门，兰小奥被吓醒，听见女房东在外面叫她千万别开门，他喝醉了。

然后两个人便在门外吵骂着，听起来男人还打了女人，女人边哭边骂。

他们的话让兰小奥很惊恐害怕，想起那个男人的眼神真还是不善的。

一小时后，夜晚便又宁静了，静得她躺在小床上可以听见窗外槐树上小鸟的呓语。

刚才，她打电话给李橙了。他来了，搂过她的肩膀对男房东说，小奥是我妹妹，希望你们多多关照。

李橙的话很管用，他的警服更管用，男人马上认错，说他喝多了糊涂了。

他在房里坐了一会儿，没想平时见面都还能说的两个人，这会儿都像换了个人似的，都是说了这句，下句很久才又有，却又不想和不舍得就此离开，弄得索性都不说话，像两个犯傻的人，只顾打量房间，目光遇到了，便凝住，随后又笑着逃开一下。最后，他想起什么似的，拿起桌上她的手机，摁了几下。

他走后，她打开它来，看到他把他的号码设置成了速拨号 9 。她明白，他把1到8的位置留出来，是怕她有更重要的人要用到。

可是，陌生的城市，孤独的心里，除了他，还有谁温暖一点，谁还可以是她第一个就要想到的人。她把他放在1那里。

这个夜晚兰小奥失眠了，她明白自己喜欢李橙了，有几次她翻开手机看着他的号码想，不管他有没有像她一样，在她这里，只要用1来代表他，那么1便是她手机里最美丽的一个号码。

六

这天晚上，兰小奥上网到很晚，两个邮箱里都是空的。

迷糊中，她仿佛看到她和汤森在昔日校园的篮球架下，他们仿佛是约好的，她站在阳光里，一直等他。等啊等，直到看到篮球架上已有斑驳，已有锈迹，上面的木板看上去也有了风化的印记。她在心里想，可能篮球架看过了许多青涩的故事，它们一个接着一个，然后又一个又一个地老去。她和汤森的，也是如此吧。青春在往前走，而青葱岁月里开始的浪漫和约定，越来越没有拥抱的姿态。

兰小奥醒来，发现自己哭了，梦的影子却还在眼前，好像听到汤森在说，小奥，我们分手吧，不管我们有没有开始过，我们分手吧，我再也不会回来了。

冬天来了，在那个下雪的夜晚，她终于看到汤森给她的邮件了，他洋洋洒洒几千字，不断地说，小奥，你原谅我，我不是不记得我们的约定，不是不记得我们说过我们要在一起，我只是没有办法。

她把信看了三遍，然后还是将邮件删除了。她明白，汤森的意思，就是道歉了，说得诚恳而无奈。可是，现在他们都隔着太平洋了，道歉有用吗？难道汤森不知道她，这时在乎的，是一句想念。事情已经过去三个多月了，但是只要汤森只在信里说，小奥，我想念你。

那么她是会原谅他的，并且多久也愿意等他回来的。这个夜晚,兰小奥的心同键盘上的手指一样冰凉。

她病了,整个身子都烫,整个身子都没有半点力气。她哭了,然后手摁了1。李橙来了,披着雪花。他说今天他不值勤,不能用车,一路跑过来的。兰小奥吃了药,李橙蹲在床边,不停地给她擦额头上的汗水。

小奥对他笑了笑,很快睡着了。有一种眼神,是比一场青梅竹马的恋爱所有的温暖还要多的。

七

夏天又来临,解放路开始变得晚睡了,即使到了凌晨,槐树下还是有纳凉的人。李橙他们,也更忙了,隔两天便会轮到一个通宵的巡逻夜班。

每当李橙要巡逻,兰小奥便会早早躺下,会看着路灯由窗口透进来,穿过窗帘的那片暗暗的光。

李橙说过,一夜,有两次,他和83号会经过解放路,第一次经过,他会在心里说,小奥,今晚平安无事,你要做个好梦。第二次经过,他又会在心里说,小奥,昨晚平安无事,你准备好要醒来了。

那些话,因为动人,兰小奥似乎是在睡梦中听到过的,所以有李橙巡逻的夜晚,她总是睡得特别香甜,第二天醒来,会觉得这个世界真是美丽极了。

兰小奥和李橙说,你怎么不说爱我呢?

李橙会把双手插在警服的裤袋里,笑着问,小奥,那你为什么也不说?

然后两个人就相望着笑,彼此都明白,平凡人的真爱,是散文的样子，形散神不散，从来不在情感大典里，从来不在嘴上百遍讲，而就在心里，彼此感应那相牵想念的美好。

但是没多久，家里打来电话说奶奶去世了。奶奶是兰小奥最喜欢的人，没能最后见她一面兰小奥的心疼得厉害，一个星期后从家里回解放路时，她仿佛突然长大了，觉得有爱便要珍惜。

她打电话给李橙，可是他的电话关机。

她放下行李，要跑去找她，出来后却听到槐树下打牌的老人们说，那个昏迷了五天五夜的警察终于没能救过来。

兰小奥有一种不祥的感觉，她急急忙忙地拉住那些老人，哭着问爷爷奶奶，你们说的是怎么一回事？

老人们说，不久前的一个深夜，解放路上出大事了，路口的珠宝店被抢了，巡警去追，哪知歹徒是有准备的，拦腰过来一辆接应的大货车，朝警车猛撞过去，将警车撞出很远，车上的那个警察抢救了很多天都没抢救过来。

不会是李橙，兰小奥跑回房翻日历，他们所说的那天，是7月28日，李橙那天是不值勤的。

可他的电话还是关机，她一路奔跑，跑去城西警务区。

他们悲痛地告诉她，李橙已被送回去了。兰小奥的眼泪汹涌而出，心被割得很疼很疼。他们交给兰小奥他的手机，说是李橙被送走后，在警车里找到的。

它没电了，兰小奥帮它充足，然后看到上面的提示：是否继续编辑未保存的短信？她选择是。很快那条未编辑完的短信映入眼帘：小奥，今天我替人代班，我可以多给你报一夜平安了，现在是凌晨一点十分，我想你，如果你没睡着，那么请你……

八

兰小奥去了他的城市。李橙说过,他开始喜欢兰小奥,是那次,她扬着脸对他说“我迷路了,可以送我回解放路吗”,那句话让他觉得温暖,因为他的家也在另一个城市的解放路上。

到达时,已是晚上。

兰小奥没耽搁一秒,下车便去找解放路。凌晨一点多,终于来到他的解放路。

此时此刻,解放路上车人绝迹,只有兰小奥站在解放路的中央。

她用她的手机发给李橙的手机一条短信,兰小奥知道那天李橙未编完的短信一定是:小奥,今天我替人代班,我可以多给你报一夜平安了,现在是凌晨一点十分,我想你,如果你没睡着,那么请你出现,让我看见。

所以,她现在也用相同的话发给他:李橙,请你出现,让我看见。

发完后,她的左手紧紧握着他的电话,期待它快快感应。天人相隔,她已无能为力,她只求能够在他的解放路上,听到李橙对自己的最后回应。

“宝贝,快看短信啊”,在李橙手机那个童音铃声响起时,兰小奥泪如雨下。

第十七阕　假如有一天他回来了

诗

假如有一天他回来了
我该对他怎么讲呢？
——就说我一直在等他
为了他我大病一场……

假如他认不出我了
一个劲儿地盘问我呢？
——你就像姐姐一样跟他说话
他可能心里很难过……

假如他问起你在哪里
我又该怎样回答呢？
——把我的金戒指拿给他
不必再作什么回答……

假如他一定要知道
为什么屋子里没有人？
——指给他看：那熄灭的灯
还有那敞开的门……

假如他还要问，问起你
临终时刻的表情？
——跟他说我面带笑容
因为我怕他伤心……

——梅特林克

意

许多话，总是还没来得及开口，便已经不再有机会，许多爱，也总是还没来得及表白，便已经永远成为遗憾。那么，假如上天照顾，让你可以再开一次口，让你可以好好表白，假如上天慈悲，有一天让你的他回来了，你会怎么做？你会怎么说？

我知道，你一定会准备好久，会准备许多话，你恨不得把他离开的日子里的每一秒，都描述给他听，连为他的每一个表情都恨不得再重放一遍。然而我还知道，当你见到他的那一刻，这些准备又会统统地被你放在一边，你只要看到他，安静地满含深情地看着他，细致到他的每一个表情，你都不放过。你什么话也没有，你只想微笑地看着他……

梅特林克（1862—1949），比利时剧作家、诗人、散文家。1911年，获得诺贝尔文学奖。代表作是剧本《青鸟》。早年写诗，有诗集《暖室集》。

情

假如有一天他回来了，她会说什么？她只说：黑格子，你傻，在黑白格子的衬衣上，黑格子总是和白格子完美地融合渗透的啊！每个黑格子的四周，都是白格子，每个白格子的四周，也都是黑格子啊，那么，我怎么会不爱你？

黑格子最后成了白格子

一

因为房子的状况和广告出入太大，南西去小胡同要求退还押金。房东男先是不理，后来扬着脸抖着脚说，要么就抵房租去住一个月，要么就走人，钱是不退的。

明明是自己被骗，持理却制不住人。

想想自己还没工作，陌生的城市一时也不一定能找到相宜的住处，南西只好拿起桌上的钥匙，出了小胡同。

在路口她又看到那块可恶的广告黑板，前天路过，看它写着价格实惠适合单身。可等交了押金去看房才知不过就是一幢老式住宅天台上面的小房子，一般被用来堆杂物的那种。

南西伸出手，无奈地在黑板上画了个大叉。没想到这时却从她身后伸出一只大手来，大手挥抹了几下，黑板上的粉笔字都没了。

她奇怪地转过头，然后笑了。那人指指她手里的钥匙，再晃晃他的。她立刻明白，他原来是邻居，也是住那排小房子中某一间的，他们的钥匙上都穿有蠢蠢的电线圈，缠着写有解放路老宅的胶布。

胡同深处不知谁吆喝了一声，刚刚还用作抹布的手突然胆怯起来，慌张地拉着她的手飞快地跑出胡同。

在小房子前，她看着手里被握过来的粉笔灰，沉默了。沉默得有些不知所措，角落里有一卷电话线，便拿起来洗干净了要往铁钩上拴。

她心里在害怕着，她其实是没有邻居的。刚刚他说，他已经住了一个月了，他今天去胡同里是要退钥匙的吧。

但他过来了，几下就将电话线扯紧拴牢，然后笑着问她，我的衣服，也能晾在上面吧？

二

他叫艾唐，和她一样，都是二十三岁。

他撬开了第三间空房的门，他说那房东太黑，我们就多住一间他的房。这间房被他布置成厨房，他下班比她早一些，每次回来，都能嗅到那间房的烟火气。

在异乡的心，总是最容易在美好的晚餐里，把孤独变小。一天又一天过去了，南西挺安然地接受了这种生活。

她问过一次他做什么工作，他低头不说。她便不再问他，但她知道他晾在长长的晾衣绳左边的T恤衫，都是阿迪的仿货，洗得很干净，像跟她在第三间房吃晚饭时，他那清澈的笑容。她微笑着想或许他是麦当劳的服务生，或是某写字楼的保安，大概男孩子们都是不太好意思在女孩面前提自己没有前途的工作的吧。

可是秋天来时，她发现自己错了，错得她心里有罪恶感。

那天下午，公司里的主管又为难她，她索性辞了这鸡肋似的工作，回家好好睡了一觉。下午醒来时，听到屋外好像有说话声，她拨开窗帘，看到艾唐和几个人围坐在地上，像是在打牌，地上放着一扎一扎的钱。

那钱一定不对，她不由得捂住心口。很快她便隐约听到他们中有人执意说，要按搞到的车数提成了再分，谁他妈的命都值钱。

就在她吓得拉严窗帘的时候，说话的那人发现了她，他脱了T恤包了钱，就跳过来一脚踢碎她的玻璃窗，又要凶恶地来踢门时，艾唐跑了过来，挡在门前。

那人抡了艾唐一嘴巴，吼道，你他妈护谁呢，这事要告发了，哥们儿都得进牢蹲号子。

她不会说的，她是我女人。艾唐说，语气里有她很是陌生的江湖气。

接下来，便是一阵极为粗俗的对艾唐的叫骂声，她缩在被子里，恶心而又伤心地哭了。

三

一连好多天，南西都在外面找工作找房子。那天后，她一直没见到艾唐，她却每晚都做噩梦。

那天她成功地在一所私立小学应聘到教师的工作，学校有单身公寓。签完合同，她长长地舒了一口气，她终于可以离开小房子了，虽然她不知道艾唐他们犯着什么事，但多待一天，她便会多一天的罪恶感。

她收拾好行李，跑到楼梯口，她却又折了回来。

她看到晾衣绳上他的一双袜子，它大概晾了许多天了。不管他多坏，但他一直对她好，如果没有那个下午，说不定现在，她正围在他的后面，看他做饭。

她把袜子叠好了套在他房门的把手上，准备再次离开时，她竟一眼瞥见他贴在窗玻璃上流泪的脸，他的头上缠有绷带。

善恶被放在旁边，她进去捧着他的脸，为他一身的伤落泪。伤是那帮人给的，理由是他不愿意再伙同他们盗车。

她问他疼吗？他哭得像个孩子，他说她提着行李要走的那一刻，所有愈合的伤口又都裂开来。

她留了下来，没有搬走。他的伤都痊愈后，她说要请他去外面吃饭，他问为什么？她说，看着你好好的，我就开心啊。

他低下头说他是坏人，坏到发黑的坏人。她拉住他的手，往饭店里走，故意跟他开玩笑说，我知道你会越来越白的。他笑了，她鼓励他去报了案。

四

日子安宁了，每天她起床打开她的房门，就会对着天空笑。艾唐真的去某个写字楼里做保安了，工作不累，只是上班的时间很早。他怕在门外打招呼吵醒她，便把话写在纸片上夹在晾衣绳上。

纸条上的风和阳光都是细细的，她心里的喜欢也是细细的。她对爱情的要求，向来不高，就是如此的，两个人，两颗心，静静地，细细地，互相渗透。

纸片上总是写着，南西我上班了和早餐在厨房里之类的话。她知道，他在用他的方式，让她感觉到他和她的日子是平静安宁的。

只是有时候，他这个想要呵护她的男人，又是那样傻。他傻到雨天里也要在晾衣绳上夹纸条，一连好些天的雨，每当她起床打开门，就会看到那张正方形的小纸片在晾衣绳上滴水。她总是摇着头笑。

那天吃饭时，她说唐，今天早上你写的什么？

窗台的茉莉要开花了。他慌张地指着窗台上的那盆茉莉说他写的就是这一句。

她偷偷地笑了，她知道不是的，他用来写纸条的那本便笺纸就放在厨房里，昨天她悄悄地在里面放了一小块复写纸，他写在纸上的字被雨水擦掉了，但是"我爱你南西"这几个字却在后两页纸上深深印下。

可是笑着笑着，她的心又疼了。晚上，两人坐在空地上看星空，她轻轻地靠在他的肩膀上。他在她面前，依然自卑着，自卑到连一句表白的话只敢在雨天里来写。

五

春天来了，她和艾唐都二十六岁了。

那天她去外地学习三天回来，刚下车就接到房东男人打来电话，说她上次交的房租到期了，她取了钱向那个小胡同口走去。

在交了自己的那一份后，对房东男人说，也要给艾唐的房子续租一年。

男人说不用了，那个小伙子不是早就交够了五年的房租了吗？我去年就跟你说过的。怎么记性还不如我？

接过男人给的简单收据时，她的眼底潮湿了。她说，是的，看看我，总是记性不好，但是我也会住满五年。

艾唐这个傻瓜，早在跟她认识的第一个月里，就偷偷地跑来交了长期房租，要用一张薄薄的纸来默默承诺陪她五年，那张房租收据，是他对未来生活和爱情的最好向往和积攒。

出了胡同口，南西急匆匆地往小房子赶，想不到才三天不住小房子，她就如此想念。

回到家，她取下挂在她房里的他的一件衬衣，连同她换下的，一起蹲在空地上洗，洗着洗着，心里就柔软得没有了时光。

这盆衣服里的两件黑白相间格子布的大衬衣，是她和艾唐的。

前年夏天，他们去邻城的一个乡镇找人，刚到镇上就下起了雨，他们冷，就在小镇上花三十块钱买了这两件便宜的格子衬衣套在外面。他们穿着这件衬衣在镇上小小的站台上依偎着坐了一夜。

回来后他们竟然不约而同地都喜欢穿这件衬衣，她问他为什么喜欢，他笑，像是开玩笑似的说，因为他是黑格子，她是白格子，而大衬衣上，既有黑格子，又有白格子。

外面阳光很好，她去外面买菜回来，两件格子衬衣就干了，被风吹得这一件的袖子不时地去挽一挽那一件的袖子。

她换上她的那一件，开始准备晚饭，她做得很认真很缓慢，仿佛时光都在烟火中坐等。傍晚时分，她终于做完，她盛了两碗，端举着一只对着另一只说，唐，我今天又去交了房租，这一年，白格子一定会陪黑格子。

这一夜，她的枕头像海绵，在思念里变得那么软，但是海绵却吸满了泪水。

六

去年春天，艾唐就不在了。

那天，是个再平常不过的日子，她不上班，睡到自然醒，打开房门看到艾唐夹在晾衣绳上的纸片，他说，南西，等我回来做晚饭。

她穿着格子大衬衣，挺安然地独自在街上逛了逛，然后取了钱去交房租。她想再租一年，等到明年春天时，她攒下的钱或许够付个小套房的首付了，到那时候，她和艾唐就可以一起去住小套房了，那是家。

就在她刚交完房租走出胡同口的时候，她接到了一个电话，是警察打来的。

警察问她认识不认识一个叫张军的，她说不认识。后来警察又问她认识艾唐吗？

她说认识，然后，她知道了一件事，眼泪拼命地掉下来。

那天上午十一点十一分，在城西收费站附近，出了交通事故。两辆冲岗车在冲过收费岗不远处的拐角处，相撞了，车速太快，车毁人亡。警察在地上的一只手机里，看到她打来的未接电话。

她来到医院，看到了再也不会叫她白格子的艾唐。她还看到，那个叫张军的，就是几年前，踢破她窗户的那个人。这天，张军又在艾唐公司楼前撬了客户的一辆进口车时，被艾唐看到了，他没有犹豫，跳上公司的小货车就去追。

警察说，艾唐最后的一句话是，黑格子终于是值得白格子爱的好人了。原来，那一年，艾唐没有去报案举报张军，但他一直都不是坏人，他只是个善良到傻瓜的黑格子，傻瓜到谁都去宽容，傻瓜到连爱字都不会说。

第十八阕　鱼化石

诗

我要有你的怀抱的形状，
我往往溶于水的线条。
你真像镜子一样的爱我呢，
你我都远了乃有了鱼化石。

——卞之琳

意

我一直想知道，成为化石的那条鱼，它是该庆幸还是该悲伤？

如果不进入化石，它不会永远地留下来，它早就成了风成了灰，然后在漫长的岁月中，它早就不知飘散到了哪里。

但是进入化石后，时光有多久，它就有多久，它成了时间无法磨灭的东西，永远跟时间在一起。然而，作为曾经那个小小的生命，它是否就真的非常愿意自己成为这样的传奇？

就像爱情中的男女，怀抱的围城，各自模糊的线条，镜子一般的彼此面容，是化石的快乐吗？

卞之琳（1910—2000），生于江苏海门汤门镇，祖籍江苏溧水，曾用笔名季陵，诗人、文学评论家、翻译家。抗日战争期间在各地任教，曾是徐志摩的学生。

情

我爱你，爱到骨髓，爱到没有自己，爱到希望有一天，我能深刻进你的心里，像一只蝴蝶一样，成为你心头的标本。但是，你爱我吗？你也愿意我化身为蝶，为你呈现我永远向你飞来的样子吗？你在意我的付出、坚持和牺牲吗？

她为爱一再努力，直至陷入深渊，直至痛过以后才终于问自己：为何这么多年来，我只是用力地要把宁培去当作我的爱情标本，而从来没用心去弄清，我是否会成为他的爱情标本。

爱情标本

一

那个布笼，我终于做好了。

手工有些糟，其间有过两次失败，一次因为笼体太短，一次因为面相不好看。在这样一件细致活儿里，我不怕麻烦，即便是它只可能被用一回，但我一样需要它是美观的。

现在的我，总喜欢去计较类似的小事。其实我知道，不过是我的大事缥缈若丝，遥不可及，或者说太过破碎，无从拼接，所以我只得在小事里寻片完美。

好几根指头都不小心被针扎过，有一处肿得特别厉害，这让我很是愧疚，不得不在心里请求它原谅主人，属于我，我却给它苦受，还有我的眼睛，也总是被我逼伤，就像那次，宁培不在的半个月里，我为难我时，就数十小时盯着电脑，一再忽略它们的脆弱，到最后只得又去眼科。

收好碎布头，已快三点。宁培大概睡得正深，我推开门进去，将窗子滑开半边，给他搭上一条小毯。我看到，他的眼睑抬了一下，但很快因为我的探身而又闭得更紧。

刻意闭上的眼睛，眉头是皱着的。这么久了，他还是为那个女人睡不着，长腿蜷曲着，膝盖就要到胸前，这种姿势让我嫉妒又难过，它叫想念，只与沈小最有关，而从前，他的胸前是我啊。

二

背着布笼来到体育馆的大操场，我开始等候蝴蝶来。

操场靠北远离跑道的角落，是一片花草地，春夏两季，那里很美，常常有蝴蝶出现。

女人总比想象中的要勇敢，或卑微。体育馆看门的那个老人，每次让我登记，我写的不是米书夏，而是沈小最。宁培永不可能来这里翻开一本出入登记册，我只是很诚心地要证明我爱他。

空气中浮动着热风，我焦急地追赶着，踩坏了许多草。我很累。

初夏的下午如此闷倦，腿上的刺痛却很清晰，这里有一种草，像锯条一样长有小刺，我的小腿上被划得到处都是印迹。

我终于拢住了两只蝴蝶，一只蓝色，一只白色。我放飞了一只，留下一只带回去。

在路上，我的眼睛开始潮湿，因为手不停地感觉到笼中的蝴蝶在挣扎，它不喜欢那个地方，布笼虽很宽敞，用的还是白色的有小镂空的棉布，但是当它的挣扎越来越无力，我开始知道我所花的一切心思都是多余的，布笼再怎么好，蝴蝶也是要死去的。

小腿也火辣辣地疼痛，这让我觉得自己就是落入笼中的蝴蝶。

用布笼来形容爱情是多么贴切，它们都柔软而温暖，有光亮有空气，但它们是一个笼，还是一个深渊。

三

半年前，沈小最进入我和宁培的生活。她的出现让我相信，这世界上，是有那么一种女人，生来就是制造劫难的。她们像二月蓝一样长在阴凉的地方，她们衣着单寒，眉眼冷淡，缩着的肩膀上，落着一张素白而惹人心疼其实是要谋杀别人幸福的小脸。

那天是情人节，我很甜蜜地等着惊喜。从大学开始，我和宁培已整整五年。

中午在办公桌上休息时，我做了香甜的梦。醒来时头发很乱，于是便拿了木梳去洗手间，木梳上不知什么时候裂出一根木刺来，我以为不要紧，可梳头发时，每一下都带有细细的疼。我不是迷信，但当时我真的有直觉，这个节日一定会有变数。

果真下午宁培打电话说他不能来接我，大概晚上十点才回。

沈小最就是十点前同他在一起的，宁培的解释是他办事回来，在城郊看见她，穿着单衣，抱着双肩紧张地在往城市的方向走，也许是尝试过拦车的，肯定是遭遇了拒绝。

当宁培的车过来，她并没有伸手，而是借着车灯亮加快了脚步。宁培动心了，停车了，将她带回家。在节日的期待中，这样一份礼物的到来，几乎就要堵了我的呼吸。

但我还是以热心女主人的样子，收好客房让她休息。我努力劝自己，我只是和宁培一样，在帮助一个陌生人而已。宁培在那一夜，突然变得很疯狂。

第二天下班回来我给沈小最买了新的衣服，还想告诉她，我朋友的店需要人帮忙，她不介意可以先去，安顿好工作以后再想办法。

家里没人，拉杆箱也不在，桌上的字条像判决书一样，宣告着某种结束，是宁培留的，说他又出差。

那半个月，我没宁培的半点消息，我整日整夜地盯着电脑，不断刷新我的邮箱，快要发疯地找朋友倾诉。她们说，不要相信时光的力量，一夜，不可能让你的男人变坏。要坏，肯定不止这一夜的潜伏。

但我，宁愿相信那一夜，宁愿相信2月14日是个既暧昧又惹是生非的日子，宁愿相信再坏的一夜，只能制造艳遇，却不能拿走感情。

四

我送给宁培一本辞海。

我问开书店的朋友一本辞海多少钱，朋友真心地说，网上有那么多版本的在线词典，不比辞海方便？我坚持要，她帮我取来包好，说不懂我为何非要这么一个笨重蠢物。

它真的笨重极了，接过时，我的胳膊狠狠地往下一沉，沉得像盘旋在心里久挥不去的心事。

那天回到家，蝴蝶就已死。我用吹风机把它风干，然后用双层的玻璃纸包好。现在我把它放在辞海里，用不了几天，那只小蝴蝶的身躯就会变得薄而平整。这种方法很原始，很残忍。合上辞海的那一刻我虔诚无比，愿它来生化成书生，睿智高贵，不识妖精。

宁培在看到我制作的蝴蝶标本时，终于笑了。晚上，他来到我的身边。我知道宁培早不喜欢我是米书夏，所以我关了灯，我说宁培，我是小最啊，在那条偏僻的道路上，与你邂逅的沈小最。然后宁培变得温柔起来，他宽宽的胸膛让我感觉到他或许在接受原谅。

可夜半醒来，我发现他仍然失眠，背对着我，蜷曲着身体，透满了凉。

第二天我回来，看到那本辞海被宁培撕了，厚厚的一堆纸像座小山一样在浴缸里，然后当着我的面，他连同那只标本一起点燃了。

五

三个人的爱情中，总是有一场劫难的，具体落在哪个头上，谁也不知道。

我偷偷地用宁培的手机发短信给沈小最，约她在广场见，但我不知道也从没有希望，她来的途中，乘坐的那辆计程车会出车祸。

宁培赶到医院时，沈小最已快不行了，他像只怒吼的狮子，把病房里所有的人都轰了出去。沈小最最后是在宁培的怀里离去的，那以后很多个日夜，宁培折磨自己。为了让他好过，我也折磨自己，我不顾自己的感受，在宁培的面前去充当沈小最。

我以为，折磨了自己，宁培会好受点。后来我知道我错了，他早在沈小最的手机上，看到了我发的那条短信，他是恨我把沈小最引上绝路。

我从不争辩。很多东西，其实我们都是明白的，都不过想欺骗自己，换得暂时的安慰或希望。就像房间里的灯总是会亮，我的脸总是会以米书夏的样子来面对着宁培，而每当这时，宁培眼里的恨和怨也会像落难的兵团一样，稀散而黯然。

因为他明白，沈小最的死，与我无关。我也知道，那次事故后，司机幸运地活了下来，我去看望，得知那天沈小最要求去的终点并不是广场，而是宁培约见的宾馆。

但我还是愿意以犯错知错的样子来面对宁培，我忘却自己，让自己在黑夜里去扮演一个我有资格去恨的女人，我像她一样笑声宛如银铃，像她一样，去做一个宁培爱的标本。

六

直到冬天他终于告诉我，他为何要烧掉我做的那个蝴蝶标本时，我才清醒，我早已对不起自己，我不能再继续下去。

那半个月宁培和沈小最去的是湖北境内的某个不知名的森林公园，他们从那里回来，只带回一只蓝色蝴蝶的标本。沈小最死后，宁培天天捧着它。我恨它，所以，有一天，他不在家，我丢了它。宁培知道后只是充满敌意地看着我，什么也没说。他的沉默让我害怕，所以，我做布笼，我去做我的蝴蝶标本。

现在，他突然对我说，沈小最的那只蝴蝶，她叫它孩子，沈小最也是真的有了孩子，要是不出事，应该快出生了。他还说，今天是沈小最的生日。

我终于决定离开宁培了。我不愿意再以挽救爱情和心爱男人的名义，如此地卑微下去。

但是，离开前我还是想还给宁培一个他想要的标本。

我到湖北那个森林公园的那天，下雪了，几乎没有游客，我问蝴蝶，那里的人搬出一叠像沈小最那样的标本，我选了好久，都没有那种蓝色的。他们告诉我说，哪有蓝色的蝴蝶，颜色都是染上去的，时间一长，总会褪色。

那一瞬，我所有的爱和恨都变成后悔，我后悔那一次我为什么不放了那只蓝蝴蝶，而把白蝴蝶留下来染成蓝色，不不不，应该是，我恨我自己为什么要为爱去伤害一只蝴蝶。

只有彼此相爱到某种境界的两个人，才有资格去做彼此的爱情标本。这样的标本一旦形成，另外的人出现得再早，再努力，也是那份标本的仿制品。

为何这么多年来，我只是用力地要把宁培去当作我的爱情标本，而从来没用心去弄清，我是否会成为他的爱情标本。

雪下大了，没有车下山，我在山上的小旅馆住了几晚，山中夜晚很清冷，适合缅怀，我把关于这段感情最后的一抹伤怀留给了初夏的那只真正的蓝蝴蝶。睡梦中，总是会见到那个下午，我坐在花草地上，仰脸看见美丽的它披着阳光飞来。

我相信，从此的岁月，我对它的想念，会远远超过对宁培的。

第十九阕　世界上最遥远的距离

诗

世界上最遥远的距离
不是生与死的距离
而是我就站在你的面前
你却不知道我爱你

世界上最遥远的距离
不是我站在你面前
你不知道我爱你
而是爱到痴迷
却不能说我爱你

世界上最遥远的距离
不是我不能说我爱你
而是想你痛彻心脾
却只能深埋心底

世界上最遥远的距离
不是我不能说我想你
而是彼此相爱
却不能够在一起

世界上最遥远的距离
不是彼此相爱
却不能够在一起
而是明知道真爱无敌
却装作毫不在意

——泰戈尔

意

世界上最遥远的距离，不是要翻越千山万水的到达，不是要漂洋过海地前往，而是心与心之间的不知、不能、不明、不可以、不在意。

因为不知，你站在面前也不知道我爱你；因为不能，爱你到痴迷也不能告诉你；因为不明，想你到痛彻心扉也只能藏匿；因为不可以，我们相爱也不能在一起；因为不在意，再深爱你你也不会理。

爱，明明是这世界上最美好的事情，但是当它只能卑微、只能暗许、只能隐藏时，就会让心随之疼痛。那种疼痛，同样的无以言表，同样的只能是卑微着、暗揣着、藏匿着。如此爱，会令岁月都替它泪流成河。所以，许多人说，不管他明白不明白你，不管他会不会也爱你，只要你爱，你就要大声地说出来！

泰戈尔（1861—1941），印度著名诗人。泰戈尔的这首诗，是为他心中那个想来就让他疼痛的她吧。18岁那年，他们认识，她情窦初开，芳心暗许，可是他却不懂，也根本不知道要去猜一个女孩的心思。她一次又一次地试着让他明白，他却好像越来越糊涂。后来他们分开，她被迫嫁给一个比她大二十多岁的男人，整日忧伤想念，不到一年就郁郁而终。他得到她的死讯后悲痛欲绝，其实他并不是不知她的心意，只是有许多不可。他为她流泪写诗，几年后，他结婚，把妻子的名字改成他曾经送给她的那个名字。泰戈尔的诗之所以又美丽又疼痛又淡定，很大的原因上，是因为这个曾经站在他面前，他也不知道她爱他的人吧。

情

他们仅仅隔着一堵墙，但是她却不知道他爱自己，她甚至还把她爱着别人的事，一点一点地隔着墙说给他听，他是个好听众，只是到最后，她才明白，这个曾经的好听众，听她说她爱别人，他的心里会有多难过。

高八度和低八度的爱情意见

奇怪的房客

姜二俊是我的房客，他进门第二天，我就对这小子有意见。

他让我在下班回来的一小时内，情绪三起三落。

一是他很不客气地扫光了冰箱里所有吃的，那可是我刚刚储备的半周小粮。望着繁花般的空口袋，我忍了忍，算了吧，念此君初来乍到，权当它们行主人之责招待了他。

二是他竟然八点就睡觉！拍他房门，只听到里边拉长调似的说“有—事—明—天—说”。经验告诉我房东与房客之间的会议越早开越好，但遥控器旁的那管维A酸乳膏让我决定还是缓缓。我很同情他那一脸的青春痘，理解他早睡是要调节生物钟，配合药物治疗。

但是，他为什么要用光我的热水？

我洗澡到一半，突然被淋得嘴唇发抖，好不容易捂暖了再去拍他的门，他却连个对不起也不咕咚一句，抑扬顿挫地用他的鼾声对我进行隔门打耳。

其实，我也只是个二房东，来这个城市快两年，仗着我是小白领，我要小小资，我单身租两室一厅，上班下班都打车，三个月前我还刚买了两万五的钢琴。

很快房租涨了，更可恨的是，我还被调到公司总部，上班简直就是穿城，车费增长了三倍。拮据就这样缠上了一个只管花不懂理的小白领，让我不得不招房客来承担一半房租。

上月来的是个女孩，看着还好，可没想到她竟随便得像是我亲姐，我的全套Vichy，天天都分步骤滋润她的脸，我的A-you，买回来掉了水晾在阳台上，干了我发现穿在她身上，最可怜的是我那些好不容易找到的34码鞋，有半数以上都被她给扩大了半码。

这种高手，我只有请她走。而让姜二俊住进来，除了他是男的我不会遭殃外，还因为他有眼镜，一般来说，眼镜男多数不坏，眼镜男还很干净勤快，如果运气好，眼镜男的侧影还很帅，就像我的钢琴老师小亚那样的。

其实我喜欢小亚

你需要调音师吗？姜二俊靠着我房间的门框问。

谁说我要了？

但是，赵后苇小姐，你不觉得你的隔壁很需要吗？他手指着耳朵说。

我斜了他一眼，就知道他是在报复，那天我挨饿挨冻挨不理睬后，在他的房门前放了一块写有“房东八意见”的小黑板。原本是指望他开门便看到，哪知他不长眼睛，会被小黑板给绊倒。

我指指手表，看好了，现在才八点，姜先生，对房东有意见，还大到不得了时，最好的方法是默默地默默地收拾行李去，再也不成为其房客，不过请记得租房基本款，房客先违约的，房租都不退的哦。

他气回房间了。为了阻止他再来，我在小黑板上又写，房东新意见：晚上九点半前不准干涉房东练琴。

我如此认真地学琴，是因为小亚，自从在朋友家认识后，我就对个子高高、戴着眼镜的、浑身有着艺术气息的小亚一见钟情了。

去音乐学院报他的业余班时，报名处的工作人员以为我是学吉他的，因为我这个年龄我这个打扮的通常都学它。我让他们改，说我是报钢琴业余初级班的。他们愣了一下说，行！只要功夫深，总是可以学好的。言下之意我懂，成年人学钢琴会很难。而事实上也是如此，都快半年了，我的手型都还成问题，十指的协调性很不好。为此，我不得不下苦功，每晚都练一小时的《哈农》。

看来即使是二房东，和房客之间，没得商量的事就一定要没得商量。我练完《哈农》去客厅喝水时，看到姜二俊先生在他的房里戴着大耳麦看书。我偷偷地笑。

低八度的建议

想了很久，我还是把治痘的中药方给了姜二俊。

他虽不是什么美男，但要我面对一张因用了维A酸乳膏而蜕皮的脸，是件多么恐怖和不妙的事，我可不想噩梦带来的负面心情让我练琴的手指更加僵硬。

药方是我打长途问家里要的，当年为治痘求遍医，后来遇到一个老中医，那个药方一直被母亲视作行善积德的东西留着。

姜二俊很感动，然后还把我给感动了，他竟然知道我喜欢吃什么水果和零食，他下楼给我买上来的全都是对的。第二天，他还在小黑板上留下他的QQ号。

没想到他的昵称会叫低八度，我笑了，对我来说，这三个字很亲切，就像钢琴课上小亚那忧郁的侧脸给我的感觉一样。低八度是音乐指示用语，意指比标出的低一个八度来演奏。

但我不是个低调的人，我喜欢大呼小叫，喜欢有感觉就表现，行喜怒哀乐各种情绪时从不习惯和周围打招呼。我觉得好玩，也将昵称改成高八度。

夜晚太安静，安静得让孤单那么突兀，我和姜二俊渐渐地都喜欢上了九点半以后关门聊天的这种交流，不过隔了一尺墙，但是一尺墙外，姜二俊和赵后苇是不同的，他们不吵架，高八度的她成了温顺的邻家小妹，事事要找睿智博识的低八度拿主意。

那个周日的钢琴课，小亚没有和我说话。回来后我沮丧得没有练琴，在QQ上，我说低八度，我想哭。他过来给了我一个拥抱，然后我如同找到依靠把对小亚的感觉以及今天的失望都讲给他听。

他说高八度，爱了就不要怀疑，就像你那天穿伽蓝色小西服和大红褶裙，你同事来了说你这是非常不协调的撞色，但是她走了，你不是仰着头在客厅里说你喜欢吗？还有……

有时候我觉得姜二俊真的很不错，我的每一个困惑，他都能给我一个好的意见，让我又自信起来。

心里有爱的女孩都漂亮

又到了周日，课后练习跳音时，小亚说我的方法不对，整个手臂都紧绷着，说完他手把手地告诉我该怎么用力，他站在我身后，他握住我右手。那个姿势很像拥抱，我的心跳得很快，我的感觉好极了。

回来后，我练跳音练了整整一个下午，把十个手指头都敲疼了。

九点半，姜二俊在线上呼我，我好半天才打上去一句话，低八度，今晚我不聊了，我的手指很酸很疼，打不了字。

那我们视频吧。他说。我也觉得有趣，这多像小时候，在一个房间里玩捉迷藏的快乐游戏。

低八度，我在你那边漂不漂亮？漂亮。

我给他鬼脸，知道他在说谎，屋里那么暗，我连台灯都没有开，怎么会漂亮？他说因为心里有爱的女孩都漂亮啊。

时间过得很快，快十一点时，我看到他离开了电脑，回来时他说，高八度，你的手指还疼吗？卫生间里放好了热水，睡觉前你把手泡泡吧。

从卫生间回来，我睡不着，便去了我的博客，然后我相信了低八度的话，只要相信有爱，就会有爱。那天我把QQ号也给了小亚，那里面有我的博客地址。今天博客里小亚来留言了，他说后苇，跳音在以后的学习中会经常用到，你一定得练好，技巧就是它像小鸡啄米或是像被烫到一样得迅速将手指离开。

从此，每周日上课回来练琴后再去博客，都能看到小亚的留言，告诉我对今天所学课程的掌握技巧。

爱不用女孩去说

春天来了，我的琴弹得终于有了起色，很多简单的曲子我都会弹了。姜二俊视频看过听过后说，嗯，高八度，好像还不错。

我开心地告诉他，那是因为小亚每次课后都给我留言指导了啊。

我说低八度，我现在想告诉他我爱他了，我想过好多方法，比如也找到他的博客，用悄悄话告诉他我喜欢他，但是他在我博客上的留言用的是匿名小亚，我无法回访。

我还对低八度说，昨天我笨笨地用百度搜索词条“小亚　钢琴”，一共找到7870条记录，我逐一打开，但都不是我要找的小亚。

低八度在那边好久没说话，我看见他抽烟了，烟圈弄得我看不清他的脸，我扔可恶的表情给他，然后央求，低八度，低八度，你给我一个意见嘛，告诉我该怎么说？

等了好久，低八度终于说话了，他的声音很轻，不像以往以兄长自居的哥哥对妹妹的那种语气，他说傻姑娘，我只是让你相信爱，没有让你主动去说爱啊，难道你不怕受到伤害？记住，爱不用女孩去说，下一次，你让他弹《Tear》。

我问为什么？他说，我听说，每个人在听那首钢琴曲时都会想自己的爱情，等他弹完了，我想他也会说他的爱情的。

星期三晚上，我说低八度，原来等待是这么长的一种心情。

他说是啊，然后他说，我要搬走了，像你一样我被公司调了部门，离上班地方远了。

他的话竟然让我看到屋子里的孤单，我没有犹豫，来到他的房门前，伸出手说姜二俊，我是来说对不起的，为我曾经故意为难你。

他一挥手，没什么啦，我都知道了你那么多秘密，挺划算的呢。

高八度和低八度继续谈情

姜二俊说得没错，《Tear》真的让小亚的情绪调动起来了，弹完后他很沉默，微闭着眼睛，却落下了深情泪水，站在他身后，我等着等着。

他哭了，然后终于抬头跟我说，后苇你知道吗？她出国后我再也没弹过这些曲子，今天弹来，还宛如昨天。

我愣在那里，钢琴的黑白键第一次让我眩晕起来，我喜欢的人，原来一直沉在旧情的湖水里，而我却等着他上岸来读我这道风景。

回家后，我在钢琴上发疯地把教材反复弹着，很用力很用力，不知有多久，对面的楼里传来骂声。我离开钢琴，想找低八度，但是上线了才知道他昨天就走了，我一伸手，弹疼的手指触到了脸上的眼泪。

清晨，我是在一阵杂乱的钢琴音中醒来的，醒来我看到了姜二俊在擦我的钢琴。

他说高八度，我忘了把最后的意见给你，正好钥匙也忘了交，所以我就回来了。

我问是什么？他说，高八度和低八度在一起，早就相映成趣了，何不继续下去呢？

我笑了，我说你弹《Tear》给我听吧，他先是讨饶，然后却弹得那么好那么好，比小亚弹得还要好。

姜二俊其实是从小就弹钢琴的，我是在昨晚，才弄清匿名小亚的IP和我的是一样的，那些留言与小亚无关，它们一直是姜二俊在写。所以，我才能在为小亚伤心后还能睡到自然醒。我想我真正感动和害怕失去的，还是匿名小亚。

第二十阕　锦瑟

诗

锦瑟无端五十弦，一弦一柱思华年。
庄生晓梦迷蝴蝶，望帝春心托杜鹃。
沧海月明珠有泪，蓝田日暖玉生烟。
此情可待成追忆，只是当时已惘然。

——李商隐

意

人生里，每一天都在发生故事，昨日的故事，也总是在被今天的故事替代，一个人的心，或许今天可以装下昨天的回忆，但是很远很远的今天，是否还装着很远很远的昨天呢？时间如流水，有的浪花会搁在两岸的草丛里，有的被中途随入支流，有的会被掬起，有的会被蒸发，而一直保持一个方向，一直朝前的浪花，总是很少，总是很珍贵。

同样，人海里，每一天都在发生相遇和相见，到最后也总是遗忘得多,深记得少,而那少有的几个人,便是陪伴我们一生的,如果在这少有的几个人中,还有一个是你爱过的,那么,你最想知道的是什么呢?是他,是否同样记得你吧?

李商隐,晚唐著名诗人。擅长骈文写作,诗作文学价值也很高,他和杜牧合称"小李杜",与温庭筠合称为"温李",他的诗构思新颖奇丽,尤其是爱情诗写得尤为缠绵悱恻,为人传诵。或许正是因为这些爱情诗,让后人对李商隐的情感总是乐此不疲地去猜测,人们总是在他的诗歌中寻找他曾经的女主角,比如他爱过一个叫柳枝的富家小姐,但因为他的失约她嫁给别人为妾,比如他爱过一个空灵脱俗的女道长,还比如"锦瑟"是别人家的一个美丽丫环,甚至还有小荷等,虽然这些人都没有最有力的依据被证明是李商隐曾经爱过的,但是无论怎么样,是李商隐爱情诗中的美好激发了人们那些极尽可能的想象力,而且不管有没有依据,我们依然相信,如此才情的李商隐至少深深爱过一个人。

情

她念念不忘,直到回忆如同呼吸一样重要,但是最后,她懂得,这世界上最美丽的事,莫过于,记忆之河没有在你的脑海里溶解我的样子;莫过于,许多年后的某个午后听说你还回忆我;莫过于,眼角已开始有细纹的我还心动如初地想要来为你跳场舞。她也释然,这世界上最幸福的事,是为爱而暖。

听说你还回忆我

一

纪莲遇见他，是在剧院门前的街灯下。

那天的纪莲，是来剧院参加演出的。市里举办大型的文艺晚会，许多单位必须拿节目，找不到合适伴舞者的，就会到附近大学里去找。

纪莲不是学校文艺社团的，她能参加纯属意外。那天她正往宿舍跑，有人叫她，停下一看，是母亲在这个城市的朋友许阿姨。

小莲，阿姨单位的节目你可躲不掉。许阿姨笑眯眯地说。

纪莲高兴得心都快跳出来。她天生骨骼小，加上一直瘦弱，从小学到大学，舞台仿佛都跟她没关系，她似乎永远都只能站在台下。现在她终于也可以有舞鞋，也可以去练功房了。排练过程中，她认真极了。

演出前一天，许阿姨因有急事要出差，来跟社团的学长说了一下演出的事，还爱怜地摸着纪莲的头说要好好跳。

那个节目被安排得靠后，化好妆的纪莲在后台镜前转啊转，单位提供的服装不俗，洁白的棉布小吊带连衣裙，束腰在后的蝴蝶结，相比那些大红大绿的演出装，它实在是太漂亮了。

可就在临上场前十分钟，突然有人来说，由于舞台布局的原因，她们人数多了。纪莲因为个子最小被撤下。

剧院外的街灯下，纪莲眼角湿了。她的手不停地抚摸裙摆，后来她倔强地把大衣脱了，就算不能上舞台，那也要跳好它。剧院门口的空地上她独自起舞，像黑夜中的舞痴。

最后一个动作是跳跃的，地上不平她没注意到，落地时，就崴了脚。

却没有坐到地上。有一双手伸过来，一只捏住她的手腕，一只托住了她的肩。那双手还很慌张，待她站稳后，飞快地抓过石凳上的大衣，一把就将她裹住。

纪莲回过神来后一动不动地仰望着那张年轻而温和的脸，不知为何突然就像个小女孩，不管人家要不要听，就把委屈一股脑儿地倒给他。

他笑了，哄她说其实她们都没小白精彩，小白有小白一个人的舞台啊。他竟然见她穿白裙子就叫她小白，而且他真的把她当成了小孩子。纪莲捂着嘴笑了，见她在笑，他又幽默地说，其实里面的观众也没我精彩，因为小白的观众只有我一个呢。

送她们回校的面包车出来了，纪莲被同学们拉上车。一路上她们都在讲这次演出，纪莲坐在后排把两只手套进大衣袖里，左手腕那里仿佛还有微微的痛，但却让她看到车窗外的黑夜中，春天正在悄悄地把舞跳。

二

纪莲周末跟同学去做洗发水的市场营销。同学大都去广场车站这些繁华地带，而她每次都守在有些空旷冷清的剧场门口。

她是想在这里遇到他，明明知道机会小，却又坚信一定能够。她实在是没办法不想那个晚上，他说话的语气，他的眼神，以及在仅仅的十多分钟里他的一切。

那天的服装，因是在某专卖店为她们量身买的，单位就让她们都留下自己穿，纪莲早已洗干净了挂好，这才早春二月，她相信一直守到夏天去，就可以守到他来叫她小白。

只知道他叫余辉，只看见那天他的车篮里放着书本和相机，他应该也是附近大学里的学生吧。

春天浓厚了，夏天迈进了，等了整整三个月，纪莲终于穿上那条白裙子了。一整天她都在注意着街上的自行车，街上的行人，直到傍晚她才发现她那包洗发水不知什么时候不在了。不知是害怕会赔钱，还是害怕天黑了他也不会出现，她蹲在地上哭起来。

就在这时，一只手向她伸来。她惊喜得不敢抬头，是他的手，瘦削，但是安全、有力。他真的来了，她将自己的手缓缓地放进那只手里。

可是被那只手拉起来时，她才知道原来不是他。是曹子歌，一个在车站做促销的同学。他说他的卖完了，就绕过来找她。纪莲又哭，把眼睛都哭肿了，把眼睛里的希望之光都哭得黯淡了。

纪莲再也没单独去卖过洗发水。曹子歌说，纪莲，跟着我吧，不用你吆喝，你只管坐在旁边吃冰激凌就好。

曹子歌似乎天生就有经商的头脑，一样的地点，一样的洗发水，他可以在相同的时间内卖完她和他的两包。

秋天就这样来了，当吃冰激凌越来越惊讶的时候，纪莲在找衣服穿时，似乎也忘记了一些寻找。

三

又一个夏天来临，纪莲和曹子歌大学毕业，生活变得忙碌起来，忙碌到没有时间去回忆。

曹子歌不愧为曹子歌，深圳仿佛就是他的天下，在这里他如鱼得水，游刃有余，而且他是那么爱纪莲。那一拨来深圳的同学不少，但是因为有曹子歌，谁也没有纪莲幸福。

曹子歌首付了一套房子的那天，搂着纪莲说，那年从车站绕到剧院去找你，是因为我看见你背着背包，可隔着毛衣却还能清晰地看见你的锁骨，你好瘦，我就心痛了，就想一定要帮你，如果可以还要爱你。

他说到心痛，纪莲的心里却升起暖，她想也许被人在心里心痛着的心应该是暖的吧。

深圳的夏天很漫长，不知是因为生活安定了，还是因为他的话，还是另有其他。纪莲越来越害怕穿裙子，害怕露出肩膀。她不再有吊带的衣服，包括睡衣也从没有。

有一年曹子歌去香港，给她带回一条墨绿色的吊带裙，特别漂亮，但她穿它时总套着开衫。同学开玩笑说她内秀，她说她有肩周炎，肩膀冻不得。

只是每晚在洗澡时和每天清晨换衣服时，纪莲的心却会痛，因为这个时间总要褪去外面的衣裳，因为胸衣是吊带的，因为手总是会滑过肩头。

一切新的都在发生，一切旧的也都还在。曹子歌的疼在她这里是暖，但是她的痛却依然还在回忆里，在左手腕处，在肩头。

四

在深的同学老催他们结婚。曹子歌总是看着她笑，她不说什么，他也就什么都不说。

又一年过去，曹子歌的母亲出事了，他接到电话就飞了回去，却还是没能见到最后一面，家里说母亲给他留了句话，说他结婚了，她地下才安心。

从此曹子歌好像变了一个人，很沉默很脆弱。有天晚上纪莲醒来，看到他坐在沙发上望着电视流泪，是个纪实节目，讲述一个漂泊的孩子对家的企盼。

她给他披上衣服，他一把揽过她，声音好低，纪莲，母亲走后我就好害怕会失去家，真的害怕。

眼泪也从她的脸上滚下来，她明白他的话，他们同居五年，他是害怕到最后，她还是不能成为他的家人。她抚着他的头发说，那我们结婚吧。

因为家里说来深不方便，希望纪莲他们回老家办几桌婚宴。纪莲提前回去了。

一个下午她和母亲上街，竟在路上遇到许阿姨，原来她退休回小城了。还是那般精干，记忆好得不得了，她看着纪莲说，小莲，那次你给我们单位去伴舞，我都恨不得把你妈接过来看，多漂亮啊，小余说获奖了呢，你的照片在局档案室放了好多年。

小余？纪莲感觉她的心慌张到了连她自己都在害怕。

就是那会儿刚分来的大学生余辉啊，人家现在已是领导了呢。

说着，许阿姨的手机响了，有人邀她打牌，她笑着匆匆走了。

纪莲借口要去给某个发小送请柬，丢开了母亲的手。仿佛也丢了自己的灵魂，只剩下无知无觉的身子在大街上走。

五

天黑，她回到家，曹子歌来电说，三天后回来。

深夜，纪莲发疯地翻遍了家里的衣服，都没有找到那条白裙子。当初去深圳前，她是把它带回来放好了的。她声音异样地叫母亲，母亲吓坏了，给小表妹打电话，哪知小表妹根本就想不起两年前在姨妈家住时穿过表姐的一条裙子。

看到电话，纪莲突然从地上一大堆衣服上跳起来，她是想起参加伴舞的其他同学。她一个电话追一个电话地问，好不容易联系上几个人，问起裙子，都说不在了。终于有一个说裙子还在，纪莲抓紧电话问她的地点，然后就哭笑着拿了包就往外跑。

原来那个同学留校了，这是多么的好。她连夜飞了去。当从一大堆衣服里找到它时，她如获至宝。只是当年洁白的裙子，已经浸染了岁月之色。她在宾馆用84泡了一夜，第二天清洗好了晾在阳台上，然后她站在阳台上打余辉单位的电话。

她说，余辉你好吗？我是跳舞的小白。

她的手不停地抖着，她怕只是许阿姨人老眼花，他档案室里的照片不是她的，而是她同学的。但是他没诧异，他说你好小白。

那一声小白，凝聚着纪莲多少年或明或暗的想念。她说我回学校办事，经过剧场，我想见你。

傍晚时分，裙子干了，她穿上它，来到剧院门口。他们约好了的，八点。

她看着时间，感觉每分每秒都行走在当年。她开始不由自主地跳舞了，这么多年过去，那场舞的每一个动作她都记得，她忘情地跳着，仿佛嗅到风里有花香。

最后那个动作要跳跃的，她觉得她发挥得好极了，要落地时，不知是不是身子僵硬了，她又崴了脚，可这个小意外多么让她心甘情愿。

只是她却硬生生地跌到了地上，因为这一次再也没有那双手将她托住。她的心很痛，似乎明白一切都不会在最美丽的那个时刻到来了。

他八点半才来，一下车就道歉。她看着他笑，她喜欢他的眼神笑容还一如当年。他说小白，你知道吗？每每经过剧院，我都会想起那个边跳边哭的小姑娘。他说小白，你安下心来，我给你订好了宾馆。他说了好多个小白小白。

可她却感觉到心在翻腾，因为上车前无意的一瞥，她看到后排座位上，睡着一个小孩，睡得很香，仿佛早已习惯了这样去睡着。

等红灯时，她终于说余辉，我不叫小白啊，我叫纪莲。说完她转过身伸手把旁边的小毯给孩子搭上。他说，不用盖的，这时节他老是出汗，他妈妈经常做手术到很晚，他也习惯在车里睡了。

纪莲的心突然不再翻腾，她感觉到一直为他而有的痛，在这一瞬间也变暖了。这是个好男人，只是很早以前就仅仅只属于她的想念。

连夜飞回时，她平静无比了。

这世界上最美丽的事，莫过于，记忆之河没有在你的脑海里溶解我的样子；莫过于，许多年后的某个午后听说你还回忆我；莫过于，眼角已开始有细纹的我还心动如初地想要来为你跳场舞。

但这世界上最幸福的事，却是为爱而暖，就像曹子歌，总是让她心暖，就像她见过余辉后，心也在暖。

第二十一阕　烦忧

诗

说是寂寞的秋的清愁，
说是辽远的海的相思。
假如有人问我的烦忧，
我不敢说出你的名字。

我不敢说出你的名字，
假如有人问我的烦忧。
说是辽远的海的相思，
说是寂寞的秋的清愁。

——戴望舒

意

暗恋是开在心底的花朵，我的花朵。

有人说，暗恋是世界上最安静和最干净的感情。它安静到，都那样喜欢一个人了，却不言不语，纵然也有几多欢喜几多愁，也只敢说，那只是因为秋多清愁；纵然是相思成灰灰成海，也只敢说，那只是海太辽远。

偷偷喜欢一个人时，即便是那个人的名字，也是不敢说的。

怕的是——说出来，心里为这个名字堆积的美好，因为它的不屑而全部凋谢。

怕的是——说出来，那一秋的清愁、那一海的相思，因为无法两两相悦，而再也无处寄托，哪怕仅仅只是再像从前寄至心里，也会成为难过。

怕的是——当我痴迷得伸出双手，以为我的小手会被那双大手托住，被爱情牵进舞池舞步时，才发现我的手是空的，我睁开眼，面对的，只是那个人的背影。

戴望舒(1905—1950)，现代诗人，又称"雨巷诗人"，中国现代派象征主义诗人。二十三岁那年，戴望舒深深地爱上了一个女孩，她十八岁，活泼开朗，与他忧郁的性格形成强烈的对比。他虽然与她天天相见，却对爱羞于启口，只借诗表白，她总笑而不答。对她一往情深的他终以跳楼相挟，她勉强答应。订婚上她提出条件：他得出国留学学业归来才能完婚。他太爱她，义无反顾地去法国，回来时她却移情别恋。或许是她给的阴影，或许是他的感情本来就忧郁而浓烈，她之后，他先后两次婚姻都因总有裂痕而终结。四十五岁那年，他给自己打针治病，因想早点康复，加大剂量，而导致停止呼吸。

情

虽然我很爱很爱你，虽然我望穿了一条街，望穿了时光秋水，我也绝口不提我爱你……

望穿一条街

一

与这条街相关的，有听雨和其他的五间咖啡屋，还有程西娘的铅笔画廊。喝咖啡，西娘一直去听雨，常去的人知道，这一听字，是量词，相当于它在一听啤酒中的用法。其他店名，像它们的咖啡，不需精致和殚思竭虑，一袋雀巢速溶加上100毫升水就是一杯咖啡。

画廊在街正中，店面窄，里面深，布景如铅笔在纸上的痕迹，仿佛不丰满，却深刻进纸，再加上西娘的画最大特点就是线条细、色调暗，铅笔画廊由此得来。

每天的街都是相同的，白天繁花似锦，夜晚安静无梦。

这天，街上照旧川流不息，不时有人进画廊看看。西娘一边经营一边想，画廊的方寸间，兴趣、工作、生活都在，自己或许从此就将安身立命于它了吧。

天色渐渐暗下的时候，西娘很想画一幅画来表达自己的这种平和，简单的立意让她想得很投入。一个顾客进来了，西娘没起身，那人徘徊着看了看，什么也没问。

西娘一直低着头，以为他早走了。后来，西娘转身去壁橱里取画纸，看见那人还在背后盯着墙上的某幅画。

西娘问起，他没有立即面向她，依然望着那幅画说，它们是你的所有吗？

西娘没想到一个不特别的天气里，一个陌生人会这样问她。

她好奇地走过去，在一尺左右的距离停下，她要看看这个人。

当他转过身面朝西娘时，西娘的眼睛一点一点地深深弯起来。她觉得不可能，眼前的，就在这一尺开外的，是曾经很遥远的飘着的想念吗？怎么能恰好就是这样的面孔：不俊朗，皮肤有一些黑，眉眼、颧骨、嘴唇的棱角分明而又表现出些许温暖，正好让她把头仰得合适地看到。

意识到目光在那张脸上待得久了，西娘脸红了，低下去装着看画板，后来才想起他是问过话的，于是就说：这条街，留住了我的人，留住我第二十六年的生活。

不像在对话。那人怔住，也赶紧盯着西娘看，离开时，走远了又回头看。

就在这个傍晚，西娘看街的心情就不一样了，这条街上，有生活、工作、爱好，但是不及她的爱情重要。如果爱情让她留下，如果爱情让她离去，她都会无悔顺从的。

第二天的这个时候，西娘无心作画，她从店里望向街道，想看看那个人是不是又会从街道穿过。

第三天，第四天，天天如此，他都是那么准时地从这条街上来往一次。

他第二次进画廊，要带走西娘的一幅画，并说要正式发票，然后很习惯地说出他的名字，仿佛他每次买东西都如此。

西娘记下，胡秋好。

递给他，存联还在自己手上，然后目送他离开，然后还没来得及收拢目光，他就转过头看她，不短的滞留，最后双双逃去。

西娘摸着发烫的脸，知道自己是爱上人了。

二

街上的咖啡屋在这个夏天不停地易主，改头换面，只有听雨，像在等待某个故事的到来，声色不动，容颜不改。

西娘好久没去听雨了，两个月来的一番心事，或许能在听雨里稍稍安静些吧。可是去的路上，她还是一直在想，去的路上遇不着胡秋好的话，说不定在回来的路上遇到。

西娘握着最小巧轻薄的天堂伞，想起世间很多爱情都曾在手柄的地方传递。然后，小小的庇护下便有了爱情的甜言蜜语，山盟海誓。

其实，当爱情上身，谁又会顾及雨点在身上。

到了门口，胡秋好还没有出现。西娘心里闪过落寞，自己所希望的只是可以看见他啊，就是可以看看他啊。在没拥抱之前，再强再强的思念也就是这些啊。

里面已没有空台，无处不在饱满着夏日的恋情。西娘想等一会儿，暗暗的灯光里，她望过去，想看谁可能先离去。期待用尽，她一眼看见了胡秋好，惊喜得不知所措，猛地垂下眼睑。再抬起时，胡秋好又正好也在看自己，眼光中一样流出如西娘的久盼后的惊喜；还有鼓励，也仿佛西娘心里刚刚萌生的。

西娘红着脸，缓缓走过去，就要到时，九号台的人走了，西娘说谎一般地坐在了胡秋好的旁台。

西娘要的咖啡没糖，但一点一点品出不苦的味道。浅浅的音乐，淡淡的灯光，低低的心事，都在想望和逃离间穿插而过。

三

西娘买来各种HB铅笔，用心为画廊画了一幅画，那些粗细深浅不同的单色线条，并没有让顾客觉得有可欣赏处，只是一个朋友送画来时，说出一句话：西娘，如果要讲解它，我想烦忧可以。

烦忧？不，你说得太浅。西娘为独自享有画中的寓意幸福着。

我是说戴望舒的烦忧，很早以前我们都背过：说是辽远的海的相思，说是寂寞的秋的清愁，假如有人问我的烦忧，我不敢说出你的名字。

西娘不说话，任由心事剥开。

下午，胡秋好来了，他拿出几张褪色的老照片，让西娘帮他补上颜色。西娘说，幸亏它们的色调适合我的风格，要不然，我真不好把握。

胡秋好边等边看墙上的画，最后看到那幅铅笔画，一笑，说，你叫西娘。

西娘竟然不知不觉把真名留在上面了。

对，程西娘。

西娘觉得有意思，他们没有自我介绍，却都巧妙地透出各自的名字。

胡秋好还在念叨，西娘，程西娘，真好的名字。

西娘难为情地握着画笔，斜斜地望上去他的脸，真的不漂亮，但真的让自己揪心。

胡秋好感觉西娘的目光时，有一些慌，却还是勇敢地与她相望。

西娘两个字，胡秋好叫起来很奇怪，也很熟悉，仿佛他已叫过千百次。但是，西娘在他的眼里无法明白：他究竟看没看懂，他眼前的画里，自己不敢说出的名字，就是胡秋好啊。

等候爱的感觉很幸福，西娘想有那么一天，胡秋好会站在这条街的中央，说：我爱西娘。声音不太大，却能惊动这条街上的程西娘，以及她心里所有的一切。自认识后，西娘一天天沉积的爱恋，就等着他来鼓励，然后为他绽放、浓郁、奇特。如此，这条街对于她无异于天堂。

生活还是画画，卖画，所得不薄。朋友都不懂程西娘为什么风格变得热烈了，色彩丰富了，连那个说过烦忧的朋友也不明白。

西娘心里高兴，我现在的所有思绪就是因为胡秋好。他来，我的画里可能多上一笔红。他不从街上走过，我就会不由自主地涂一抹深紫或是藏青甚至黑蓝。

四

已有七天没有看到胡秋好了，西娘不想再画了，那样的画会恐怖得没人看的。西娘真是不明白，胡秋好他是走了吗？离开这条街了吗？他怎么不来说。西娘边想边苦笑，我是他什么人，他有必要对我这样吗？我甚至连他来往这条街是要做什么的都不知道，我这样紧紧地盯住这条街，他在意过吗？

西娘想他，心都疼了。

天快黑的时候来了一个顾客，西娘没一句招呼，她却要定了一幅画，付钱的时候西娘问她喜欢画中的什么，她说：这是充满希望的秋天，没有枯黄，没有凋零，所以我喜欢。

西娘暗暗伤心，原来自己是如此容易就被看透的。那胡秋好呢？这幅画是与胡秋好在听雨遇到后的那个晚上，回来就画的，后来一直挂在画廊的墙上。

买画的人走到门外，又回头说了一句：我跑了一条街，就看中这样礼物送人。

西娘强压下心事，与买画的人应答。

知道吗？我要把它送给男朋友，他叫胡秋好。

西娘不顾自己送顾客已送到门外，来往的人都会看见她在买画的人一转身里就泪如雨下了。她的第二十六年里，这条街养活了画廊，养活着她，也让她第一次知道爱上一个人得如此这般地被穿刺。

原来我一直在一个人跳舞，却痴迷地伸出双手，以为小手被爱人托住，被爱情牵进舞池。街上的灯还没亮，将黑的天空下街道像深渊。

整个晚上，西娘都没关画廊的门，用废了壁橱里很多纸。

五

凌晨五点，西娘起身走出店门，来到街上。街上这会儿最安静，极少的几个人，经过听雨时，它的灯光还在疲倦地闪，里面已没有人。其他的几个咖啡厅不见灯光，墙壁都是凉的，仿佛在一夜之间已经尽然老去。

各种专卖店门前的广告，在越来越亮的天色中，刺人一般地张扬着整条街的诱惑，江南布衣如此，欧莱雅如此。很多事情，西娘都想不明白了，只一件事她却想得通彻：整整一条街，没有一样是自己喜欢的，就连我的铅笔画廊我也是不喜欢的。

我喜欢的，是他早晚一次从眼前经过，经过的时候，发生的那些细碎的却又倾情的相望和逃离。可是很久以来，自其开始，这些也只是这条街上的一个嘲笑而已。

西娘又返回画廊。天亮，人渐渐多了，西娘的眼神、脚步都迷离了，总觉得她还有一天希望。

望眼欲穿，上午，下午，把人从少看到多，多又看到少，胡秋好到底来了。

他在街市里走，鞋上沾满泥土，每走一下，便抖落几颗在这条街上。西娘屏住呼吸，几乎听到灰尘下地的声音。胡秋好的旁边，是昨天从画廊买走画的那个女孩，稍稍依偎着胡秋好，手里拿着一大把野花，花小，色正。

这些，西娘看清了。她还看清，胡秋好经过时，没有看过来。就算自己今天如此大胆地看着他，他还是没有看过来。

六

西娘决定去听雨。

去了才发现，只是十多天的光阴，这里也易主了，听雨不复存在。它再用尽心思也没能守住某一个故事的完整。它的结尾，悲壮般地演变成“相思成灾”。

西娘还是走进去，没想到老板竟是熟识的人，是一个走过西藏后来画四格漫画成功的朋友。

她问起咖啡屋的名字，朋友沧桑又自信地一笑，说，2003年是个让爱情变成灾难的年代。

西娘问为什么？

2003年6月，巫山沉入水底。曾经沧海难为水，除却巫山不是云。爱情的执着与坚守，也随之水葬。

西娘先是惊讶，然后不明所以地点头。巫山，距此不足百里，可自己却不知道它已在水下，自己竟还在它的沉没里想守住一条街上的爱情。巫山都不在，街上的爱情又何在。

这条原是废墟，不知哪年修成了的街道上，谁和谁都是彼此经过的人而已，即使稍稍停过片刻，也不过是想喘息一下匆匆生活罢了。既然爱情都没有，又哪来的相思，又岂会成灾？这样想时，西娘已流不出眼泪，而胡秋好三个字也迅速成了一道伤口的痂。若不想揭开它，只有离开。

第二天，西娘把那幅铅笔画交给朋友，说，放在你这里，如果有人认得它，你就问他，是不是胡秋好，如是就送给他，不是就给你了。

西娘知道胡秋好一定会经过听雨，会进来，也一定认得它。

只是他一定不知道，这幅她裱好的画里，西娘套用了古代藏宝的一个方法，画的背面，有西娘用6B铅笔写下的《烦忧》。巫山把这个世间的爱情都带进长江，西娘也把爱情藏在了一个地方，胡秋好可能永远找不到。

第二十二阕　无题

诗

他望了她一眼
她对他回眸一笑
生命突然苏醒

——白朗宁

意

这几句诗，在《花香满径》中提到，说是出自白朗宁的笔下。没有去查原文，它已经很美了，就当它是白朗宁夫人的一首无题小诗吧。

短短的三句话，如此生动地就抓住了人心，让人对爱情产生无限美好遐想——原来生命，只需要两个人用同样温柔的眼神交换，用同样节奏的心跳交换，就可唤醒的，除此之外什么都是多余，甚至是呼唤的声音。

那么，让我们屏住呼吸，感受吧。

白朗宁（1806—1861），英国著名女诗人。她这一生，既不幸，又幸运。十五岁那年她骑马跌落损伤脊椎，不幸致使下肢瘫痪达二十四年。但在她三十九岁那年，她却又幸运地结识了小她六岁的他。他也是诗人，他爱她，帮她摆脱了悲观和哀怨，让她对生活又开始有了信心，而且他的爱竟然还使她奇迹般地重新站了起来。他们在一起幸福地生活了十五年，直到她临终之前，她都是无比幸福的。那个晚上，她和他谈笑，后来她感到倦，就偎依在他胸前睡去，脸上挂着笑，再也没有醒来。他就是唤醒她生命的那个人。

情

即使他的眼神一再躲闪，他却也掩藏不了那颗心对她的向往。那样的一种心跳，唤醒的是他默默的勇敢。他坚信，一定也可以唤醒她的。

请一定要相信，只要真心相对，什么奇迹都可以发生……

爱情有没有吹灰之力呢

一、一朵怎么叫花呢

郭仪仪是大饭店里最骄傲的女生，骄傲到常常不给来表白的人留一点儿情面。人家都是甜蜜蜜地跑来对她说喜欢的，可到最后，都被弄得苦兮兮的。

于是回去借酒消愁不成闹事儿的、忧郁指数从此飙升的、短期内不敢再有恋爱想法的男生就有了不少。

连很多女服务生都咬着牙说：“郭仪仪啊，你真是太坏了。”

可这些似乎并不影响郭仪仪再有追求者，她下班了，依然有人给她送饮料，她的手机没费了，也有人会去给她续上。

她若口渴了，那饮料她会接过来就喝掉，但手机费她总会扔还给别人，还扔下一句：“我的电话能不能听，要你管？”

郭仪仪生日那天，被大家都看好的饭店员工崔然也来给她送礼物了。

崔然捧着礼物和一枝玫瑰花在楼下叫她，郭仪仪正和同事们聊小烟熏妆，听到后她慢吞吞地出现在窗口，两条细长胳膊呈“L”状地撑在窗台上，气定神闲地往下看着他说：“你喜欢安德鲁·斯坦顿吗？”

骄傲店花原来只是个喜欢动画片的小女生呀！崔然仰着头大声说："喜欢啊，我做他粉丝好多年。"

"那你一定知道他生于哪年啰？"

崔然愣住了。郭仪仪收回"L"状的手臂，在胸前交叉成"×"状地说："有没有搞错？你的历史原来这么差！再说一朵怎么叫花啊！所以，你手上的这朵花，风干去吧，我不要的。"

崔然立在那里，像个无奈的树桩。周围响起一片哄笑声，他们都说："郭仪仪啊，你真是有一种欠扁的可爱。"

据说表白不利让崔然郁闷得好几次在十七楼文化展厅说错话，有次他讲解完有关饭店的历史图片后甚至还问客人："知道安德鲁·斯坦顿生于哪一年吗？我告诉你，他生于……"吓得经理摸摸他的头，再摸摸自己的头，纳闷地说这小子不发烧啊！

二、一点怎么叫喜欢呢

亦舒说，对人好要讲实力，不是嘴巴嚷嚷算数。那些跑来对她说喜欢她的男生们，难道是真的喜欢自己吗？有的人，之前甚至连话都没跟她讲过呢！

郭仪仪不喜欢别人把看轻的爱情扔过来，那对爱情太不负责了，一朵怎么叫花呢？那么一点喜欢，怎么能叫喜欢呢？一点爱，怎么又叫爱呢？

以为崔然从此也就死了心，可一个月后，他竟然又像只大鸟一样在电梯门口拦住郭仪仪说："我只是想问一问，为什么一朵花就不叫花？"

这样的呆子，还真的只有去背历史讲历史，死脑筋没法亲近。

“很简单，在1和100中间，100总是让我更快乐。”郭仪仪回答。

“太少啊！”

晕！这个人的傻瓜，真的可以挥霍保用两百年。她生气地对这个愣家伙叫：“对，1就是比100寒碜，但绝对不是数量上的。”

她摁了电梯又上去，他从门缝挤进来，把手摊开到她面前说：“那么这样的，能叫花吗？”

晚上，郭仪仪意外失眠了，她没想到崔然竟然会真的把那一朵玫瑰花风干了带给她。开放的玫瑰花风干了，就不再是一朵花，而会松开成一手心的花瓣。

知道这事的服务生们都说，郭仪仪和崔然这两个人，是两款不同的痴，两痴相对，只有两条路可走，一条是走韩剧路线，他们会好上；一条是他们此痴排斥彼痴，从此老死不相往来，宁愿眼神浪费在空气里都不对上。

三、崔灰VS不良店花

男孩女孩多的工作环境里，总会少些世故与嫉妒，他们喜欢寻找自己的恋爱小感觉，也喜欢目光清澈地看别人去恋爱。尽管饭店里多数的服务生都希望郭仪仪和崔然韩剧一点，但是很遗憾，自从电梯门同现身后，他们老死都不相往来了。

聚会上，郭仪仪和谁都跳舞了，就是不跟崔然跳。崔然呢，似乎真的伤筋动骨了，成了一个大闷蛋，跟谁都不出声儿。有时在电梯里，他们俩也是一个看门，一个看地。

渐渐地大饭店里那些可爱的服务生们，八卦爱情时都不说他们两个了，都觉得他们两个其实也是不太登对的，他们追求的东西太不一样了。

被郭仪仪嘲笑历史差的崔然，原来也是优秀的，在一次饮食与历史的文化竞赛中，他得奖了，照片和奖杯也被放进了十七楼的展厅里。

社会大气候总是会衍生出许多基因相同的小气候胡闯乱窜，这事让崔然很快就成了小明星。明星的历史，向来就是会被挖掘光的，很快大家都知道，崔然得第一名绝非偶然，他虽是以饭店管理的专业被招进来的，但他从小就喜欢历史，中国上下五千年的历史，他张口就背，所以他才主动要求去十七楼。

于是乎，崔然有了一批自称“五车八斗”的粉丝，意寓崔然学富五车才高八斗，而“五车八斗”们再也不叫他崔然，统统都改叫他“崔灰”，因为在这些服务生中，他实在是一个称得上是骨灰级的厉害人物啊。

倒是郭仪仪有点惨，有人爆料说，郭仪仪同住在1903房的艺术家关系暧昧。本来跟艺术家恋爱也不错，可偏偏那艺术家老，联想到他那大大墨镜，他们推断大叔定是风流男。

那郭仪仪跟他，就有一种鲜花插在流水上的感觉。不过也有人说，祝福她吧，只要真是爱情的双宇宙爆发了，老少配一样美。或许祝福多了就可以让鲜花在流水里长根，或者让流水在鲜花下结冰。

但艺术家那样的流水，会停下来吗？可有人亲耳听到他边走路边用电话跟人调谑，他就是想骗骗小女生。

每当郭仪仪下班了去敲1903门，很久后疲惫地出来时，所有人都议论她是“不良店花”了。只有崔然，还是闷蛋。

四、那美好的样子连风都恭喜

夏天，大饭店生意进入淡季，服务生们的工作也成了间天休。闲着闲着，人心仿佛就向往了，他们都不再内聚，一个个都到外面相亲找爱情去了。

这样一来，就不怎么有人去关心郭仪仪去了1903房几小时才出来，也不怎么有人还记得在十七楼的崔然。

当两个月后，一切又恢复鲜活。但是那些男生女生们却一个个萎靡不振。依然有女生边吃薯片边计算每片所含的卡路里，依然有男生乱弹吉他背负噪声之名。

原来他们还是没得到半寸爱情之光，他们得出的结论是，爱情其实很生活，就像发誓要减肥的女生努力很久还是胖，决心要弹好吉他的男生一个夏天连一个曲子都没弹好。

但是他们中，还是有人在和又鲜活起来的大饭店一样高兴得要跳舞。

先是有人发现，崔然竟然陪郭仪仪去看了安德鲁·斯坦顿的新片《Wall-E》，那个看起来那么难看的机器人，竟然让他们感动了。

再说是有一次内部聚会，崔然和郭仪仪缺席了。被找到时，他们正背靠背地坐在饭店二十三层的楼顶上，他们的后脑勺亲密地抵着，都闭着眼睛仰向蓝天，那美好的样子，连风都恭喜，生怕撞醒他们，总是自觉地轻绕过去。

男女生们都说郭仪仪总算是没再被艺术迷惑了，郭仪仪高贵的店花身份一下子就恢复了，都说崔然真真是撞了爱情大运，竟和店花成功了。但“五车八斗”们坚持说，崔然是靠他的“崔灰”之力让郭仪仪主动喜欢上的。

“五车八斗”们把崔然堵在十七楼，苦甜用尽地逼他告之详情，想套出史上是否真有恋爱宝鉴，而他们这些恋爱总未遂的人竟不知？

正好崔然有电话来，他们把电话抢去，崔然一着急，就说给他电话就说。

接完电话的崔然，看起来很轻松，似乎有担忧的事终于放下了。他谦虚地告诉他的粉丝们：“没宝鉴，但的确是用了一点吹灰之力。”

五、吹灰之力是可以背π

故事回放到那天的电梯间，崔然像大鸟一样挤进电梯给郭仪仪送风干的花瓣，送完他说：“仪仪，我要是能把π值背到小数点后100位，你就做我女朋友吗？”

郭仪仪怕他一根筋地老纠缠，就说：“当然行，你去背吧。”她想，看来这个人的傻瓜不止用两百年，都可以用五百年的。隔行如隔山，识字行的主儿们天生对数字恶心，就像学财会的她看到大写的数字都烦一样。

没想到他真的就背了，而且每天都发短信告诉她已背到了第几位。郭仪仪这才明白他聚会不发言，电梯里老看地，统统是因为他在艰苦地背诵，这让她有一种是不是捉弄人过分了的不安，于是每逢遇见就更是不敢正眼瞧这人。如此，别人看他们就是一对有仇的。

饭店淡季大家都不常在的一天，1903的客人生病了，她哭着跑到十七楼请他帮忙，那以后，他们就真的恋上了。

崔然说，他其实知道他不用把π值背到第100位就会再说他爱郭仪仪，π值第79位到第82位就是5211，因为记忆力太好，因为太喜欢她，所以之前偶然一次看到小数点后的那群数字时，他就记下了其中有一个“我爱仪仪”。

至于1903房客与郭仪仪的故事，还是因为年轻的心老是被狗仔队带坏思维，那客人是郭仪仪的大伯好不好？谁说在电话里有诨调的艺术中年男不可以有个漂亮的侄女？郭仪仪天天去1903房，不过是帮大伯洗衣服，陪大伯聊天，她出来时愁容满面，是因为她替有病不瞧的大伯担心。刚刚那个让崔然放心的电话，就是1903房客人终于出院打来的。

大饭店生意越来越旺，惹得别家饭店都说是因为运气好，接了一些会议团。他们错了，其实大饭店在两个月的淡季里，也一直在努力，比如装修了，比如完善了服务等。

所以请一定要相信，任何成功，都不可能不费吹灰之力地靠运气。

就像郭仪仪和崔然，也是在告诉那些寻找爱情的男女生们，爱情绝不会不用吹灰之力就得到，别人看着轻易得到的幸福，都是经过真心相对，一直坚持，才从淡季来到旺季的，因为记忆再好的人也知道，背一串82位的数字很难的，而且最重要的是，并非每个人都能有心从一长串蚂蚁般的数字里找到他爱谁的。

第二十三阕　致橡树

诗

我如果爱你——
绝不像攀援的凌霄花，
借你的高枝炫耀自己；
我如果爱你——
绝不学痴情的鸟儿，
为绿阴重复单调的歌曲；
也不止像泉源，
常年送来清凉的慰藉；
也不止像险峰，
增加你的高度，衬托你的威仪。
甚至日光。
甚至春雨。
不，这些都还不够！
我必须是你近旁的一株木棉，
作为树的形象和你站在一起。
根，紧握在地下；

叶，相触在云里。
每一阵风过，
我们都相互致意，
但没有人，
听懂我们的言语。
你有你的铜枝铁干，
像刀、像剑，也像戟；
我有我红硕的花朵，
像沉重的叹息，
又像英勇的火炬。
我们分担寒潮、风雷、霹雳；
我们共享雾霭、流岚、虹霓。
仿佛永远分离，
却又终身相依。
这才是伟大的爱情，
坚贞就在这里：
爱——不仅爱你伟岸的身躯，
也爱你坚持的位置，足下的土地。

——舒婷

意

这首诗，很经典，经典到许多人都在纸上认认真真地抄写过它许多遍，我同样如此。其实有些爱情的道理，很简单，但是却又能因为简单而去浓烈。爱一个人就是这样，把他当成一棵树，一个眼里、心里、生命里都迎风生长屹立不倒的大树，而自己，心甘情愿地依偎在他的身旁，做他的那棵小树。这世间最有生命力的爱情，我认为就是如此，两个人，是一棵大树与一棵小树的关系，他们的头顶，是同样的天空，脚下，是同样的大地，如这诗中所描写的：我们分担寒潮、风雷、霹雳；我们共享雾霭、流岚、虹霓。仿佛永远分离，却又终身相依。

舒婷，生于1952年，我国著名诗人，朦胧诗派的代表人物。《致橡树》是朦胧诗的代表作之一。

情

爱我有一二三四五个规矩，第一，我要宽厚的承诺，大地之于树根的；第二，我要清新的空气，蓝天之于树枝的；第三，我要适当的关怀，风雨之于树叶的；第四，我最想要永远，就像春天永远会来；第五，如果你答应，那么从现在起，请你走向我，做我的大树。

爱我有一二三四五个规矩

一

闵小素想她的爱情，注定是要晚来的吧。

她再也不想和男生约会了，那感觉真不得意，他们总是不能明白她的话，她一边想一边上楼梯，不知不觉竟走过三楼。

周末的女生宿舍楼很安静，她索性上到楼顶天台。那里随风飘摇着女生们洗晾的床单被套，看到那些花花绿绿的布块，闵小素的心情一下子就好了起来。

她的床单，还没干透，那是她最喜欢的一条床单，白色底上那个穿蓝色短裙女孩，睁一只眼睛，闭一只眼睛，精灵地看着一切。

闵小素刚才去赴约的男孩，是同学介绍的，本校研究生，个子很高，可是那副高度的近视眼镜，却仿佛要隔去许多相知。聊过一些后，闵小素起身站到他面前，微笑着问，爱我有几个规矩，你想知道吗？

男生厚重的眼镜一下子滑到鼻尖，他有些惊慌失措地推推，很久才怯怯地问了一句，会要很多礼物吗？

闵小素愣了一会儿，再挤了最后一点笑容给这个可怜的老实男生，转身离开。

她理解，第一次见面后同学就说过，这男生家境不好，能读到研究生更是不易。但不管怎样，她觉得爱情这样被误解很悲伤的。当然这不算最让她难过的，最难过的要数和计算机一帅哥约会那回，在她说了相同的那句话后，帅哥鼻子先出的声儿，在她走远才用嘴高分贝地出声：不拿镜子瞧瞧，定规矩也要脸长得有定规矩的本事。

那次她单是难过没有哭，自己虽然只有一米五六，四十公斤，脸也非常小家，这些构成的外在并不丰富，可她就是想有一份丰富的爱情。

现在，下午三点的阳光温存着，被单的味道很清新，闵小素自顾自地笑了。突发奇想地在布块间旋转起来，又转到自己的床单前时，她对着上面的蓝裙女孩说：闵小素定下的规矩，没人依，还得定，绝不心葬，就像不会因为是冬天，就要把你收起来一样。

二

闵小素没想到自己在楼顶的宣泄，会被一个叫夏曙光的男生看到，并偷拍。

校园论坛上为一个视频贴议论纷纷，闵小素跟着风声看出视频里的女孩背影就是自己时，手在键盘上抖个不停，气呼呼地紧张着。

单是那段模糊的视频也没有什么大不了的，可它偏偏被冠于标题旁白，而且那么吸引眼球，标题说《淑女也疯狂》，旁白的大致意思是一个没有爱情的女生，寂寞地在楼顶和床单跳舞。

这叫什么？

这个叫夏曙光的发帖恶男一定是崇拜胡戈，可他怎么就要选中自己呢？

闵小素想了两天两夜，决定用小树的名字注册了去和夏曙光斗一番，凭经验，夏曙光三个字，肯定不是真名。

既然他说淑女也疯狂，那么，闵小素换脸来疯给他看，不弄得他自己砸自己臭鸡蛋不罢休。

经过一段时间的自炒后，小树这个ID在那个板块名气大了。夏曙光也加了她的QQ。

很快，闵小素通过一些蛛丝马迹把夏曙光锁定到王得宝身上，王得宝也不是真名，是因为这个男生总喜欢整笑话，所以得绰号得宝。

虽然不在一个系，闵小素和王得宝的接触机会还有的，他们都是校园32兆素描社团的成员。

终于有社团活动能和王得宝坐到一起写生了，闵小素故意套近乎，王同学，你说画夹怎么只设计放纸的地方，没放画笔的地方呢？好多次，我到了写生地，才发现找不着笔，白白让风景流失在郁闷里。

闵小素不好意思地摸着她的画夹笑笑说，实话说吧，我现在就很郁闷。

王得宝竟然特别安静，从左边裤袋取出不同型号的几支铅笔，从右边口袋取出和钥匙勾结串联的瑞士军刀，把所有铅笔上削好的那端都切下来放到她手里。

那些半截铅笔让闵小素犯思想了，那天下午的风景照样流失，她一直在想，夏曙光不是王得宝那会是谁呢？

上次在QQ上聊时，闵小素也说了写生忘带笔的事，夏曙光很知音地扔过来一个拥抱，说他也一样。可人家王得宝不仅各类笔都带齐，还随身带有军刀。

三

闵小素决定豁出去了，再辣一点，逼夏曙光再露点啥的。

宿舍女生半夜开聊说男友说到吻。闵小素憧憬着，心想吻应该是有毒的吧，像夏天的毒，美丽而热烈，但女孩都是喜欢中毒的吧。

闵小素上线问夏曙光，你有女朋友吗？夏曙光干呵呵两下，说正在追。她心里一颤，问追到了，会吻她吗？夏曙光不说话了。

她笑着，他那样整自己，我现在也要让他难堪一下。她说，我的BF，就擅长这个，他告诉我，如果我喜欢春天，那么吻就是春暖花开的味道；如果喜欢大海，眩晕中就会有一个海洋……

那边一直不接话，闵小素在电脑前笑。

等了十多分钟，他还是不回。闵小素觉得这招又失败了，正准备下线，他却嘀嘀嘀说话了，而且那话让闵小素羞得慌得拔了电源就跳进自己的上铺睡觉。

她突然觉得这样做很没意思，没意思到下次再和夏曙光聊，她不知道说什么好了。没真正恋爱过、没被人真爱过，她如何或引诱或深情地来扮演小树这个角色，让夏曙光喜欢自己，主动提出见面，而自己的目的就是学电影上那些老桥段躲在暗处看他是谁。

夏曙光刚才的话很油滑，小树苗，你的叙述苍白无力，别编了，你肯定没被男生吻过，如何KISS，问我再说，我会法式的。句子后面还有一个龇牙大笑的脸。

自从和夏曙光聊天后，闵小素一直没再去过学校论坛，一连一个星期，夏曙光的QQ头像都灰暗着，她莫名地又觉得少了点什么。

有一天，夏曙光给她留言，是他的电话号码，让她联系他。

她的心当时像小鹿快跑，然后一个人在宿舍面对电脑发呆，这段时间，有没有什么在悄悄发生呢，她知道又不知道。

她记下那个电话号码，关了电脑走出宿舍楼，一边在树林里走一边想，自己上次要引夏曙光出来而她躲着见的想法真不好，同学见面，不该是一方躲在树林里的吧，约在湖边小道上，或是校门口小店前，让阳光一起看到多好。

现在想来，她其实并不觉得夏曙光这个人有多坏，迄今为止，并没有一个人知道那个视频里面孤单的女孩就是闵小素。

闵小素不知不觉来到时光书店，她进去，翻着村上春树的森林，这本看过几遍的书，她今天才注意到开头是：献给许许多多的祭日。

她抚摸着书脊，心想她的大学四年，除却学习，她都献给自己心底的那些美丽了。她平凡，但她曾一直想以平凡拥抱好好的爱情，冬天过去，春夏来时，她就要毕业，她虽然两手空空，但现在她很感慨，她的大学青春，在一定意义上，都献给心里对那些规矩的执意了。

那么和夏曙光见面吧，告诉他，如果那段视频他还保存有的话，请他还给她，她要给它把那天自己说的话也加上，献给执意青春。

她掏出手机，发短信：明天下午一点，湖边小道见。小树。

四

王得宝说，闵小素，我花了三个月，终于拉上你的手。

闵小素甩开一来就紧抓自己手的王得宝，一脸的诧异。王得宝坏坏地笑，笑得她不敢叫他的绰号，只说，王同学，你来这里干什么？

得宝王志夏掏出他的多种功能的手机，摁了几下，给闵小素看，闵小素看到了那段视频，它比网上的要清晰。

闵小素犹豫着要说什么的，他抢先说话了，很认真的语气，那天，我看到你和眼镜男分手后直哭，就跟着你，正好那天女生楼守门的不在，我就跟你上了天台，躲在被单后面。小素，爱情规矩是什么？

她心里暖开，四年来，先后和六个男生因为互相觉着好而约会过，可每当她说出爱有规矩时，男生们都不解，他们或许是觉得她太自恋，或许是觉得规矩在先就没了恋爱情调，从没人问问她，规矩是什么？

王志夏坦白了，说三个月的夏曙光，爱上小树了。

闵小素跑开，因为看到王志夏眼里的真诚。只是，一直期待的东西来到时，她却已经没有说出的勇气。

一直到五点，王志夏都站在女生楼下等她出来。五点半，他再也忍不住，对着三楼她的窗户喊，闵小素，就是成百上千的规矩，我都依你，只要你下来，你要吃饭。

闵小素哭了，她心里明白，对夏曙光的报复其实早就拐道升华了，她天天守QQ，其实是想他。低调了四年，她决定宣言一把，她推开宿舍门一口气跑到天台站在边上，很多人都围在了楼下，以为有人恐吓坠楼什么的，王志夏更是急得团团转。

但，下楼来的，飘上天的，是小小体格的闵小素响亮的声音，她说：

爱我有一二三四五个规矩，第一，我要宽厚的承诺，大地之于树根的；第二，我要清新的空气，蓝天之于树枝的；第三，我要适当的关怀，风雨之于树叶的；第四，我最想要永远，就像春天永远会来；第五，如果你答应，那么从现在起，请你走向我，做我的大树。

第二十四阕　击鼓

诗

击鼓其镗，踊跃用兵。
土国城漕，我独南行。
从孙子仲，平陈与宋。
不我以归，忧心有忡。
爰居爰处？爰丧其马？
于以求之？于林之下。
死生契阔，与子成说。
执子之手，与子偕老。
于嗟阔兮，不我活兮。
于嗟洵兮，不我信兮。

——《诗经·国风·邶风》

意

这个世上最完美的爱情，便是如此。

死生契阔，与子成说。执子之手，与子偕老——我们彼此把誓言牢牢地记在心里，生和死我们都不分离，今生牵了你的手，就牵着你的手一起到白头。

不管这一路上，我们会经历什么，命运之神降临给我们的，是顺利还是磨难，是幸福还是凄苦，甚至是生或是死，我们都只凭着我们说好的誓言，手牵着手，相望着一直走到生命的最后。

《诗经·国风·邶风》是一首远征异国不能回家和妻子在一起的士兵唱的思念之歌。第一次读到这首诗时，我还没有《诗经》，我看张爱玲的《倾城之恋》，看到白流苏和范柳原，然后知道了"死生契阔，与子成说。执子之手，与子偕老"。生生死死不分离，我与你的誓言记心里。或许是这几句诗所表达的意思太动人，或许也是白流苏和范柳原的故事太深刻，以至于后来，每每说到《倾城之恋》，脑海里蹦出的就是"死生契阔，与子成说。执子之手，与子偕老。"

情

有时候，爱情的伟大就在于，两个人之中，有一个人永远都不绝望，永远都相信他们曾经的誓言。

爱情的植被

一

伊椿是二十岁那年遇到关忱的。

那天下午，阳光里有数不尽的暖和，伊椿和厂里的姐妹们有说有笑地去电影院，票是厂里发的，影片是去年获过奖的《新不了情》。

路上有人吵架，她们停下来看。精明的女房东指着房客的行李，浑小子，这张欠条不算，你要是跑远了我上哪里找你去，你打开包我看看有什么能作抵？

伊椿觉得没意思，刚转身要退出去，却听到女人扯着嗓子问不远处废品收购店的男人，书当废纸怎么卖？

不！男孩大声地喊出，声音末尾，很低，却在颤抖。伊椿的心里微微一缩，扭转头看到男孩环抱被子的那只手，手指深深地嵌进被子里，似乎就要把被单钻破，抠到里边的棉花。但即便如此，他的手却连被子也抱不住。

不知为什么，伊椿不由自主地上前了，一只手握着电影票，另一只手过去帮他将已快散落的被子往上提了提。男孩回头看她，眼里竟有泪光。她的心，不被伤到，却有认真的疼痛。

最后，收废品的人提着秤回去了，房东揣着钱进屋了。

是伊椿掏出口袋里所有的钱，帮男孩留下了书。

二

伊椿的这件事，老被同事们埋怨，伊椿你傻不傻，那小子多半就是跟那女的唱双簧的，再说你挣得也不多。

伊椿不争什么，她相信那只有力而又无奈的手，相信那双坚定而又有泪光的眼睛。

三个月后，她收到了他的信。那封信，在机器轰隆的车间她偷空读了两遍，下了深夜班捧着在蚊帐里又读。他说学校可以申请助学贷款了，他已回去。他的每个字都是那么漂亮，两页，12个段落，1105个字。伊椿不困，趴在被子上开始回信。

也写了两页，有三个词她拿不准到底用得妥不妥当，便空出位置，天亮了跑去买回一本字典查清楚是对的才填上去。末尾的祝语，也费了老劲儿，总觉得这句不够，那句不实在，最后写上祝你什么都好，她一门心思地觉得“一切”没有“什么”来得宽阔。

因家里条件不好，她只读了技校，然后就来棉纺厂了。信寄出去后，她总不安，怕自己所学不够，信里出错，让读大学的他笑话。

很快他又来信，比上次更长。她把信都枕在枕下，渐渐地枕头一层层变高，梦和甜蜜也一层层变厚。

他的大学在城北的山坡上，与她的厂就是整个城市的距离。

那天发薪，她坐两个多小时的车去他的学校。等到午饭时间，可是远远地她看到他和一个女同学在说话，他笑得很好看，女生也好看。她的心很快落到低处，躲进旁边的书店，买了本杂志，将东西托付给那里的小姑娘。

她叮嘱自己再也不要去，可到下一个发薪日，她共收到他四封信，一周一封。到底，她又去了，还是将东西托别人带给他。

他终于找她到厂里，一把抓住她的手，在他眼神的心疼和责怪里，她的心里也开朗了，原来在他的眼里，他们是平等的，他从没有觉得她卑微、不够好。

那以后，他如同是她的神，不管什么只要是他说的，她便会听，她告诉自己，要一直对他说好。

三

关忱毕业了，他说伊椿，我先去南方闯。她说好。帮他收拾行李时，她偷偷地往书里夹上五百块钱。

两个月，都没有他的消息。宿舍里的女伴，开始给她介绍男朋友，她不答应，她们便想办法将她骗到约会的地点然后借口走掉，可是很快，她总又会逃回来，俯在枕头上静静地不说话。

终于有一天，他打电话到车间办，他说伊椿我今天才看到。

她屏住呼吸，清晰地听到他夹杂在街头闹声里的气息声，她听出他的心跳，听出他身后的车过了一辆又一辆，她甚至还听出他过得还不错，最后她也听到他在哽咽。

她轻轻地说，我是不想你再遇到心肠不好的房东。他终于又说话了，这回却是换作她哭了，他说的是他爱她。

回到清花车间后，她第一次觉得那一团团的原棉，是多么的美，就像她心里的幸福。就连平常总觉讨厌的藏在棉花中未被脱出的那几粒棉籽，也是精致可爱的，她将它们收集起来，放到工装口袋。

日子一天天被她幸福的心期待着。

那些女伴相继都结婚了。她们一个个从那个八人宿舍里搬走，走的时候都会抱抱，劝她不要傻等，差距那么大。

再以后，又进来七个小一拨的女孩，她们张扬极了，敢说敢做，敢维护自己，敢伤害别人。有次她们以为她在晚班上，便在宿舍里大声议论她的土，像是研究一个重大课题，最后得出的结论是：她就是发霉也没人要的老处女。

她躲在蚊帐里，眼泪放肆地流，枕下的那些信，已有三年再也没增高过。日子把孤单过得越来越稠。关忱先前给过她的两个手机号码，打过去，总是空号。

唯一的安慰就是，宿舍楼无人去的天台上她种的花，每年都应季开放了。

四

伊椿二十七岁的生日，她忘记了。那天她上了白班，又答应替人上晚班。

再下班时已是第二天早上六点，她拖着困极的身体去宿舍，脸上却有别人不懂的笑。这次她从原棉里清出很多棉籽，工装的口袋都鼓起来了。

刚到宿舍门口，却听见有声音说，伊椿来了。她抬着沉沉的眼皮，好像看到关忱了。她揉了又揉眼睛，还是他，却还是不信。

直到她掉进了他的怀抱，直到关忱在耳边说，伊椿，我回来了。

他已是成熟的男人了，他抱着她，捡着她头发上的飞絮说，伊椿，我们结婚吧。

她听了靠在他的肩上一动不动，许久，才笑着轻轻地吐出一个字，好。他再叫她时，她不再应，他轻轻移开怀抱一看，她竟然睡着了。几年的无音信，她半个字也没有问。

他的心疼了一下，她不知道，这几年，他有过一段感情，在那段感情里，他总是忘了还有她，是感情结束了，他心里空了，然后关于她的回忆又进来填满了，所以他才回来了。

五

婚后的她，更加安然，像车间里那些从不说话的白棉花。

他事业上得心应手，很快他便不满足公司的待遇，辞职和一帮朋友办起了公司。再以后，他有了自己的车，不忙时可以去厂里接送她了。

棉纺厂还是老模样，老得让他觉得她不适合在那里。好几次他说，要么来公司帮他做点会做的事，要么给她找间门店开服装店。

她一直都是听他的话的，唯有这点她不答应。

随着公司做大，总有朋友问及她。他总觉得不好说是棉纺厂女工，便找了政界熟人，要把她借调到轻工局去，她依然不去。

谁都不知她为什么那么喜欢那个厂房的墙面已年年斑驳的棉纺厂。原来的女伴们都说她傻，说再牢的感情也会在差距里因为多出的人多出的事而松散。

六

两年后真的就有了这样的女人。她叫紫，他公司刚来的研究生。紫的谈吐和博学，跟伊椿完全像是隔了一个世纪，关忱很是欣赏。而紫，当然也是很懂得如何展现自己的。

此时的伊椿，已经三十岁了，她的眼角生下皱纹，稍稍微笑便可看到，除了家里厂里的事，她似乎总是不长记性，关忱告诉她的关于公司的事，她常当着众人都给说错。

不久，那个她眷恋的厂也破产了，她回到家里，却还穿着厂里的工装，做饭做清洁，去楼顶上养花都穿着。

三十岁的伊椿，偶尔被他带到宴会上，却总是穿不对晚装，就是一般的聚会，在小包房里她被怂恿着唱支歌，也不仅老土，还每唱三句总会咳嗽清嗓。

这样的伊椿，让关忱的激情一失再失。终于，他习惯不再带她出去，习惯晚归和撒谎。

终于有一天，他说了离婚。她正提着一桶水要去楼顶浇花，原地愣了一会儿，放下桶看看关忱，看到他根本没有注视她，可他看窗外的眼里却很坚定，像当年那个护课本的男孩。

再提起桶时，她说好。

再以后，就有原先的女伴打电话给她，说你盯紧点，你老公和小妖精在一起。

七

但是半年后，他又回来了。

他整理抽屉，看到了大学毕业证，翻开来看到夹在里面的半张电影票。

它把他带到十年前，她站在阳光里掏空口袋里帮他的那个下午。当时，他拿出小本，要写欠条给她，她笑着摇头说不用，于是他便向她要去她手里握着的那张电影票，撕作两半，他拿了一半，另一半递给她。他边走边回头说：伊椿，总有一天我会回来，和你一起看这部电影。

他说，伊椿我们现在就去找那部电影看，好吗？

她仿佛是个不记恨的人，从他让她等他、到他说要结婚、说要离婚、说要去看电影，她都说好。

但是十年后，当年是新片的电影，现已老得影院里找不到了。最后只得买了一张碟回来。她看得很不安，老往楼顶上跑，一会儿下来一会又上去。他跟上去，看到她在上面对着一张拼好的旧电影票哭。

他上去了才知道，自从换房后因她老在上面而被他认作无趣的楼顶，种的竟是一盆盆棉花，现都已长大，每株都挂着饱饱的棉铃。

原来，从他说让她等他的那天起，她就开始用从车间里清出的棉籽种棉花了。她喜欢棉纺厂是因那里可得到她想要的棉籽。那些籽，毕竟被机器脱过，有的会生，有的不会。但她还是种出了第一朵棉絮，此后每年种出的，她都包好放到干燥的柜顶上，她要用它们做一条被子，盖在他们十年以后的生活上。

他终于知道她为何看不进去她等待了十年的影片了——她不知用整个青春做好的植被，以后覆盖在哪里。

他将她抱下楼，他将影片重播，但袁咏仪刚刚出场，她却睡着了，像当年她站着靠在他肩上就睡着一样，表情柔和得似乎不愿再醒来，似乎他从来没有离开过

感情土壤，在岁月的风里，总容易被风化成沙，但只要做好了厚厚的植被，爱就不会流失。原来爱情最后的不相弃，就在于两个人之中，有一个人永远都不绝望。

第二十五阕　秋风词

诗

秋风清，秋月明，
落叶聚还散，
寒鸦栖复惊。
相思相见知何日，
此时此夜难为情；
入我相思门，
知我相思苦，
长相思兮长相忆，
短相思兮无穷极，
早知如此绊人心，
何如当初莫相识。

——李白

意

秋天来了，风清冷了，月亮却好像更明亮了，风吹着地上厚厚的落叶，落叶在地上走着，时而聚拢，时而又散离，好像揣有心思似的，就连留下来准备过冬的乌鸦也是如此，明明早早地栖息了，却又总会突然惊醒般地叫唤一声。

那一场想念，在秋天里也变得更加清凉，不知道什么时候，才能与你相见啊！只有爱过，只有身在相思里的人，才能知道我对于你的想念是何等的苦，那漫长的相思和众多的回忆，交替着占据我的心，真是让人禁不住忧叹：早知道爱你想你是这么时时刻刻地要绊着我的心，真的不如当初不与你相识啊！

李白（701—762），先后有过四个妻子。第一个妻子，是当时前宰相的孙女许氏，婚后生育一男一女。许氏去世一年后，李白娶了刘氏。因为刘氏看不起他，不久李白愤然离开。第三个妻子。是他前往泰山路过任城时结识的一位妇人，两人情投意合，并生育一子，五年后，这任妻子亡故。第四个妻子宗氏，与李白之间有段“千金买壁”的佳话，据说是李白喝醉后，在梁园诗兴大发，挥笔在墙上写下《梁园吟》，宗氏和仆人路过刚好看到，久久不能释怀，在梁园的人要擦掉它，她要求不擦，并花千金买下了这一面墙壁，婚后她与李白志同道合，后来李白下狱发配后，她多次施救无果，从此两人再也没见面。

情

有时候，爱情的浓烈不过就是在应季，当夏天过去，季节慢慢变冷到秋天，感情最后也会变冷，让爱情中一直坚守的那个人，并没有得到她认为的那像白苦瓜片一样，前味苦一点，但后味却有别处得不来的一点甜。

秋天最后会变冷

一

下午起风了，簌簌前行着，像是个心急的阅读者，想赶在天黑之前把时光多翻过一些。

一直关门闭窗在屋里的金梨没感觉到，自从伍考周末在别处代课后，她就有了半天半天地绣十字绣的习惯，不为成品有多好，只为有事做做。

等到傍晚出来时，她却猛然觉得今天真是不该，来不及换鞋，匆匆地就跑下楼去。

她是跑下去找小竹箕，竹箕里装的是苦瓜片，是她今年种结的苦瓜切的，已反复翻晒过好几日，原本想见足今天的阳光后，就收进那个大大的广口瓶里，却不想风会将它们吹撒到楼下的水池里。

她蹲在池边掉眼泪了，并非只因为惋惜，更不是习惯了矫情，而是这几年来，她每年都是好好种好好收。现在这种差次，让她难过又慌张。

尽管每次将晒制好的苦瓜片递给伍考后，都没得到过他更多的话，但是这种淡然她也习惯了，苦瓜片本来就是清淡的，也是要给喜欢清淡的人喝的，如果过于强调热烈，那么它以及许多都是担待不起的吧。她和伍考之间，似乎只能有一种不轻不重的东西来提醒彼此在同城相依。

金梨拿着空空的竹箕，望着水里漂着的苦瓜片想，这一池水，因为泡开了那一片又一片的苦，也一定漫漶进了一絮又一絮的不同。

身旁的风，依然没减势头，唏嘘着在飞过。金梨回到了楼上，看着早就洗好晾干的大广口瓶，陷入和伍考那透明而又清苦的往事里。

二

那一年的梅雨拖了许久，像个腻在大人肩头的孩子，软软的很不愿意离去。

许多人都说，如果有空，这样的气候适合进行一场恋爱，因为总是有不错的背景衬托思念或伤怀，细雨相伴，爱或不爱，有结果没结果，都会是青春的好纪念。

金梨没有心情看雨景，她总是踮着一只脚倚在窗前，焦急地看着灰天空，盼着雨能停下来。不是她有多讨厌雨，或是她太向往明媚，而是她真的没有办法在淅淅沥沥的景观下安下心来。

她的腿几天前不小心被开水烫了，从膝盖到脚踝都起了水泡，很疼，也很麻烦。被烫的第二天，有个公司看了她电邮过去的资料，打来电话让她去面试，但因为这腿，她只好说晚几天过来。

那天中午，雨终于停了，金梨急忙赶去那家公司。从小城辞职过来，她是揣着要在大城市好好生活的愿望的，她太想要一份合心的工作来为这个愿望出发。

可机会都是稍纵即逝，不可能一直等候谁的，几天前她那么真诚地说明原委，还是被人家认作是故意推托，那职位已有人了。

金梨很沮丧，感觉到这个城市对她的拒绝，她很想打电话对伍考说她也来了。犹豫着犹豫着，还是讲不出口，要是讲得出，她一来就打电话了。等有了工作再告诉他吧，她不想成为他的麻烦。

金梨只顾想自己的，没注意到有人搬东西上楼，直到那人抱着的那个大纸箱撞着她的腿，腿上水疱消了，但新的皮肤还没生好，这一撞，让她疼得坐在了楼梯上。

那人听到声音，惊慌地将挡住脸的纸箱挪开，然后他们都呆住了。

三

伍考说，金梨，我最近总想着要再回去，就和你在小城做老师，等到老了，我就有足够的底气说我桃李满天下，而不是像现在，如此辛苦地在天下寻找，找到的却只是一颗苦涩的李子。

原来他过得真不好，能遇到他，是因为他又丢了工作，在有新工作前，不愿意被耽搁，就做起了快递。

她是懂他的，一个从小城小学走出来的老师，眼前习惯了那些朴素的小身影，看着他们，全部的情怀都是期待明天，明天小身影会长高，会带着梦想离开，然后又会来新一拨的小身影，一年复一年，因为总注视成长，明天对于他的意义总是美好。但现在他只是城市里小小的自己，他眼里心里都是备感局促与不安的今天，今天越来越短，明天又不知在哪里？

她辞职跑过来并非跟朋友们说的是想飞得高一点，她仅仅就是因为无法放心她爱的伍考，在这里孤单又绝望。

晚上，他们去吃鸭脖鸭肠，她笑着说，伍考，我们去辣一次，辣到满面通红，辣红了眼睛，然后我们再看武汉，就会灯火通明。

伍考辣得不停地要冰啤，喝过冰啤后的他嗓门大极了，提到理想也放胆了，他看起来和周围那些穿背心马裤人字拖的武汉男子没有不同。金梨高兴得流泪了，伍考笑她，她就说是被辣的，为了更像真的，她还拍着嘴跟服务员叫着要一份清炒苦瓜。

没想到伍考很喜欢它，说它苦得不再有辣。金梨很安慰，她希望伍考就是如此：身在哪个地方，就融入哪个地方，即使不能融入，那么至少他要平和淡忘。

第二天金梨去超市花茶柜买了苦瓜片给伍考，想法有点儿幼稚，但是最真挚：若伍考每天喝的水中都放进一点苦，那么他或许就不会多在意他心里的苦。

四

九月他们都有了合适的工作，伍考成功应聘到一家私立学校做老师，金梨在幼儿园做保育员。

伍考的学校管理得很严，他们只有周末才见面。每次见面，金梨总是记得带给他刚够喝一星期的苦瓜片。

看到金梨经常买这个，园里有个年长的阿姨对她说，市面上卖的并不太好，都是菜棚里的大苦瓜做的。

阿姨也给了她一包，说是那种白色的小苦瓜切晒的，泡来水泽清澈，前味苦一些，但后味却有一点甜。

她高兴地带给伍考，再见面时他说你知道吗金梨，我离不开它了，每每讲课后喝一口就觉得特别舒服。

她笑了，跟阿姨讨要了小白苦瓜的种子，以及种的时节和方法。

她挑好了地方，在幼儿园食堂后面，那里向阳，有围墙可以让瓜蔓攀爬。

第二年早春，下了一场雨后，金梨把种子埋进泥土里。在她的憧憬里，种子发芽了，藤蔓也热闹地爬上红砖围墙，再后来结瓜了，摘瓜的时节正好是暑假，她有时间。苦瓜片的做法很简单：挑选无虫无痂的苦瓜洗好晾干，然后横切成厚5厘米左右的圆片，最后放在太阳下面干燥。

常常一个星期，她就可以给伍考做一大瓶苦瓜片，足够他喝一年的。

五

今年的春天，有一些不同，伍考周末在外校接了代课。幼儿园扩建，她忙了许多。她总是抽时间来食堂后面拔杂草，翻土壤，依然像往年一样，把那小块地整理得很松软，像她心里的爱一样。

三年来，她存了一些钱，她想如果伍考也有，加上他的，今年秋天他们应该就有能力去供小房子了，这几年她饱尝了播种收获带来的喜悦，爱情的结果她也想收获了。

之前她没跟伍考提这个，她与伍考爱情的维系就是给他做苦瓜片，一年又一年，她并没有觉得有什么不好。伍考是喜欢清淡的人，那么她呈现给他的爱也就该是那样，即便是她的内心有多火热多渴望，她伸过去给他的，也只能是一包苦瓜片。

她想她的爱情和幸福，一定会像白苦瓜片一样，前味苦一点，但后味却有别处得不来的一点甜。

去年寒假他们回小城，旧朋友都说，金梨，你俩真该结婚了。还有人说，金梨，你的眼角在长皱纹了，可是，你还没有做新娘。

那晚她哭过，然后决定等今年的苦瓜片晒干了，她就要说，伍考，我想每天都为你泡一杯苦瓜水，我不想只将它们交给你，然后想象你会怎样泡，怎样品，有怎样想我。

这一年，还算风调雨顺，苦瓜依然长得很好，立秋那天她把成熟的它们都摘回住处，她很精心地去切，去晒，去期待。

六

所以，金梨不能容忍因为自己疏忽，而让大广口瓶里空空的。风吹落竹箕的第二天，她带着留给明年的种子去了那块地。

也许还能赶上一季晚熟的，虽迟些日子，但总会有。

她每天都去浇水，还买来花肥，一星期后它们真发芽了，看着绿绿的小秧苗，她高兴得有些不知所措，搓着手走来走去，很想给伍考打个电话。

电话没人接，她想也许他在忙。

接下来，天气好像顺了秋意，天天下雨。她天天绣着十字绣想，苦瓜苗一定都准备伸藤牵蔓了。

几天后雨停了，她去看。可那块地涝了，瓜苗变黄趴在泥水里都死了。她擦干眼泪慌张跑去找伍考。她说伍考，你能不能陪我去逛街？

她是想让他陪她去看房，不是冲动，只是她很恐慌，害怕有关爱情的希望，会像苦瓜苗一样，再也站不起来了。

伍考刚洗了澡，他说他要休息一下，晚上要代课。

她疼疼地一笑，好，你休息。

但当她出来，不知去哪里就在一家小店坐下后，却看到伍考走在大街上，看起来那么精神抖擞，但跟她无关。

她没出去拦住他，她呆坐在小店一直到天黑。

刚才起身前，看到时间正好是八点，她给伍考打电话，伍考，该起床去代课了。

他说已经起床了。她忍住伤心又说，伍考，今年的苦瓜没收好。他说，不要紧，清火喝菊花茶更好。她再要说什么时，他就挂了。

原来，他并不在意来年有没有她做的苦瓜片；原来，守着种植意义的只有她。

武汉的天空又下雨了，那是秋天的雨，落在脸上很冷，但还是给了她一点冰凉的勇气，让她终于承认，秋天最后会变冷，而她对自己的爱情也选择了别离。

第二十六阕　越人歌

诗

今夕何夕兮，搴舟中流。
今日何日兮，得与王子同舟。
蒙羞被好兮，不訾诟耻。
心几烦而不绝兮，得知王子。
山有木兮木有枝，
心悦君兮君不知？

——先秦·无名氏

意

第一次听到它，是周迅在《夜宴》里唱的，她穿着白衣，戴着面具，那声音仿佛是从远古渗透出来，空灵又独特，当时就被“山有木兮木有枝，心悦君兮君不知”这两句感动，以至于看完电影后，除了这两句话，似乎什么都没有记住。

山上有木，木有树枝，我心中有你，你却从不知。暗暗地喜欢一个人的时候，是孤独的，孤独到除了心底的那个人，仿佛一切都不存在一样，那种纯净又古典的情感，让自己不敢奢望，不敢表白，外面看起来风平浪静，内心却早已深刻沦陷成海洋，从来没有谁鼓励，就只有自己的那份爱支持着自己坚持爱下去，总是告诉自己，如果他一直不知道不明白，甚至他永远都不知道不明白，而我也一定要永远爱下去。漫长的岁月里，有关爱的所有的矛盾都是自己来寻找答案，有关爱所有的痛苦都自己给自己疗伤。一切的一切，就是因为害怕亲口告诉他后，会被笑话，会被轻视，所以宁愿自己独守着一份感情变老，也绝不开口表白。

《越人歌》是中国文学史上最早的明确歌颂恋情的诗歌，它和楚国的其他民间诗歌一起成为《楚辞》的艺术源头。据说当年楚国的鄂君子泛舟河中，打桨的越女爱慕他，用越语唱了这首歌，鄂君请人用楚语译出，就成了我们看到的这一首。

情

她只知道爱那个人，那个人是她的树，她是他上面的枝，她从不知身边的他，也像她一样细致地看着她。直到她被那个人伤害，她才明白她从不是那个人树上的枝，她终于很欣慰地懂得，有些爱情，是要忍受风雨的，而有些爱情，是可以把风雨挡在外面的。

爱情都在避风塘

一

她第一次见到骆朗，并没有看到他长什么样儿。

那是她刚到武汉的第九天，因为意识到寻找林北军可能还会需要一段时间，在宾馆继续住有些不太明智，那天上午，没有多比较就租了间小屋子，简单打理后就又出去打听林北军。

有那么一点隐隐约约的线索，她抓住了顺着去摸，直至午夜时分，总算是把最后一个相关的人找到，却不曾想，所知结果还是那么渺茫。

无奈只得拖着疲惫的心往住处走。上午匆匆出来，她不知这楼里，原来是没有声控灯的，在黑糊糊的楼道口，她用力踏了好几下楼梯，前面都还是黑黑的。

电影小说里那些狰狞的画面强行地在脑子里铺开，她的房子在六楼，想想每经过一层，都有可能会窜出个黑影来，她缩紧身子，不敢挪步。

周围的居民楼里，也几乎没有窗口有灯光。就如同她寻找林北军的希望一样，也都交给了黑夜。

这样一个深夜，突然让她觉得，她与林北军的故事，远不如她的这一番奔赴来得鲜艳。与他断断续续的恋爱，进行了那么多年，总是在她以为会永远时他就要悄无声息地离开，要是真的离开再无牵挂也还好，大不了自此慢慢疗好伤，然后将那陈年往事统统裹在一块厚痂之下，永不触摸也算是完成了一份怨恋悲情。

但是这一次，偏偏还是像以往一样，林北军又是在她就要坚定一些的时候，打来电话告诉她他在武汉，他甚至又温情又残酷地说他想她，如此，便是她的劫，再续上的感情促使她放下一切，急奔武汉。

她正想不管不顾，一路跑上楼就是。刚提脚，后面一声猫叫，她又吓得后退了两步。

就在这时，楼梯上有了一道窄窄的灯光，是从一楼的门里透出来的，很快，灯熄了，一个背着包的身影走出来锁门。

看样子多半是这里的住户有事要出去，于是她走上前，小心地说："你好，你可以等我上楼了再离开吗？"

黑暗中那身影有些愣住，她又解释道："我今天刚搬来，第一次回家，不知道楼里没灯。"

他还是没言语，但是他靠着墙，点了一支烟。那一闪一闪的小红点，像希望，让她看到他愿意去等待，她惊喜地转身往楼上跑，当她气喘吁吁地推开窗户，她看到那个小红点还在楼梯口。

"谢谢你，我叫白忆草。"她站在窗边对着楼下挥手喊道。

这一次，他说话了，他说："晚安，我叫骆朗。"

二

说好一觉醒来，就放手让一切过去的，可是第二天她还是早早就醒来，然后匆忙地填饱了肚子后，就又去寻找林北军。

这一晚，她回来得更晚，也更疲倦。楼道口还是黑糊糊的，想起昨晚那个人，心里在这一天总算是滑过一层暖，很想凭着它再凭着手机屏幕的光走上楼去，却还是不由得带着求助的目光去看一楼的那道门。

只一眼，她的心里便不再是一层暖，她看到那里有几个荧光的字，不是太明亮，但她还是看出它们是她的名字，她的手缓缓地伸过去，就触到了一只小手电。一推开，回家的楼就被照亮了。这么晚了，他肯定是又上晚班去了，怕她又害怕，便挂了一只小手电在门手柄上，再怕她不知道，便再写了有光的“白忆草”贴在手电上。

睡觉时，她的心里细细地浮起两个名字，前面一个叫林北军，他让她白天的路越走越黑，后来一个叫骆朗，他让她晚归的路却越走越明亮。

终于有一天，她疲倦得没有再去走那条越走越黑的路，又一个月寻找无果后，她决定放弃林北军了，开始去找工作。

那天上午她接到一家公司的电话，要她把设计作品电邮过去，她的屋子没有宽带，便握着U盘要往网吧去。

跑到一楼时刚好遇到下晚班的骆朗，他让她进了屋，他帮她打开电脑，他给她倒了果汁，他轻轻走开了。她在线等着公司的意见，半小时过去了，对方说她通过了。她高兴地回过头来，却看到他在沙发上睡着了。她关了电脑，她给他盖好，她轻轻地离去。

两天后，她去了那家公司，来汉前，她也是做类似工作，因此工作起来很是得心应手。一个月后，她领到了不错的薪水，当即打电话给骆朗。

简单的三菜一汤，却让她感觉这是她来汉以来最好的晚餐，是因为有轻松的心情，还是因为有喜欢的陪伴，她在心里笑自己，为何连这也不知道。

吃完饭已是夜晚十一点，回到所住那条街时，街上集满了人，说是闹电荒，这一片的变压器烧坏了，正抢修，不知会多久。

她只不过随口说了一句，有电六楼都热，这没电还不跟闷在炉子里似的。骆朗听了便拉着她的手，让她在他一楼的屋里坐好。

黑暗中，他楼上楼下一共来回五趟，他是把他们的家互换了，从此，她的家在一楼，而他去了六楼。当他把他家的钥匙挂在她脖子上时，她能感觉到他手臂上如水的汗。

一楼果真不是那么热，这一夜，她的眼泪好几次涌出来洗了她的眼睛。再醒来时，眼睛里就收割走了伤感，只有叫骆朗的淳朴男子植入的清朗了。

三

有些时光，会生长出密密的甜蜜。

骆朗每月有一星期的夜班，那七天她总是睡不着，她要等到午夜听到有下楼的脚步声，她要拉开门轻轻叫一声骆朗，她还要把准备的夜宵递过去后，再上床时才会睡着。

楼梯里，依然没有灯，但是她常常觉得，她和骆朗的眼睛里，都有光芒，那光芒柔柔的，不张扬，不散射，拢成一束，刚好把心照亮。

如果时光一直这么幸福，甜蜜一直这么生长，那该有多好。可是冬天刚来临时，她却意外地在天桥上遇到林北军。

那天，她是要去买一块棉布，骆朗说冬天里，他们夜班时没有领导查岗，他们有时会偷偷地打个盹儿。他的公司她去过几次，那里没有空调，这个时节的深夜，躺在桌上睡一定会又硬又凉，她想要给他缝一个软垫。

走天桥时，她正低着头想给骆朗搭身上用的小被子是缝还是买时，一个很放肆的接电话声突然打断了她的思绪，一个男声说，你他妈别得意，整了我林北军，你也别好过。

来不及去厌恶那样一种粗鲁，她的心因为林北军三个字而缩紧。

在天桥上，他们拥抱许久，直到两人终于坐在一个小咖啡馆里，她才知道曾经那么意气风发的林北军，在武汉的际遇却像落难士兵，他一直持续地糟糕着，糟糕到他都没有勇气再联系她。

他憔悴了，连脸颊上胡子的青痕也那么沧桑，因为心疼，她原谅了他所有的不对。

他们像一对互相寻找终于再相遇的小老鼠，依偎在他们过去垒下的爱巢里，享受着这个冬天有关重逢和继续的欢乐。

这种欢乐，让他们贪婪到没有时间去在意这里是异地的城，城中还有其他的人。

四

她以为她的爱情就是这样了，因为不放弃，所以终于还是没有被爱情抛弃。

只是，有些时光，也会把密密的甜蜜稀释得稀疏的。

很快，她发现林北军，再也不是从前的那个林北军，从前的林北军，有不足，但是不管多久，他会去弥补。

现在的林北军，脾气变得特别大，整整一个冬季，武汉只下过两场小雪，可他换了六份工作，每一份工作的丢失，对他的暴躁都有提升，他总以为是别人的错，总要跟别人吵一架才走，吵架中受侮辱了，一回来就会把如同冰块般的表情带给她。

她尽量去安慰，总是努力敞开自己温热的身体，想要捂暖这颗一直怀才不遇的男人脆弱的心。刚开始他会要，可是后来，他觉得排忧的话喝酒最好，他一次醉得深，醉得不像个好男人，那天她小声地责备了几句，他竟然红着眼睛，对她动了手，一把把她从床上推下来。

她徘徊在大街上，很怕很怕，她觉得女人的勇敢，好像用一些就会少一些。北风割在脸上，她疼得怎么也不愿意去相信，曾经的她，为了找他曾经那么久在午夜的大街小巷穿行。

只有温暖是用一点便积一点的，她蹲在路边哭的时候，骆朗看见了她，他带她回到那幢楼，一楼还是老样子，那夜后为了防止再闹电荒，他给她固定放在窗台上的两只蜡烛还在那里，落了一些灰，但她知道，只要有火柴点燃它，它的热度和明亮就不会改变。

只是她有些不敢去划燃这根火柴，没有力气，有些不配。

五

整个春天，她都过得安静，林北军再一次失去了消息，那些夜晚，她又会只有在听到骆朗下楼的脚步声后，才会安然睡着。

很快夏天来了，这个城市的气候，总是那么让人防不胜防。

那天天气预报说，近几天会有十年一遇的大雨。傍晚时分，雨按时到来，她有些欢喜，生活在武汉的人们，在夏天总是喜欢雨的。

可那雨一直下一直下，持续得都让人不知道后面会发生什么。

夜里九点时，她竟然接到林北军的电话。他话里的喜气同雨点一样密集，他说他来武汉一年多，终于有了他最满意的工作。他说，忆草，是外企。他又说，忆草，我们好好过吧。

雨势很猛，像一种奇怪的心情，她很想说好。可是她一眼看到，因为这楼处于低势，外面的积水正往门缝里灌，她突然急得直哭，北军，我的房子进水了，你来接我，你来接我。

她坐在桌子上，浑浊的雨水像灾难一样流满了整个屋子，快十一点了，林北军还没来。她有些失望地打电话过去，林北军说，雨下得太大，他一直没等到车，他明天一早一定过来接她。

放下电话，她看着屋里的水漂起了她的拖鞋。明天早上再来，那么，这一夜，多么漫长。这么多年来，她最强烈地一次感觉到，她和林北军的爱情，像被雨水漂起来的拖鞋一样，无法着落。

第二天，林北军来了。她没有跟他走。

昨晚十二点，骆朗睡醒了去上夜班时，下楼到一楼时看到水，便大声叫忆草。然后，他还是像去年夏天一样，紧紧地牵着她的手，把她带到他的屋子里，让她好好地坐着别动，黑黑的楼梯上，他又来回五趟，把她的家重新搬回到六楼。

当骆朗再一次把她最初的钥匙挂在她脖子上的时候，她流着眼泪紧紧地抱住了他，紧紧地闭上了眼睛，紧紧地缩小了心去相信，真正的爱情，都是在避风塘里。

第二十七阕　离别

诗

在我的爱人与我之间必将竖起
三百个长夜如三百道高墙
而大海会是我们中间的魔法一场。

时间残忍的手将要撕碎
荆棘般刺满我胸膛的街道。
什么也不会有了，除了回忆。
如同一座雕像决定了一切
没有了你会使更多的原野悲伤。

——博尔赫斯

意

爱情是有魔法的，爱神在魔法场的中央，看着天下相爱的人们。如果他们真爱到生死不离，那么它就会让他们之间，不管多久的离别，彼此都不断了爱的信息，它会让他们彼此的思念浩如大海，让大海里每朵浪花每个水滴都生动多情，它们汇集起来，让他们坚信虽然彼此的身影被隔开，但这一点一滴的浪花却又将他们的心连在一起。

哪怕时间总是无情的，试图让他们彼此忘记，却不知，因为相爱，时间的手再残忍其实也没什么关系，它根本就无法阻止他们更加相爱，更加渴望在一起。

有人说，只有相爱过的人，体会离别时，才是痛苦的。其实不是的，孤单地执恋过、热爱过，最后的终于放弃的那一场离别，同样使天空原野都悲伤。

爱的喜悦，是生命给心的魔法一场；爱的悲伤，也是生命为心注入的魔法一场。

无论怎样，心都被彻底改变。

博尔赫斯(1899—1986)，阿根廷作家。一生创作极丰，作品涵盖多个文学范畴，短文、随笔小品、诗、评论、翻译。但是我们在欣赏他的作品的时候，可曾会想到他是一个失去了视力的人。博尔赫斯家族有失明史，他自幼眼力不好，青年时眼睛撞伤后失明的人。他之所以在文学上取得成功，非常重要的一点是，有两位伟大女性用爱一直长期地支持着他。一位是他的母亲，母亲出身望族，博览群书，学识丰富，且通晓英语，博尔赫斯失明后，母亲以惊人的爱心照料他的生活，为他读书、念报、记录及整理文稿。另一位是他的夫人，她与他志趣相投，崇拜他，爱他，常常和他一起研究探讨，因为有这样一位知己的陪伴，博尔赫斯心情舒畅，毫不低落，在创作上也更加自信。

情

走鹃的属性:疾走终身、伴侣终身。在听到伴侣终身制的那一刻,我想到的是鲁科和米娅。其实这么久以来,我一直都明白,他们两个,即使不在彼此身边,他们也依然有爱,即使没有彼此消息,还是很爱。而我,是一只孤独的走鹃,即使不在天空,也在执着地用走表达飞翔。那一瞬,一切都结束了,眼泪又像决堤的湖泻涌奔流,我知道这份伤痛代表的太多,甚至包括终于获得不再希望的那浩如烟海的勇气……

看你们，在地老，把天荒

一

那天的“鲁家小铺”接待了两位不一样的顾客。我记得那样清楚是因为她们都让我难过了。

那天心情本就不好，昨天是我生日，鲁科请吃饭，饭间他说店里这季生意不错，然后就从桌上花瓶里抽了一支非洲菊送给我。我不接，他笑了，大概是知道我这个佛，不喜欢他借来献上的花。他跑出饭店，给我买回一大束花，鲜艳如生。

但是，它们还是非洲菊。

彼此心意，真真假假，都让我伤心。

所以当一位婆婆拎着两斤黑米来退货时，我朝她吼，像只小狮子似的反问她：“有没有搞错，米还有假？那你去问问水稻得了。”

老人很不满我这态度，以一种无比痛心的语气说：“姑娘，做人讲良心，水一洗，米白了，水黑了，还不假？”

我不再理她。那米根本就不是我们店里的，她拎来的塑料袋上，都还有超市称重计价标。我以为在一旁的鲁科会帮我，这毕竟关系到他店铺的声誉。可他却不气不急，对婆婆不断重复叙述的淘米熬粥经历表示同情，等老人终于喘着气停下时，他让我给她换两斤上乘米。

我不情愿，他便亲自换，送客出门还高呼：“以后买米，您给我打个电话就行啦！”

就是这时，来了第二位找麻烦的顾客，她说为什么买去的莲米熬出的银耳羹是苦的？

我记得她，上次也是绿裙子，在做客户积分登记时，鲁科问她叫什么？她说：“米呀！”

鲁科愣住。她咯咯地笑：“就是米呀！”并从鲁科手里拿去笔，在纸上写“米娅”。

但当我跟鲁科赌气，也要按他刚才的做法也给她换货时，鲁科却伸手拦住我，他看着米娅说：“你，不知道莲米是有苦芯的？”

“不知道，你没告诉！”语气里的那份霸道在她脸上显得又纯净又清澈。

鲁科的笑声响彻小铺，笑完后他说：“唔，那我好像是应该告诉你一下。”

那天晚上，我写博客时哭了，不是因为鲁科那莫名其妙的好与不好，让我手足无措地做了两次坏人，而是，米娅走后，鲁科的笑，跟随她的背影那么久。

而他回过头来看我时，一脸平淡。

二

鲁科说要换广告牌，改名叫生态林，要用淡得像风吹过新芽的那种绿。

刚好那晚，房东刚从外地回来不久的小儿子林小奉问我做什么工作，我说："卖米呀！"他大笑，说他有个同学叫米娅，他们小时候总笑她"买米呀"。

大概因为提到往事，虽然是第一次跟他见面，我还是读懂小奉眼里那饱饱的温暖，就像鲁科第一次见到米娅时也有。

难道这世界上，真的有一个人是你前生都认识的？

米娅跑来告诉鲁科说她在台灯下，用大头针剥出了所有莲米的芯，然后莲米就不苦了。

鲁科笑得像一棵胖豆芽菜，生机勃勃地说："对呀！不给你换就是因为觉得你应该看看莲米的芯是怎样的？"

他一定觉得她有多美好，而我，如同他天天见到的小草。从那天起，小草嫉妒地想，有些事情是不是就是因为复杂一点而才觉得更生动幸福的，比如吃带壳杏仁比吃裸杏仁更美味。而情节繁杂地遇见和喜欢一个人，会更美好。

鲁科让我分装薏米，每包两百克。他打电话联系做广告牌的人来量尺寸时，我小心地问他为什么要叫生态林？

我不知道我为什么那么激动，我说："鲁科，这附近已有店叫生态林，是家卖竹炭的，房东装修房子时，我还买了赠送。"为了让我的谎话听起来更像，我还说："只是房东儿子小奉后来讲，我好像没帮到他们，因为用了我送的竹炭，他的小狗嘉米甲醛中毒了。"

鲁科说："赵风风，这个故事我好像听你讲过。"

我没敢再以一副激动的样子注视着他，低下头去找花瓶时，眼泪拼了命地滴进手里刚刚折好的一朵淡绿的纸玫瑰花里。我发誓我从未讲过这么烂的故事，因为小奉我前天才认识，而且也没有什么嘉米。

三

我是偶然认识鲁科的。

两年前,我做兼职外语导游,那天带着小团队在广场。风暖和得让人们脱了外套席地而叙,鸽子悠闲散漫得边散步边觅食。鲁科进货回来,开着小皮卡在广场边停下,他站在车上,用那看起来像小山似的装着米的袋打开,给鸽子撒小米吃。

我不喜欢鸽子,总觉得有关这种生物的美好已在远古,在它还做信差的时代。但是我喜欢那样一个阳光善良的青年,站在那有些陈旧但依然有光泽的红色小皮卡上,向天空扬撒小米的那个姿势。

那个姿势,让天空和我的心共同收获了一抹金黄,很飞扬。

我记下了他的车牌号,又一个下午在广场等到它,我走过去问他:“你需要看店的人吗?”

两年来,我以各种隐隐的方式想让他明白,我放弃专业八级的英文,自荐去他店里打工,整天给顾客在电子秤上称粮食,唯一的原因就是喜欢他。

他只说我是好帮手。可我希望有一天,我回过头时,刚好看见他对着我的背影在笑。

我不知道米娅每周六来买有芯的莲米是为什么?相熟后,她总是边挑莲米边对我说:“风风,我只要一百颗,同样大小的一百颗。”

我讨厌她总是这么麻烦,甚至因为这份讨厌也开始讨厌莲米,我好几次对鲁科说:“你有没有觉得,在所有的粮食里,只有小米最美好。”我等着跟他说我喜欢小米那样细腻又不张扬的金黄色。可是鲁科他说，他还是更喜欢莲米，说莲米长得营养又文艺。

终于有一天，我难受得又对顾客发火了，还和鲁科吵架了，我承认我是故意的，因为那个下午，鲁科又在帮米娅挑莲米，他让我给他递一只小封口袋，我不耐烦地说如果全是这样有智障的顾客，那还不如换牌开慈善机构。

鲁科说我怎么这样说话。我说我没有怎样。

就是那晚打烊时，我们谁也没检查门窗，深夜台风来袭，店里进水，所有的五谷杂粮都泡着了，除了那一箱莲米，因为鲁科用小皮卡把它带回去了。

四

店里生意，像突然失语或失聪的人，无提前预约，状况就在那里了。

上午，我俩都沉默在店里。下午，我却还是会跟着他去广场上喂鸽子。小米很潮，但不影响他站在小皮卡上抛撒它们的姿势，我坐在车里只知道哭，为恋恋不舍的金色身影。

米娅已有半个多月没出现。有时候，我真的希望她能来，我希望她这个最重要的顾客能来给鲁科一个结果，就像突然失语或失聪的人，也总是期待主治医生能相告病因和结果。

大暑那天闷热，鸽子们无精打采，仿佛小眼睛被薄雾蒙住了。鲁科撒小米时，没有一只鸽子拥有往日的勇气，飞扑到他身上歇住。

我们回去时，意外地看到米娅坐在店门口。

那一刻，时间静得好可怕，我的耳朵仿佛出现了幻听，我听到鸽子们又欢快了，扑扑地飞向鲁科，好像一根头发都可以歇住一对白翅膀。

等我回过神来，米娅和鲁科拥抱在一起，然后他们还接吻了，阳光照在他们身上，让周围的一切都变得美丽和安静。而我，在阴影里。这个结果对于鲁科来说就等于，他患的是可逆性失语或失聪，而对我，却全是不可逆的。

鲁科去跟广场管鸽子的那个大叔谈妥，把店里的粮食都晒干了捐给他。

我们三个人，拉着差不多半车粮食去一个水泥面操场整整晒了三天。我们每天都围坐在操场上聊天，米娅说她前段时间是去了四川，做志愿者。

晒干的粮食拉到广场管理处，大叔还是折半给了钱。回走时，鲁科和米娅坐在前面，我在后面感觉自己的身后像深渊前面也像深渊。我没忍住泪水，鲁科从镜子里看到，问我怎么了。我说："饿了。"

他笑："饿了还哭啊，真少见，这就去吃，想吃什么就吃什么。"

我说："我是指鸽子。"

鲁科说他也正想再好好喂一次它们。他将车掉头又开到广场，取出里面留的最后一包小米，他和米娅站在小皮卡上，一把又一把地扬撒，鸽子在飞，他们也在飞。

我以害怕鸽子会扑脸为由，独自坐在小皮卡的后座里，悄悄酝酿怎么离开。

五

也许任何一场复杂的分手，都会有枝节外的劫难。

那天喂完鸽子，我们去看了一场电影《贫民窟里的百万富翁》。

出来已是深夜，我们带着啤酒又去了广场。

米娅说："我们三个人算不算三个火枪手？"

鲁科说他看了这部电影很想去参加开心辞典，就算不能像杰玛一样靠答题赚两千万，至少也可以见见亲切的小丫。

我把脸贴在膝盖上问鲁科："鲁科，你若去开心辞典，答题愿望是什么？"

鲁科的嘴角弯弯地笑，他看着米娅说："保密。"

他俩问我看了这部电影喜欢什么。我说："我喜欢那个叫拉提卡的女孩，喜欢剧中光影经过时她那金色的身影和笑容。"

正说着，广场上来了一个乞丐，摇着一把破纸扇，游魂一样地既让人心疼又让人害怕地行走着，似乎在找家。鲁科拉起我们的手跑，把米娅送到家后，我们去店里把各自的东西都收拢，要退房了。

出来后鲁科给我结算工资，他多给了一个月的。

这种慷慨让我难过，下车时我把钱留在座位上。上楼后发短信给他：鲁科，我也想见王小丫，这钱帮我也买张机票吧。

或许一切到此就该清晰了，即便是伤痛，即便是绝望，都应该有结果了。但是鲁科没有回我的短信，再拨电话已是关机。

我的心里突然像长了一个魔鬼，几乎是不加分析地，我打电话给米娅，问她鲁科是不是又到她这里来了？米娅说没有。我说鲁科不见了。

米娅大概是听出了我声音的异样，安慰说别着急，他会没事儿的。

但是谁也没想到，米娅那晚竟然也因为联系不到鲁科而不安，她深夜出来去了鲁科的住处，去过他平常爱去的一些小酒馆，最后她甚至来到广场。

再最后米娅就出事了，那个游魂一样的乞丐一直在广场游荡，见这么晚了还有人来，于是兴奋地举着破纸扇朝米娅跑来，米娅害怕，转身跑时，绊倒了，然后碰在了石凳上。

鲁科第二天一早握着飞机票去找米娅时，米娅的房门开着，手机也没拿。鲁科看到手机上最后和她通话的是我，打来电话问，我告诉了鲁科一切。

我以为鲁科会骂我，他没有，他什么都没再跟我说，只是开着小皮卡满城找米娅，他找了两天一夜都没睡觉，第二天傍晚终于撑不住，恍惚间车撞向了一棵大树。

一个月后，米娅给我邮件，说她走了，说那晚在广场，她摔倒后一直不动，那个乞丐以为她死了，吓得跑开。她一直昏迷，没多久天微微亮了，来广场晨练的人看到她，才把她送到医院。米娅说她现在样子好难看，额头在石凳楞上碰出一条口子，缝过五针，有一条像小蜈蚣一样的疤痕留下了，这样的米娅鲁科最好不要认识。

米娅是追求完美的，就像她吃莲米，都那么让常人不解地要挑一样大的。

我没有把信给鲁科看，那次事故后他脾气变得很坏很坏，我带着他换了个安静的住处，边找工作边照顾他。

三个月后，在路上我偶然遇到小奉，他说："没想到在这里遇到你这个'米呀'，前段时间我们同学结婚，我听说我那个叫'米呀'同学，从四川灾区领养回了一个孩子，真的取名叫'米呀'。"

我心里一缩，一边说小奉你怎么讲话像绕口令，什么米呀米的，一边把他的话深深地往心里疼。

晚上，我很想把这说给鲁科听，感情进行到这里，我其实早就已不知道自己的坚持有什么意义，以前我一直觉得在这份感情里，最疼的是我，是赵风风，但是现在，我觉得是米娅，是鲁科，可是在承认这一点的同时，我却觉得我的疼，又超过他们。

我几度犹豫，几次张嘴，鲁科却丝毫没有感觉到我有话要说的那种氛围，他一直低着头挑莲米。鲁科自从来到这个地方后，沉默了许多，我到这时候，依然幻想那是因为对米娅的淡望和对现在跟我在一起的安然。

晚上睡觉时，我已决定说了，因为说了再难过，睡着后醒来又是新的一天了。

可是就在我帮鲁科掖被子时，我的手摸到他颈下那只用莲芯做的薄枕垫，它是湿的，咸咸的湿。

那一刻，我在自己毫无希望的爱情里无地自容。

六

我向旅行社投的简历得到回复，一个月后我开始随一位资深的导游带团出境了。

离开的那天，我把很多希望都寄托在这样的远行里，或许远一次，再远一次，我就可以习惯不待在鲁科身边的日子，然后习惯就会变成我永远离开他的勇敢。

有一天带游客购物，我去邮局给鲁科寄明信片，有张明信片上印着一种小鸟，说是走鹃，还有相关介绍，说它是生活在美国西南部和墨西哥北部的一种速度飞快的地面鸟类。美国新墨西哥的州鸟，就是它。

刚好有个年长的美国朋友经过，大概是对鸟类有研究，他主动给我更详细地介绍了明信片上的那只小鸟。

他走后，我一直哭。

回宾馆后，我打电话给鲁科，沙哑着声音和他说了米娅，然后说："鲁科，我很抱歉，回国后，我就不来见你了。"

鲁科没有说话。

是他先挂断的电话，那一瞬间，一切都结束了，眼泪又像决堤的湖水泻涌奔流，我知道这份伤痛代表得太多，甚至包括终于获得不再希望的那浩如烟海的勇气。我又打电话给米娅，告诉她鲁科住在城南郊区，路口写着紫色的"边城彩扩"，但是那里已不是照相馆，看到它后朝前走，会看到一棵斜长的大树，现在树叶应该落光了，那么就应该可以看到门牌号，它是绿茶路59号，鲁科躲着想念她的地方。

挂断电话时，我的笑容像个没心没肺的天真小孩。

因为那个美国人告诉我说，走鹃最可贵的一点是，它们是伴侣终身制。

在听到伴侣终身制的那一刻，我想到的是鲁科和米娅。其实这么久以来，我一直都明白，他们两个，即使不在彼此身边，他们也依然有爱，即使没有彼此消息，还是很爱。

就像走鹃寻求的高度一样，即使不在天空，也在执着地用走表达飞翔。

米娅刚才在电话里哭了，她说："好的，风风，我这就去找鲁科。"

七

带团回来的那天，我打电话给绿茶路那处房子的房东，让她去检查一下电表是不是有故障。很快，房东回电说："赵小姐，你屋里没人。"

我让她等,说我很快就回。

电表在房间内,没有故障,我给房东电话只是确认一下鲁科不在屋里。房东离开后,我看到那只莲芯薄枕没有了,我推开窗户,看楼下。

鲁科和米娅,他们现在应该已为他们自己出发了吧,他们一定会很开心吧。

这季节风很凉,从窗子往里灌,缠着人,要人知道它内心的温暖,我在一种又痛又轻松的感觉里,仿佛又看见鲁科站在他的小皮卡上,向天空扬撒小米的那个姿势,那种金黄……

走鹃的爱情,在地老,把天荒。而我,何尝不是。

只是,有谁知之,所以,盖亦勿思。我顺着窗台落下身来,泪湿了双膝。

第二十八阕　爱情是一个光明的字

诗

爱情是一个光明的字，
被一支光明的手，
写在一张光明的纸上。
爱情是情人之间的一层面纱。
不肯原谅女人细微过失的男人，
永远不会享有她那美好的德行。
爱所给予的，只是他自己；
爱所取的，也只是取自他自己。
爱不占有，也不会为人所占。
因为爱身是自足的。
情人只拥抱了他们之间的一种东西，
而没有真正互相拥抱。
留下一点空间，让天风在爱之间舞蹈。
彼此相爱，但不要让爱成为束缚。
让爱成为灵魂两岸之间流动的海洋。
斟满彼此的酒杯，但不要同饮一杯。

把你的面包给对方，但不要吃同一个面包。
一同唱歌、跳舞、欢乐，但要保有自我。
就好像琵琶的弦是分开的，但同奏一首曲子。
献出你们的心，但不要把自己的心交给对方保管。
要站在一起，但不要挨得太近；
因为庙宇的支柱是分开竖立的，
橡树和柏树也不在彼此的阴影下生长。

——纪伯伦

意

爱情，就应该像春天一样，是明媚的，是明亮的，是温暖的，是和谐的，而要做到这样，就不允许有欺骗，不允许有功利。还有，不允许没有自我。

我们要彼此相爱，但是不要让爱成为我们的束缚，要知道爱是一首歌，它要成为我们两个灵魂之间流动的音符，让我们彼此相知相惜，那才是最完美的。这也如同喝酒一样，我们彼此把对方斟满面前的酒杯，但是我们不饮同一杯，这样才可以共同举杯，相视相醉。

把我的心完完整整地献出来给你，但是我的心虽然在你这里，我还是得自己保管它，因为那样我才能知道我有多爱你，也才能感受到你也有多爱我。

明亮的爱，是爱得彻底却又可以好好呼吸，不窒息。

纪伯伦（1883—1931），黎巴嫩阿拉伯诗人、作家、画家，被称为

“艺术天才”、“黎巴嫩文坛骄子”,是阿拉伯现代小说、艺术和散文的主要奠基人,20世纪阿拉伯新文学道路的开拓者之一。纪伯伦一直认为要唱出“母亲心里的歌”,因此作品多以“爱”和“美”为主题,通过大胆丰富的想象和象征手法,表达他深沉的感情和远大的理想,或许正是因为有这样的大爱在心里,他曾说:“整个地球都是我的祖国,全部人类都是我的乡亲。”

情

爱情的意义,不在于向往春天,而在于身在春天里。人与人之间,有时候就是这么奇怪,有的人,认识你再久,也给不了你一个春天,说得再多也都涩涩地陌生着,而有的人,刚刚认识,却可以在一个微笑里就为你呈现万和之春。

青芽的茶

一

这才入秋，李青芽就跑了一趟杭州，一趟云南，足足地备了可卖到明年春天的货。

看着它们满满地陈列在橱柜里，青芽总感觉有一股特别浓厚的香扑面而来，就像她的爱情。

因为这爱情，在青芽的眼里，冬天是最美的，再冷，冰冻三尺，也是最美的。冬天里，属于她的纪念日太多，圣诞节算一个，周中生的生日，情人节，甚至小寒大寒也是算的。

青芽是做茶叶生意的，店不大，但做得精致有品位。她之所以要在入秋就把货打回来，为的就是等到冷起来时，她就不跑了，不挪半步，守着她的店，让周中生每天下班都能看见她，喝她沏的茶。

青芽和周中生认识三年了，之前一直像两个既害羞又懂隐忍的小孩，平日里的相处，是论朋友多一点，说恋人又欠一点。直到去年冬天，两人的话和眼神都才清澈起来。

那段时间周中生丢了工作，很郁闷，再找工作，总是生出诸多的不如意来，他跑着跑着，常常就会来到青芽的店里，青芽给他沏最好的茶，热茶的香气在两人之间徐徐上升着，渐渐地，两人的话也就不在表面了，而是打心里出来了。

青芽很清楚地记得，圣诞节那天，刮了一天的北风，她想也许周中生不会再来了，因为前两天，他找到了好工作。但是到了傍晚，她正要关门，周中生抱着点心和一包蜡烛冲进店里。

天黑了，蜡烛们都点着了，北风夹着雪花在街心窜，周中生带给她的幸福也在烛光里窜。

那天的热乎话，好像怎么也说不完。周中生竟然能记得自己和她是哪天认识的，她帮他做过何事，甚至连多数情况下她穿什么衣服他也记得。周中生带给她的礼物是一管护手霜，他说青芽去年你的手冻伤过，今年你要护好了。青芽心里一热，跟着眼里也一热，能被一个男人记住那么多，是爱了，一定就是了。

周中生还说，青芽，你就是一道茶。夜深了，周中生没有走，青芽的松木床上，是小青花的被套，他们像两根茶叶，因为温度，慢慢舒张慢慢拥抱。

随后，大寒来到，但是因为有这样的拥抱，青芽都觉得在春天，再以后的生日、情人节，也都是幸福得心动不息。

今年的冬天，节日同样多。

二

但是，还没到圣诞节，准确地说，离圣诞节还真远，十月十九日那天，青芽就失望了。

周中生那段时间很忙，青芽有好几天未见他。青芽是个知大知小的女子，一般的情况下，不会打电话打扰他，怕他正在会议上，或是对面坐着客户。她喜欢在QQ上找他，她在，他也在，是忙是闲，她都可以悄悄递过去她的话。

周中生一直没上线，傍晚的时候，他来了，他的旁边，近近地站着一个人。青芽高兴，这一定又是他为自己带来的顾客，他知道，多数茶叶每每到了秋天，是让经营者犯愁的，因为来年的新茶上市得越来越早，如果货备多了，怕是卖不了，新茶一上市，陈茶便再也不会有人来买。

青芽刚想问客人看茶叶是自家用还是送礼，周中生说，这是我的女朋友。

青芽的脸先是苍白了，很快又泛起了红晕，红到耳根。中生是在向熟人说自己呢。

可周中生接下来第二遍作介绍，还加了明确所指的字眼，他说，青芽，这是我的女朋友汪晓，她来，给公司买茶叶。

青芽的指头几乎要插入柜台的玻璃里，稍稍抬起，却又抖得仿佛连玻璃也松动了。最后，她说出来的是，对不起，本店今天盘存，不营业。

周中生不敢看她，拦了车让那女子先走。青芽转身去桌前坐下，胡乱地在网上点着，周中生坐在她对面说青芽，我们好好聊聊。

说是好好聊聊，却又不聊她和他。周中生一直说那个汪晓，说她是他大学同学，几年前出国，上个月回来，他像去年圣诞节晚上一样，无比清晰地讲了他和汪晓在大学里的很多事。

青芽的眼前不断地浮现着他们在一起的画面，周中生把汪晓带来给她看，是要表明他原来的爱回来了，从此再也不会丢了，而她，成了一个多余的人。

青芽，对不起。他最后说。

有对不起，就是对不起，再明明白白地说了，还是会对不起。青芽仰着脸伤心地想。

她不敢低头,怕一低头,就会哭,也不敢正视周中生,那样眼泪也会流,她走向前去迎接正往店里走来的顾客说,先生,您好,是要看茶叶吗?

接下来就是一番生意上的打理,等送走顾客,周中生已走。青芽靠着柜台,背对着街心,看着橱柜里陈列得满满的茶叶,哭出声来。它们就是为陪伴而存下的满满心愿,要陪伴的人走了,这满屋的心愿如何安置?

三

周中生说了对不起后,就再也没来过。他和汪晓,也许还在这个城市,也许去了外地,消失得与她那么无关,却留给她一大堆与他有关的东西。

生意一样是一种生活,做的人不快乐,生意也就不好。看着店里的那些茶叶,青芽觉得难过,她不愿意那堆原本要清香一冬的东西,在自己的怨念里落满灰尘。

附近街上有家咖啡馆转让,青芽没有犹豫接了过来,简单改装成后,就成了茶楼。

一个朋友说青芽傻,说她和周中生分手是分手,她的茶叶是她的茶叶,有必要非得联系到一块儿,非得为证明点什么,而要倾其所有去冒险吗?卖茶叶和卖茶水是两码事,而且那条街上,已有好几家茶楼。

青芽没有退缩,她是真的想要在一种来来往往的热闹里做成一件事——等到冬去春来时,她的茶,无一沦为陈年弃品。

青芽想了很多种办法要来好好经营茶楼，因为天冷，附近的咖啡馆酒吧之类的，在冬天一般凌晨三点就打烊，她的茶楼，不打烊。

一切进行得都还好，朋友来了，说青芽的努力里透出的狠，像恨一样的狠，像冬天逐渐加深的寒意一样，越发冷，就越是有劲儿在支撑着她。青芽听了会笑，心里却酸，只有她自己知道，那不是恨，还是爱。

一个瘦弱清冷的女子，要在这样的场所里独当全面，还是难的。一遇到难，青芽就特别想周中生，想他护站在她的身前，在身后紧紧抓住她的手。

那天已是凌晨四点，来了几个喝醉的客人要醒酒茶，服务员沏好送去，可是不出两分钟，有人闹事了，把脚搁在桌子上，说是剩茶。

那是茶楼开业一个月来第一次遇到这样的事，所有的服务员还有茶艺师都害怕地看着青芽。青芽上前百般礼让，但他们一个个面目仍然狰狞，叫嚣着，只要钱来说话。

青芽跟他们讲道理，他们吼叫着根本不听，其中的一个见青芽瘦弱，还端起他们的那壶茶，说，你说你的茶没问题，那么你全喝下，连同茶叶。

青芽没有办法，说好，伸手要去接。但手却被另一只手摁住了，青芽回头看，是最近一直坐在窗边独自喝茶的那个客人。

他接着拉过最嚣张的那一位说过几句话后，那帮人摇摇晃晃地走了。

他回来笑着对青芽说没事吧，你要是顺从了这些人意思，日后可得有苦受。

青芽听了，心里有多想说这话的是周中生。在说谢谢时，她的眼泪也跟着出来了。她转过身，亲自给他沏好一壶茶。

四

自从那天沈然帮助青芽后，每每他来，青芽都会亲自沏一壶茶送过去，若是没在工作，也会坐下来跟他聊聊天。青芽觉得人与人之间，有时候就是这么奇怪，有的人，认识你再久，也给不了你一个春天，说得再多也都涩涩地陌生着；而有的人，刚刚认识，却可以在一个微笑里就为你呈现万和之春。

原本以为沈然是做律师的，说起话来会显得理智生硬，与之交谈得处处小心，恐怕被抓住一个大不了的错误而听尽理论。但是沈然不是这样的，每当青芽给他端过来茶，在他对面坐下来，他都是微笑着看着她。接下来，不论聊什么，就会感觉他是一个老友，可以觉得轻松，轻松得每每让凌晨三点，也像一个温暖的吸满阳光的午后。

虽然更多的时候，沈然深夜来茶楼只是为了独自理清思绪，整理一些案件资料，但是青芽知道，这才营业不到两个月的茶楼，因为沈然，让她感觉到一丝别样的气息。

她喜欢在沈然没有工作时，走过去更多地获取这种气息，看到一些美好的东西。圣诞节到了，下午两点睡醒后，青芽拥着那床小青花图案的被子，她以为自己会哭的，但是她没有，她很愉快地起床往法院赶。昨天她笑着问沈然在法庭上是什么样子？沈然说明天下午两点半，有个案子公开审理，我等你去旁听。

那是沈然的另一种精彩，机智得让人喜欢。她坐在最后一排，但她接到过沈然投过来的目光。闭庭后，沈然牵着青芽的手，走了很长的黄昏街道，然后带着她去吃饭。这个圣诞节，有点庄严有点怀旧，但是却让有些东西变得很远，有些东西变得很近。

青芽的生日，和春节重合了。茶楼里雇的人都回家过年了，青芽打开茶楼里大大小小的灯，一个人等着沈然。

沈然也不回老家过年，两个人的茶楼，两个人的除夕，两个人的新年，两个人的生日，一层又一层的陪伴，让青芽感觉到从未有过的安稳和踏实。她坐着靠在沈然的肩头，直到睡着。

五

那天上午，青芽盘存了茶品，发现已经所剩无几了，她很欣慰地笑了，原来圣诞节、小寒大寒、生日、春节都远去了，冬天也一日一日地还在往尾声里走，许多东西都该彻底结束了。

但是下午，青芽却意外地在邮箱里收到周中生发来的电子邮箱，是前几天，情人节那天发的，他说他所在的城市一冬无雪，今天却倒春寒，雪下得很大，他想起了她，每点每滴都想起了，落在心里，融化了，又落下，又融化，再落下，他说他现在才知道，她才是自己最愿意拥有的，他真的想再喝她沏的茶。

这封信青芽曾盼了整个冬天，无数次地以为等到看到它时，心里一定是甜蜜翻上盖过痛苦。可是现在面对它，青芽分明很淡然。

往事以及往事中的人，所能带给她的触动，都已经结束了，这封道歉的信，现在读来，不过就是挤在一起的一堆汉字而已。关于周中生的一切，结束了。她现在最重要的事，就是安静地等沈然回来。

情人节那天一早，沈然打电话说青芽，我爱你，但我现在在外地，我给你准备的节日礼物，已在路上。

放下电话，青芽笑了，她喜欢沈然从一开始就带给她的那种挺殷实的心安。今天，她刚盘存完陈品，就收到了沈然的礼物，不是玫瑰，不是巧克力，而是一盒2008年的新茶。

青芽知道，这才二月中旬，新茶不可能普及市场的，沈然弄到它，是不容易的。从来没人给她送过茶叶，青芽明白沈然，这个冬天让他们已经格外熟悉和知心，他是希望在他的陪伴下，她有新的美好，宛如涤清过往，长出新芽的一株新茶一样。

青芽的茶，不陈年，得一个年头一个年头地往前更新着赶，但是青芽的爱，会陈年，陈年在春天里。她和周中生之间，也许再多这个冬天，就可以看到永远，但她和沈然之间，却因为这个冬天，已经看到了永远。青芽这样回了周中生的信。

第二十九阕　竹枝词

诗

杨柳青青江水平，
闻郎江上唱歌声。
东边日出西边雨，
道是无晴却有晴。

——刘禹锡

意

道是无晴却有晴。有时候，爱情就是要来折磨人的，它明明在，却又让人难以言表；它明明在，却总又让人突然感觉到它朦朦胧胧。那种有情无情之间的滋味，真是意味深长得让人为它几近疯狂，然而往往最令人心动、最让人茶不思饭不想、最让人魂不守舍、最让人想入非非、最让人无语泪先流的，也就是这“道是无晴却有情”吧。

刘禹锡（772—842），唐朝文学家，哲学家，唐代中晚期著名诗人，有“诗豪”之称。他的家庭是一个世代以儒学相传的书香门第。《竹枝词》是巴渝一带的民间歌谣，刘禹锡在任夔州刺史时，依照这种歌谣的曲调写了十来首歌词，以本篇最为著名。

情

有时候，爱情很简单，简单到它就跟天气一样是有脉搏可寻的。空气是有脉搏的，如果它脉象清澈，欢天喜地，就一定风和日丽；如果它沉着凝重，惝恍迷离，那么肯定就会下雨。爱情的脉搏，同样如此？爱情有没有，也可以用心寻到，如果它脉象清澈，欢天喜地，就一定有；如果它沉着凝重，惝恍迷离，肯定就不会有。

孟加拉的爱情脉搏

一、我必须和你握下手

对面新人随主管去领电脑时，我把他放下的仙人球放回到他桌上，像这样抗辐射的样板植物，还是送给抗常规的样板人物比较好。

今天本来天气好，云不带乌，风不沾尘，俞雷还打电话说一起吃午饭。要知道，我和俞雷的关系，在不咸不淡中跋涉了许久，好不容易今天阳光带出好运来，可这一切，都让这破新人给弄得没味道了。不晓得他使了什么伎俩，让主管觉得他就业了就跟他儿子就业了一样兴高采烈，老头儿当场宣布，今天去桃源吃午饭，兼开会，不准请假。

而且，老头儿高兴得连语言腔都由北窜南，当大伙儿问他新人姓什名谁时，老头儿竟一口广东腔："孟加啦！"

我们笑得人仰马翻，孟加拉？国际友人？

早就听说此人与老头儿沾亲带故，整个招聘的过程中为他一路担保。这样的新人，我们当然是排斥的。笑过一阵后，大家埋头干活儿，我去倒水。

回来时，却发现这两人从办公室中央转移到了我那一向安然自在的窗边小角落。

"夏呈呈，孟加坐你对面。"老头儿说。我很不屑地嗯了一声。

这时刚刚一直像个闷葫芦的孟加，却从随带的阿迪大背包里变戏法式地拿出一盆仙人球，放到我桌上说：“以后多关照！”

带刺儿的见面礼！我可不敢要。他回来看到仙人球被我放到他的桌上，笑了一下，没说什么。我心里骂，这人太假，明明是带来放自己桌上的，却还假装要送个人情。

几天后，新人在最下面那个抽屉里看到一副乒乓球拍，疑惑地问我。我头也不抬地说：“你来前，这张空桌，是我们在工作之余用来打乒乓球的。此后，它得用来养仙人球了。”

没想到他听了会突然从桌面上伸过手来，说：“夏呈呈，我必须和你握下手！”

十分钟后，我在QQ上疯狂地呼叫俞雷，我说公司里的那个新人孟加拉，神经比较大，本来他喜欢打乒乓球没错，可他竟连乒乓球的背景资料从起源开始背诵，听得我不得不拉过耳麦，调大音量。

二、他的每一声叹息，都能吹起我的忧伤

晚上我加班到十点，以为都走了，抬起头，却看到孟加拉，他干坐在那里像个大傻。关电脑前，我见俞雷在线上，呼他，好几遍央求他来接我，我请他吃夜宵。

俞雷回话说：“唉……我已经上床了！”

我突然觉得我自己也有点像大傻。上个周末和俞雷见面时，他说过他这人不喜欢别人逼他做他不愿意做的事。

孟加拉说：“夏呈呈，你忙完了？那么一起走吧！”

夜风很凉，心里也凉，俞雷说他已经睡下我才不信，他住处的电脑，是庞大的台式机，他是抱着台式机在床上上网吗？

孟加拉见我不说话，找话说："告诉你，其实连空气，也是有脉搏的，如果它脉象清澈，欢天喜地，就一定风和日丽；如果它沉着凝重，惝恍迷离，那么肯定就会下雨。我估计明天是阴天，因为此时的脉象，有些深不可测。"

"鬼扯！空气还有脉搏？那生气不也有？"我斜了他一眼说。

他乐了，说："夏呈呈，说得太对了，据我观察，你生气的脉搏，也有点深不可测。"

我笑了，笑完却又心虚无止境。我在想俞雷的叹气，那才应该是深不可测的。跟他在QQ上聊天时，他老喜欢用"唉"，有时我懂，有时我不懂。但是自从我发现我爱上他后，他的每一声叹息，却都能吹起我的忧伤。

三、天上掉鞋的事儿你没见过，我见过

有一些记忆，得用特别的方式来记住。比如任何时间，女孩身上都得带点零钱，比如任何时间，相同的错，女孩都不要犯第二次。

中午我边吃自己带的便当边在网上玩。达芙妮网站上有双鞋子让我爱死了，正巧俞雷说他想体验一次远足。我大喜，赶紧跟他说，陪我去趟达芙妮就是远足。我和俞雷的住处都在这个城市的北端，而达芙妮专卖店在南端，南北距离，走下去，大概得要三个多小时。

他答应了。顿时我觉得我那忘了放盐的土豆丝是山珍海味。

星期六，大街上总是特别热闹，沿途都有促销的，很多都会送给行人印有商品LOGO的气球。每一次，我都伸手接过。因为俞雷在身边，今天的一切都美丽生动，我想我一定可以赚到100个气球，然后穿着新鞋，牵着它们走在回来的路上。

刚开始俞雷也都帮我拿着，但当我们行走到这个城市的中央时，俞雷开始拍手里的气球了，啪的那一声，似乎很能带给他快乐。

于是我更贪婪地向别人要气球，我想没有什么比他的快乐更重要。可当经过了一段维修路段，他把手里最后一个气球也拍破了时，我听到了他的叹气声，我心里的忧伤又被吹起，原来那啪的一声，不是快乐，而是他在不情愿。

他坐车走了。我一个人坚持走到达芙妮，我试了看中的那一款，它很漂亮，但我却没买下它。早上出门时，我穿着裙子，我想轻快地跟着俞雷走，所以我连包也没带，我把钥匙穿进项链，把准备买鞋的五百块钱放在俞雷的钱包里。

回来的时候，依然有人送气球，我不敢接，它们膨胀着鲜艳，而我的颜色是孤单的。走得太久，我的旧鞋坏了又坏，直到还剩最后一站路时它再也挂不上脚，我扔了它，赤着脚走。

步行砖很光滑，明明是有阳光的，脚心贴上去还是感到硬硬的凉。

没想到刚走几步，就“啪”的一声，有一双鞋从天而降，正好落在我的面前。连陌生都来欺负我，我的委屈再也忍不住，仰着脸哭着对楼上叫：“谁啊？”

孟加在三楼的窗口笑，看到我的样子，他的笑容僵住，着急地喊：“呈呈，站在那里别动，我马上下来。”

那是一双男式的凉拖，43码，但它让我的脚心感受到已温暖起来的脉搏。孟加下来，见我泪流满面，一把抱过我，说：“呈呈，告诉我，是谁欺负你？”

我没说，我穿上大大的凉拖，说：“孟加，把我送回家。”

四、我很安静地站在他的黑名单中

我感觉到俞雷其实在放弃我，或者说，他从来都没想过要来拥有我。

一连好多天，我在QQ上给俞雷留言，他都没有回答我。

一个月后，同事从海南回来，带给我咖啡，我不喝它，想着俞雷曾说，他的工作就是电脑加咖啡。那天外出办事，我就顺便给他带过去。

俞雷不在，他的同事说他去经理那里了。坐在他的桌前，我等了半小时，走的时候，我告诉自己不值得哭。

俞雷的QQ开着，他的同事要传文件给他，要我帮忙接一下。然后我就知道了俞雷不理我的理由，原来不知什么时候起，我就已很安静地站在他QQ的黑名单里。

晚上部门聚餐，我喝了一杯又一杯白酒。我喝醉了，闹着要去喝咖啡，他们都不去，孟加说他陪我。

到了咖啡店，我却跟人要绿茶。我的声音很大，我听到有人在笑。我明白那不见得就是讥笑，但是它还是让我自卑了。

我紧紧地抓住孟加的手，说："孟加，我们离开好不好？"

五、爱情的脉搏在手心里

从咖啡店出来，我哭着问孟加："孟加，爱情的脉搏，要是怎样的，才是真的？"

孟加拉着我的手，好一会儿不说话，后来他蹲下身体，把我绕到他身后，他说：“呈呈，上来，我背你。”

他背着我，将我的双手放在他的胸膛口，低着头，一步一步往前走。

我的眼泪滴在他的肩头，突然明白他在表达什么。

从他刚来公司不久，抓过我的手要跟我握手的那天，我就知道，他在我的生活里，会与其他的人不同。那天他跟我握手时，他的手里有刚写了墨迹未干的几个字，虽然他的字体潦草得呈游离态，虽然它们被他紧紧地印在我的手心里后就成了反的，但是我还是看清楚了，它们是：我喜欢你。

而且，也是那一次，我知道了，脉搏真的许多地方都可以感受到，比如空气，比如态度等。那一次，我就在那几个字的下面感觉到了，字下，是他的手，手心里，轻轻有跳动，有一层羞涩，有一层甜蜜。

现在孟加也是要告诉我，爱情的脉搏，有没有，是不是真的，身在其中的人，其实很早就已明白。如果它脉象清澈，欢天喜地，就一定有；如果它沉着凝重，惝恍迷离，肯定就不会有。

第三十阕 爱

诗

我爱你，
不光因为你的样子，
还因为，
和你在一起时，
我的样子。

我爱你，
不光因为你为我而做的事，
还因为，
为了你，
我能做成的事。

我爱你，
因为你能唤出，
我最真的那部分。

我爱你，
因为你穿越我心灵的旷野，
如同阳光穿透水晶般容易，
我的傻气，
我的弱点，
在你的目光里几乎不存在。

而我心里最美丽的地方，
却被你的光芒照得通亮，
别人都不曾费心走那么远，
别人都觉得寻找太麻烦，
所以没人发现过我的美丽，
所以没人到过这里。

——罗伊·克里夫特

意

上天是慈悲的，它从不会给了你生命，然后让你孤单，一定会有那么一个人，是在上天的旨意下，来与你相遇。有关爱，便懂得了爱你，不仅是因为你的样子，还因为和你在一起时，我的样子；不光是因为你为我而做的事，还因为为了你，我能做成的事；爱你，就是因为你能唤出我最真的那部分……

因为爱，我们是同一颗心，长在我们两个人的身上，我们是同样的样子，我们是同样的真诚，彼此都有，你原谅我的一切不足和缺点，我们相爱，我们发现我们的美丽。

罗伊·克里夫特，爱尔兰诗人。很奇怪，几乎找不到他的任何详细一点的资料，但是他的《爱》，却如此隽永动人，那么我们只用记住，罗伊·克里夫特曾经的存在，是为了《爱》，《爱》是罗伊·克里夫特的，它的存在，就是他的存在；它的美好，就是他的美好。

情

许多事情都是如此，得既有风景，又有欣赏风景的人，才是完美的，才会有盛大灿烂的包围，就像天掉下水，水映着天；就像眼落了泪，泪映出心。

我有自己还有个你

一、长命百岁的伞

人的一生中，有一些下午是要用来发呆的。

有人望着蓝天，发高傲的呆。有人把腿搭成“4”字形，发缺乏礼仪的呆。

穷人发繁星一样的呆，望着茫茫夜空闪烁的星星，数着一个、二个、五个……然后问为什么这，为什么那。

而富人们，全没空发呆，他们从没工夫数星星，他们要照顾他们心里那一匹很俊很俊的骏马，跟着它一起跳脱缰绳，迎向希望。他们的繁星，在别人看不到的天上，在他们心上。

2006年8月29日下午，阳光落落大方地灿烂着，有11个人坐在体育馆大操场上发呆。

丁答的山地车，在他们面前刹住，夏风撒野般地从身边飞过，却怎么也带不走他发梢的汗珠儿。

丁答仰望着天，他的风筝飞得很高，把他的心也带到了天上。

突然，他微笑着松开他手里一直举着的那把紫底白花的伞。很快，那把小小的伞被那只巨大的风筝给带走了。

当伞越来越高时，那11个发呆的人，像是接受了某种暗示，从草地上坐起来，同时把双手拢在嘴边，冲着草地尽头那幢居民楼喊道："吕记馨，吕记馨，快看快看，丁答让降落伞上天了！"

他们是丁答请的群众演员，是来体育馆打乒乓球的中学生。

吕记馨听到声音，走出房门，出现在阳台，她看到了丁答，探身望了天空一眼，然后下楼来。这时，那11个小男生，从丁答手里拿去演出报酬——每人一张恒温游泳馆的全天券，快乐散去。

没有人知道，吕记馨走近丁答时，对他说了一句话，她说："丁答，其实是这样，即使是你坐着风筝飞上天，也是没有用的。"

阳光下，丁答的身影很长，像黑灰色的虹，吕记馨的身影很冷，像舞台落下的帷幕。

丁答静静地，比他发梢上的汗珠还要静。

吕记馨仿佛没有工夫再多说，转过身往回走，她踩着经过丁答的腿、屁股、胸膛的影子时，丁答竟然感觉到一些疼，就在她的脚刚刚要落在他的影子肩时，他咬断了系在车把上的风筝线。

风筝落地了，那把被阳光穿过，暖成透明的小伞，也沉沉地落到吕记馨的前面。

丁答终于开口说话了，他站在吕记馨的身后，低低地说："记馨……请等一等……"

吕记馨停下脚，却没有转过身来。

"一把伞的生命没多久的，雨淋久了它会坏，阳光晒久了它会褪色，伞的主人不在意它会丢失。但是如果这把伞被我带回去，它就既不会被雨淋，又不会被阳光晒，也不会弄丢，因为你不要它，它就会陪着我的伤心难过，然后长命百岁。"丁答说。

二、红着脸骄傲

从2004年春天开始，丁答就一直在用各种方式表达着他对吕记馨的喜欢。

记馨每个周末站在阳台上拉小提琴时，丁答都会从游泳馆里跑出来，坐在操场上的草地上听。

有时候，害怕被她瞧见，他还会仰躺在草地上，用一种很放松很放松的姿势，仿佛他只是觉得下午的阳光好，他只是要搂着草香睡下午觉似的。

有一回，记馨拉《匈牙利狂欢节》太投入，有人站在阳台上骂："喂喂喂，楼上的那谁，我家孩子再有八个月就要高考了，别制造噪声影响他学习好不好？"

记馨的琴声戛然而止，她吐了一下舌头，抱着琴想闪躲进屋里。

但是躺在草坪上的丁答却跳起来对着那位家长大声喊："人家周末才有时间拉琴的，再说大婶，高考也不是那么难的。"

那人大概知道丁答，便生气地冲他叫："小子，你说高考不难，那你为啥不去考？"

丁答涨红了脸，支吾着说："谁说不难就得一定去考？"

吕记馨把琴搁在阳台上，看着丁答笑了，下楼来跟他聊天，一直聊到太阳也想把草地晒成晚霞的傍晚。

记馨说她不会游泳，丁答听了好高兴。

一连半个暑假，丁答都带着记馨去大操场前面，他大伯经营的那个全城最大的恒温游泳馆里教她。

记馨很瘦，瘦到那件浅蓝色泳衣上的小红花，开在她身上就像是开在游泳馆里又平又净的蓝色瓷砖上一样。这让丁答总是不敢抬头看她，仿佛是害怕因为他在看着她，那些花朵就会开到了自己的脸上。

但是丁答后来还是偷偷地看过一次。

那天太阳很大，记馨下楼来带了太阳镜，跳进水后不知把它放哪里好。于是丁答帮她戴着它，他浮在水面或潜入水里都戴着它。

记馨指着笑他傻，他便像条调皮的小鲸鱼，在水里蹿上蹿下地说他其实是想看看，这样一来，水里是不是就有了黑夜和深渊。

丁答像守护公主般地，总是游潜在记馨周围半米处，自己不靠近，也不让任何人靠近。

那天记馨游累了，像条透出来吸氧的小鱼一样，把脸搁在水面，眯着眼睛，仰着头朝向阳光。半米外的丁答很久很久地看着她，既开心又沮丧，记馨那一脸的美好多灿烂，但是那种美好却告诉他，她闭着眼睛红着脸却也是在骄傲的。

三、水下三千尺

2005年初秋，吕记馨要去音乐学院进修。

走的那天下午，她没有告诉丁答。

那天下午，因为回笼夏，天气很热，丁答在体育馆的浅水池教两个小孩游泳，当有同学说看到记馨背着行李去火车站时，丁答在水里感到回笼夏到了深秋，他从水里猛地蹿出来，抓了衣服就往火车站跑。

他的泳裤外面套着马裤，T恤里外反穿，前后反穿，他也没带一分钱。即使如此，守门大爷那辆自行车也并不能理解这样一个狂奔者的心。丁答大汗淋淋地在街中蹬行时，它冷漠地掉了链条。

等到丁答满手油污地搭好链条再出发赶到火车站时，就只看到载着吕记馨远去的火车尾巴，它灰得都不像一句告别的话。

丁答回到体育馆里，一言不发，站在池边许久，然后突然仰着扑向游泳池，他一直和衣浮躺在水面上，像一片离开枝干的大树叶一样，因为心飞远了，水也平静了。

初秋的天空高而蓝，有个孩子牵着大人的手经过游泳池，指着他对大人说："快看，蓝天掉进游泳池了啊，咦，这个哥哥，躺在天上。"

丁答哭了，眼泪滚进水里。他知道，记馨不辞而别，是因为觉得他不够好，就像这么久以来，她一直对他笑却从不对他讲心里话，也是因为觉得他不够好。

哭过后的丁答开始去找人学贝斯。

漫步琴行里的那个中年男人，看了身上毫无艺术气质的他一眼后，扬出十足的骄傲问他："音乐是什么？你如果说得清楚，我就收下你做学生。"

丁答低着头，憋红了脸，但是他的回答，让面前这个叫吉卡的长头发男人笑了。

四个月后，记馨回来休假，丁答去火车站接她。丁答一直冲她微笑，他没有问她走的那天为什么不告诉他？也没有说他那天从水里跳出来飞奔着来送她时，被泳裤渗湿的马裤让一个过路的女生尖叫着对男友说："难道这是传说中的汗衣宝马，骑个车，都还湿透了衣服？"

他提着她的行李，安静地走在记馨的左手边，问她在音乐学院进修的一些事情。他突然想起第一次见吉卡时，吉卡的问话。于是他问她："记馨，你说音乐到底是什么呀？"

当时他们正好经过大伯的游泳馆，很少的人在游泳，水面波光仿佛荡漾了半个天空，记馨看着水池就说："丁答，呃，你看，音乐就是可以让我的心，静到水下三千尺的东西。"

她的话让丁答高兴得把这半年来的沮丧和失望都翻出来修改。

丁答欣喜地发现，原来他不是孤单的，他也是不该忧伤的。因为那一次，他急红了脸，回答吉卡说："音乐吧，就会在蓝天上，然后又会静静地落到水里。"

默契是这世上最能让人保持信念的一种美丽。记馨说水下三千尺，原来他其实也早陪她在水下三千尺吧。

四、降落伞的意义

2006年的夏天，记馨说："丁答，谢谢你，让我认识吉卡。"

这世上，人与人之间还真是说不清道不明。没想到吉卡和记馨很是投缘，仿佛都有一种相见恨晚的感觉。

自从记馨陪丁答上过一次贝斯后，记馨天天都往漫步琴行跑。

没多久，她和吉卡还在这个城市里聚拢了一批音乐人，成立了一个音乐小分队，他们这些人整天泡在一起，他们创作了许多首歌曲，其中有一首，没有歌词，旋律却总让记馨笑着落泪。

那天，在游泳池边，记馨用小提琴把它拉给丁答听。

丁答刚刚给一个暑期班的孩子上完游泳课，有些累吧，他听完后，笑着说："记馨，你那歌，怎么那么像奶奶屋里，用竹箕滚黄豆的声音，低溜溜、低溜溜地滚啊滚。"

记馨笑得捂紧肚子，笑完后看着像木头一样的丁答，抱着双膝望着窗外不说话。他逗她，她木然地笑笑说："快去冲下凉，然后我们去吃饭吧。”

转身去冲凉的丁答，看到记馨还是抱着膝在那里发呆。

丁答的心，像是被水泡过的皮肤，苍白着，还有丝丝缕缕的皱纹。

这样子的记馨，让他开始慌张。他知道，记馨其实是在意他不能像她和吉卡那样理解音乐的。

没多久，记馨和吉卡筹划的一场水上小音乐会开始了。那天，来了许多人，都围在那个大大的泳池边。丁答跑前跑后，生怕自己帮不上忙。

掌声、波光会聚出别样的效果，丁答打心底里为记馨感到骄傲。

待到记馨和吉卡的那个合奏要上台演奏时，记馨手腕上的紫水晶突然脱钩掉进水里。丁答知道记馨喜欢它，简单的丁答竟然只知道记馨喜欢的东西掉落了，他没有多想，没半点犹豫，从五米跳台上一头扎下去。

如果那一刻时间可以定格，丁答和那串紫水晶一定会同时定位在跳台和水面的半空中。

可是，那一跳并没有这样完美。丁答跳下去时，手臂不小心挂到吉卡身上的吉他背带，一起跳下去的，除了丁答，还有吉卡。

吉卡不会游泳，也没任何防护知识，他的腿受伤了。

在医院里，有个实习的小护士不懂规矩，说大哥哥你这伤势可能要被截肢时，吉卡突然像个女人一样在医院里闹，他大声骂着丁答，举着枕头赶记馨走。

记馨不走，蹲在吉卡病床前的地上，抱着膝盖，一直哭。后来吉卡骂累了，靠着床那么静静地坐着，记馨也哭累了，靠着床脚呆呆地看着吉卡的点滴瓶。

时间静得可怕，那一刻，丁答觉得自己好多余，他轻轻地带上病房的门，转身离去时，终于向自己承认了一件事，尽管之前他也这么认为，但是之前他从不敢向自己承认：他其实知道记馨一直是多么喜欢吉卡，假装不知道，只是骗自己，给自己一个不会存在的希望罢了。

半个月后，吉卡出院了，悄悄地走的，没有告诉记馨。记馨提着粥来到病房，在空空的病房里坐了一个下午，丁答几次过来拉她，她都不跟他走。丁答明白，他让吉卡受伤这件事，就算再无意，他也是犯下大错了，记馨不理他，就是不原谅他。她似乎都觉得他制造的意外，挫断了吉卡对于那场音乐会以及她和吉卡之间许多共同事物的完美。

那以后，记馨突然喜欢上了跳水，这个夏天剩余的日子，她每天下午都会来游泳馆，一次又一次地从五米的跳台上跳下去，再出来，再跳。

丁答总是坐在水池边，呆呆地看着她，丁答后悔那一年他教记馨学会了游泳，不然的话，她第一次这样折磨自己时，他就可以救起她。但是他又多么不希望她不会游泳，因为如果有一个瞬间他不在她身边，她遇到危险了怎么办？

感情的事总是这么柔软，让一个男孩的心变得不知所措，因为不知所措，他在心里记着记馨跳水的次数，一次、两次……记得越多，心里却越是疼爱，最后因为一次一次的疼爱，丁答又开始在心里骗自己，又开始给自己希望，总以为只要守在她的身边，就好。

这样一直到丁答第二次为记馨哭。

那是在记馨跳了1000次水的那个下午，跟以往不一样，那次记馨跳下去后，好一会儿不浮出水面，他猛地扎进水里，潜下去找她，看到她蹲在水底，他牵住她的双手和她一起浮出水面，不知为什么，脸上都是水，他却明白记馨刚才哭过。他跑出游泳馆，阳光下，他的脸黑黑的，他的眼圈红红的。

记馨走过来，牵起肩上的浴巾角帮他擦去眼泪，然后说：“丁答，有些事是不能挽回的，人是不能逆心而行的。嗯，就像降落伞的意义，不是为了飞上蓝天。”

那天晚上，丁答失眠了。

快天亮的时候，他突然觉得，降落伞也是可以飞上天的。他很想在记馨走之前，把这个答案呈现给她看。

于是在2006年8月29日那天，丁答从大伯抽屉里拿了十一张全天券，请那些小男生一起来见证他的降落伞飞上蓝天过。

但是他好像做了一件很丢人的事，他的降落伞没有任何意义，而且记馨也似乎觉得他幼稚。那天以后，记馨再也没有来游泳馆，丁答知道她走了，像那次一样，没有跟他告别，就那么悄悄地走了。

五、来来往往的听说

如果一个人每一次离开，都不需要你知道，都不需要你去为他送行，那么你对于这个人来说，就是没有怀念和留念意义的。

如果一个人在每一个城市里来往，都没有迎接，没有相送，那么这个人前来城市的所有美好愿望都是苍白无力的吧。

2007年的夏天，丁答没有等到记馨回来。他收拾好行李，来到北京。在北京，他整整寻找了一个月，都没有找到记馨，后来有那么一个认识记馨的人说：“嗯，我好像听说过，听说她去了长春。”

只是听说，就只是听说。丁答也没有停留，又去长春。

然后，听说是西安。

再然后，听说是武汉。

来来往往的听说里，丁答像是一粒会马拉松的城市尘埃，有个方向，就去奔向，风带不走它，只有有关记馨的消息才可以。

这样的奔向，一站又一站，直到他听到的说听说的人的语气，越来越模糊不定，直到再到的城市里，他都无法打听到，有一个人知道一个女孩叫吕记馨。

没有关于吕记馨消息的城市，开始让丁答觉得自己连尘埃都不如。尘埃比他幸福，无风时，尘埃会落定，有雨时，尘埃会变浓雨水，甚至尘埃它还可以让人咳嗽，而他，最后这些毫无目的的奔向，让他已经没有了心存美好愿望的幸福，他自卑地明白，自己这粒尘埃连给人一个喷嚏的意义都没有。

跑远的尘埃，是回不到起点的吧，2008年的春天，丁答来到北京，他是想再努力一下，看记馨会不会回北京来找她音乐学院的朋友。

北京到处有着奥运的气息，不知为什么，出来这么久的丁答突然想家了，于是他决定不管记馨会不会在这个春天出现，过完这个春天，他就回家了。

这世上的事情，就是那么让人猜不透。

那天，丁答又回音乐学院，竟然见到了记馨当年那个音乐小分队里的键盘手，他说你找记馨啊，我知道啊。

勇敢又脆弱的丁答看着键盘手在他手上写的电话号码，激动得要哭了。害怕被笑话，转身说他晚上再打。

他准备了好多话，夜幕刚刚降临时，他摁了那个号码。

真的是记馨，真的是她。当时她那边很嘈杂，他站在树下，大声地说："记馨，我是丁答，我在北京，你在哪里？"

记馨听出是他，有着让丁答心暖暖的高兴，她也大声地说着：

“丁答，我也在北京，我在看吉卡，你告诉我你在哪里，我去。”

吉卡？丁答的心沉下去，沉下去，沉在北京的夜幕刚降临时的喧嚣里，他的嗓子再也喊不出能让记馨听清的声音，尽管他很认真地问：“记馨，你现在开心吗？”

记馨在那边喂喂地说个不停，丁答只是喃喃地说：“记馨、记馨，我再找你，或者我一会儿发短信给你，我再找你啊，我先挂了。”

所有的勇气，都变成一条短信：“记馨你肯定很开心的，因为你有吉卡，而我的世界只有我自己，还有你。”然后勇气都不知去了哪里，连一粒尘埃的样子也不再是。

记馨在电话那端哭了，她刚才只是说，她在看吉他，因为有个小孩跟她学小提琴一直不得要领，她想让孩子试试吉他，是城市的喧哗改变了声音，她没有说吉卡。

她也没有找过吉卡，去年夏天，她独自在北京度过，几乎每天都去住处附近的游泳池，没有跳台，人多，水也没有小城里清澈，池边没有坐着丁答。她没有一次想吉卡，这样的夏天，她明白了许多事。她其实一直给丁答的奶奶电话，给大伯电话，只是他们都不知道丁答去了哪里。

丁答曾说自己就是水生人，夏天他不在水里，就不快乐。记馨决定回去等他，8月奥运会开幕，她每天都坐在大伯的泳池边，仰头看着电视上奥运会跳水比赛的直播。

只是她再也没有勇气，走上那个跳台，仿佛真的像一个音符，沉在了水下三千尺里。她明白，那是因为台下的池边，没有丁答。

六、蓝天的富人

丁答消失了。记馨带了几个孩子，每个周末的下午，在体育场的草坪上，教他们小提琴。日子过得像弦断的琴，再怎么拉，也没有生动。

2009年的夏天过完，丁答依然没有回小城来。

2010年春天，原来音乐学院的老师打电话给记馨，说希望她去北京发展。记馨决定就去了，或许她一走，丁答就会回来；或许，生活和感情，就是这么要让人牵挂和无奈的吧。

但是记馨也不明白自己为什么，到了北京，第一件事就是去看水立方，她也不知道为什么，在水立方里，当时有几个运动员在练习跳水，她看着他们，却把他们每一个跳水运动员都看成是丁答的面孔，然后默默流泪。再然后，她走出水立方，就给老师打电话说抱歉，再然后就买了回城的火车票。

回来后，才知道许多事都是上天有意安排吧。她走了前后不过一周，丁答的大伯突然中风了，原本这个小城市里闻名的体育老将，突然之间路就得靠拐杖了，所幸的是，神智无碍，只是沉默了许多。

因为这件事，丁答开始和家里有了联系，他寄钱给大伯。于是所有牵挂丁答的人都知道，他不出现，但是他在。

记馨从大伯那里知道了，丁答现在在塔里木，去之前是从北京到了海南，在海南待过一个夏天，因为没学历不好谋职，便还是在一家游泳馆做小孩子的游泳教练。说是有一天天空很蓝，丁答不由得走上了十米跳台，可能是因为正注水的池里水不够，可能是因为许久不跳水他惊慌了。

丁答这一跳，用自己砸伤了自己。

幸好临落水前有个小翻转，是腿先落地。夹板和石膏陪了丁答三个月，卸下它们后，丁答就开始怕水，然后离开南方，去了中国水源最少的新疆塔里木。

自此，所有的尘埃都落下，所有的事都清晰起来。

记馨想起丁答以前说过，他不参加高考去学跳水，是因为安静的游泳池里可以倒映出蓝天，他跳下去，就是跳进蓝天，他觉得这是他最开心的人生选择。

听完大伯的话，记馨到大伯经营的游泳馆里坐了一会儿。那天微凉，没什么人游泳，从巨大的玻璃窗向外看去，许多人坐在大操场的草地上晒太阳。

记馨看着安静地倒映在游泳池里的那片蓝天和自己的身影，在心里说："蓝天不孤单，因为有它自己，还有我。"

从北京回来的火车上，记馨就一直庆幸2006年8月29日那天下午突然暴雨，突如其来的雨，让她还是捡起了丁答留下的那把上过天又落地的伞，它没有成为任何一个人的百岁忧伤。

她也明白了，那一年自己拒绝丁答，只是因为那时她觉得不能够从丁答那里听到自己，而吉卡却可以。但是现在，当时光老去，当任何音符都模糊了消息时，她心里却有两个越清晰就越疼痛的影子，它们在一起，它们是丁答和自己。

当晚，记馨便收拾好行李。第二天出发去塔里木时，上午的阳光美得落落大方，列车上许多人都看着窗外发呆，好像不怎么愿享受一趟旅途中的风景。

思绪万千的记馨迎风释然——许多事情都是如此，得既有风景，又有欣赏风景的人，才是完美的，才会有盛大灿烂的包围，就像天掉下水，水映着天，就像眼落了泪，泪映出心。

而走到这种境界的爱情，在之前也有发呆过吧，有时发高傲的呆，有时发缺乏礼仪的呆，有时发繁星一样的呆，直到最后没空发呆，让心里那一匹很俊的骏马，挣脱缰绳去追赶……